读客外国小说文库

熊猫君激发个人成长

Isaac Asimov
THE GODS THEMSELVES

阿西莫夫:
神们自己

[美] 艾萨克·阿西莫夫 著

崔正男 译

江苏凤凰文艺出版社
JIANGSU PHOENIX LITERATURE AND
ART PUBLISHING, LTD

图书在版编目（CIP）数据

神们自己 / (美) 阿西莫夫 (Asimov,I.) 著；崔正
男译. —— 南京：江苏凤凰文艺出版社, 2014
（读客全球顶级畅销小说文库）
书名原文: The gods themselves
ISBN 978-7-5399-7852-9

Ⅰ.①神… Ⅱ.①阿… ②崔… Ⅲ.①长篇小说 - 美
国 - 现代 Ⅳ.①I712.45

中国版本图书馆CIP数据核字 (2014) 第 265385 号

神们自己

［美］艾萨克·阿西莫夫 著　　　崔正男 译

责任编辑	丁小卉	
特约编辑	朱亦红　　朱双南	
装帧设计	读客文化　021-33608311	
责任印制	刘 巍	
出版发行	江苏凤凰文艺出版社	
	南京市中央路 165 号，邮编：210009	
网　址	http://www.jswenyi.com	
印　刷	三河市龙大印装有限公司	
开　本	890 毫米 × 1270 毫米　1/32	
印　张	10.5	
字　数	230 千字	
版　次	2014 年 12 月第 1 版	
印　次	2020 年 8 月第 32 次印刷	
标准书号	ISBN 978 - 7 - 5399 - 7852 - 9	
定　价	39.00元	

江苏凤凰文艺版图书凡印刷、装订错误，可向出版社调换，联系电话：010-87681002。

CONTENTS

"真正的政治"——以及一个世界的灭亡

"让我来给你上一堂真正的政治课。"参议员巴特看了看手腕上的表，靠在椅背上，微笑着。"这种想法是错的，"他说，"有人认为，公众希望环境得以保护，人类的存续得以实现，还认为那些为了这类崇高目标而奋斗的理想主义者会得到公众的爱戴，实际上，公众所期望的只有一件事——他们自己过上安逸舒适的生活。

"所以现在，年轻人，别和我提什么停止电子通道。全球的经济发展和全人类的舒适生活都要依靠它。你现在最好想一想，怎样做才能让电子通道不会导致太阳的爆炸。"

拉蒙特说："没有办法，参议员。我们面临的是基本的事实，不可能说变就变。我们必须停止它。"

"你的意思是我们只有回到电子通道产生之前的生活中去？"

"是的，我们必须这样做。"

"如果必须要这样的话，你得尽快拿出令人信服的证据来。"

"最好的证据，"拉蒙特僵硬地说，"就是让太阳爆炸。"

献给人类——

愿与愚昧的战争终将有胜利的一天

第一章

面对愚昧……

6

"倒霉!"拉蒙特尖声说,"一点儿收获都没有。"他眼窝深陷,长下巴略不对称,看上去一脸倒霉相。即使在最春风得意的时候,他也总是一脸苦相,而现在显然也好不到哪里去。他与哈兰姆第二次正式见面时,简直一败涂地,比第一次还惨。

"不要太激动,"迈隆·布罗诺斯基平静地说,"你本来也没抱太大希望,你告诉过我的。"他正把花生高高抛起,再张开厚厚的嘴唇接住,动作精准,万无一失。布罗诺斯基个子不高,也不算瘦。

"那也不太让人高兴。但你说的对,无所谓。我还有很多其他事情能做,也想做。而且这还要靠你的努力。只要你能找出……"

"打住,彼得,这些你早就告诉过我了。我需要做的,就是破译那种非人类智慧生物的思想。"

"对,就是那种超出人类智慧的思想。其实平行宇宙的那些生物,也正在努力让我们了解他们的意图。"

"或许是吧,"布罗诺斯基叹了口气,"但是他们得在我的智慧的基础上达到这个目标。虽然我有时候会觉得自己比普通人聪明一些,但毕竟有限。有时候我夜里躺下睡不着觉,就会思考不同的

作者的话:故事从第6节开始,这不是一个错误。我自有安排。尽管去读,希望你会喜欢。

3

智慧生物之间到底能不能进行交流；而情绪不好的时候，干脆就会怀疑'不同的智慧生物'这个概念究竟有没有意义。"

"肯定有！"拉蒙特狂躁地说。他的手揣在大衣口袋里，攥紧拳头，"哈兰姆和我就是不同的智慧生物。那个白痴，或者所谓英雄弗里德里克·哈兰姆博士，和我根本就不是同一种智慧生物。因为我跟他说的话，他根本就听不懂。他那张蠢脸气得通红，眼睛气鼓鼓的，什么也听不进去。我敢说他脑子早就坏掉了，只是没法证明而已。"

布罗诺斯基咕哝着："你竟然这么形容我们的电子通道之父。"

"是啊，名声显赫的电子通道之父——杂种中的杂种。他的成就从本质上来讲一文不值，这个我清楚。"

"我也很清楚。因为你每天都在跟我讲这些。"布罗诺斯基又往空中抛了颗花生，稳稳地用嘴接住。

1

事情发生在三十年前。弗里德里克·哈兰姆是一个放射化学家，博士论文墨迹未干，没有任何迹象表明，有朝一日他将会震惊世界。

使他开始震惊世界的，是他桌上一个蒙着厚厚灰尘的标有"钨"字样的试剂瓶。实际上那瓶子不是他的，他也从来没有使用过。这东西是很久以前这个办公室的人留下的，具体为了什么原因而需要钨已经不得而知。放了这么长时间，瓶子里已经不是纯粹的钨了。现在瓶子里是一些覆盖着一层厚厚的灰色氧化物的小球。对任何人来说，这些东西看起来都毫无用处。

有一天（确切地说是2070年10月3日），哈兰姆来到实验室工作。上午10点左右，他准备稍微休息一下。那个小瓶子映入他的眼帘，他盯着它看了一会儿，拿了起来。同往常一样，那上面满是灰尘，标签已经有些褪色了。但看到里面的东西之后，他不禁叫了出来："见鬼，谁把里头的东西换了！"

关于这件事情，至少狄尼森是这么描述的。他无意间听到了哈兰姆这句话，并在二三十年以后告诉了拉蒙特。而在记述这个发现的官方书籍中，这句话被略去了。在官方报道中，人们看到的是一位目光敏锐、遇到问题就能迅速作出深层推演的化学家。

而事实却并不是这样的。那瓶钨对哈兰姆来说根本没有用，看不出对他有任何价值，甚至连任何可能存在的重要性都不会有。不过，他不喜欢自己的桌子上有任何不相干的东西（桌子上现在就有很多这样的东西），而且他总是在怀疑别人，好像别人随时会出于完全的恶意，专门给他制造这种麻烦。

当时大家对这种物质都一无所知。本杰明·阿兰·狄尼森，就是那个听到哈兰姆那句话的人，他的办公室正好隔着走廊与哈兰姆的房间相对。当时两个屋子的门都是开着的。他抬起头，刚好迎上哈兰姆责难的眼神。

狄尼森不是很喜欢哈兰姆（事实上没什么人喜欢他），并且前一天晚上没睡好觉。据他回忆说，事情发生时，他正想找人发一通脾气，而此时哈兰姆正好撞在了枪口上。

当哈兰姆在他面前举起那个瓶子时，狄尼森厌恶地往后仰了仰。"我为什么要对你那瓶该死的钨感兴趣?"他质问道,"哪会有人对这东西感兴趣?你看看那瓶子,至少有二十年没有打开过了。如果你不把自己那双脏爪子放上去,恐怕没人会碰它的。"

哈兰姆气往上涌,脸慢慢涨红。他有些窘迫地说:"听着,狄尼森,肯定有人动了里面的东西,它们已经不是钨了。"

狄尼森从鼻子里轻轻哼了一声:"你怎么知道呢?"

历史往往就是由这些讨厌而且毫无目的的冲突推动的。

这句话怎么说都算不上是正面评论。狄尼森虽然和哈兰姆一样是新人,但他在学校时给人的印象可要深刻得多——他是系里出名的优等生。哈兰姆知道这点,不幸的是,狄尼森也很清楚,并且毫不避讳这一点。所以狄尼森说"你怎么知道呢"的时候,很明显把重音放在了"你"上面。正是这句话成为了以后所发生的一切事情的诱因。没有这句话,哈兰姆就不可能成为历史上最伟大、最受尊敬的科学家,也就不可能在跟拉蒙特谈话时,使用狄尼森当时的这种语气。

按照官方的说法,哈兰姆在那个至关重要的上午走进办公室之后,发现瓶子里原来那些被尘土覆盖的灰色小球不见了,甚至连瓶子内壁上的灰尘都没有了,取而代之的是干净的铁灰色金属。顺理成章地,他对其进行了一番研究。

但抛开官方的说法不谈,真正关键的人是狄尼森。如果狄尼森当时仅仅给出一个简单的否定答复,或者耸耸肩,哈兰姆很可能就会去询问其他人,并最终对这个无法解释的情况感到厌烦,而把瓶子置之一旁,任由之后或早或迟(取决于最终的发现推迟到什么时候)但必将到来悲剧,决定人类的未来。不过如果那样,无论发生什么情况,站在风口浪尖的人物都不会是哈兰姆。

然而正因为那句"你怎么知道呢",哈兰姆感觉自尊心受到了伤害，不得不强硬地反驳："我会证明给你看，我确实知道。"

这句话一出口，他便没有了回头路。对瓶子里金属的研究分析，从此就成了他最重要的工作。而他最根本的目的是要让狄尼森削瘦的脸上不再写满傲慢，让他苍白的嘴唇上不再有讥笑的痕迹。

狄尼森也永远不会忘记那个时刻，因为正是他所说的话，将哈兰姆推向了诺贝尔奖，并把他自己永远埋没。

他根本不知道（或者说即使知道也不会在意），哈兰姆本质上是一个非常倔强的人，这个平庸之才会不顾一切地维护自己的尊严，他的这种倔强比狄尼森过人的智商可怕得多。

哈兰姆立即开始着手研究。他把他的金属拿到了质谱分析部门，作为一名放射化学家，这样做理所应当。他认识那里的技术人员，因为他们曾经一起工作过。哈兰姆很着急，他急于得到结果，于是这项测定就优先进行了，尽管它看上去毫无意义。

最后质谱分析师说："这东西的确不是钨。"

哈兰姆那张宽宽的、毫无幽默感的脸笑成了一团。"好了！我们去告诉那个聪明的狄尼森吧。我需要一份报告，还有……"

"但是等等，哈兰姆博士，我只能告诉你它不是钨，这并不代表我知道它到底是什么。"

"你也不知道？什么意思？"

"我的意思是结果很奇怪。"分析师想了一会儿，"事实上，这不可能——电荷质量比全都不对。"

"怎么不对？"

"太高了。不可能是这样子的。"

此时，哈兰姆已经顾不上考虑自己采取这些行动的最初动机是什么，而此后发生的一切看起来都水到渠成。他的下一句话将他带向了诺贝尔奖的殿堂："那么，现在就动手查出它的光谱特征，弄清楚它所带的电荷。不要光坐着说什么不可能。"

几天以后，一个愁眉苦脸的技术人员走进哈兰姆的办公室。

哈兰姆没有注意到对方脸上的愁容——事实上，他一直就不是个敏感的人。"你有没有弄清楚……"他坐在椅子上看了一眼对面办公室的狄尼森，然后关上了办公室的门，继续说，"你有没有弄清楚它所携带的电荷？"

"是的，先生，但结果是错误的。"

"那么，特雷西，就重做一遍。"

"我已经做了十几遍了，结果都是错误的。"

"如果你的计算方法是正确的，那么结果就应该没错。我们应该尊重事实。"

特雷西揉了一下耳朵："我是这么做的，博士。如果我的计算方法没错，那么你给我的物质就应该是钚-186。"

"钚-186？钚-186？"

"它所携带的电荷是+94，质量是186。"

"不可能！这种同位素是不存在的啊！不可能！"

"这正是我准备告诉你的。但实验得出的结论就是这样的。"

"但是在这样的情况下，原子核里面少了五十多个中子，钚-186是不可能存在的。一个原子核里面不可能有94个质子而只有92个中子，这样的原子连一万亿分之一秒都不会稳定存在。"

"这也正是我想对你说的，博士。"特雷西耐心地说道。

哈兰姆停下来想了想。那东西应该是钨，钨有一种稳定的同位素——钨-186。钨-186原子核内有74个质子和112个中子。有什么东西能把20个中子变成质子吗？显然没有。

"有放射性现象吗？"哈兰姆问道，他试图在迷雾中找到一条出路。

"我查过了，"技术员说，"它们很稳定，绝对稳定。"

"那么就不可能是钚-186。"

"我一直是这么跟您说的，博士。"

哈兰姆显得有些绝望："那么把那些东西给我。"

哈兰姆独自坐在办公室里，呆呆地看着那瓶子。与结果最相近的稳定的钚同位素是钚-240，在它的原子结构中，需要146颗中子来使94颗质子保持局部结构的稳定。

现在怎么办呢？事情的发展超出了哈兰姆的能力所及，他已经开始后悔为什么要去做这件事了。毕竟他还有自己的本职工作要做，而这件事情，或者说这个谜，与他的工作一点关系都没有。也许是特雷西犯了什么愚蠢的错误，或者是分光仪失灵了，或者……

见鬼！谁知道呢，干脆把这整件事情都忘掉。

只可惜哈兰姆不能这么做。因为迟早有一天狄尼森会拦住他，脸上带着令人讨厌的微笑，询问关于那瓶钨的事情。到那时候哈兰姆该怎么回答呢？绝对不能仅仅说："那肯定不是钨，我已经告诉过你了。"

然后狄尼森肯定会问："呵，那到底是什么呢？"可以想象如果回答说是钚-186的话，会招来怎样无情的嘲笑。所以哈兰姆必须查明这到底是什么东西，而且还必须由他亲自完成。很显然，哈兰姆无法信任其他人。

大约两周以后，他怒气冲冲地来到了特雷西的实验室。

"喂，你告诉我的那东西没有放射性！"

"什么东西？"特雷西一下子没反应过来哈兰姆指的是什么。

"就是你所谓的钚-186。"哈兰姆说道。

"噢,它确实是稳定的。"

"就跟你的神经一样稳定。如果你说这东西是稳定的,那你真该去当个水管工。"

特雷西皱了皱眉:"好吧,博士,让我再试试看。"过了一会儿,他说:"奇怪了,它有放射性!虽然很轻微,但确实有。我之前怎么没注意到呢?"

"这样说来,你那些关于钚-186的废话我又能相信多少呢?"

事情发展到这里,哈兰姆已经没有退路了。这个谜令他无比愤怒,甚至让他觉得受到了莫大的侮辱。不管原先是谁动了那瓶子,或者说瓶子里的东西,那人一定又做过一次手脚,或者说专门制造出了一种金属来愚弄哈兰姆。不管事实是哪种情况,只要有必要的话,哈兰姆会不惜把整个世界撕成碎片来解决这个问题——当然,前提是如果他有能力做到。

从某种程度上来说,他是一个倔强的人,热情一旦燃起便不容易被扑灭。哈兰姆找到了G.C.坎特罗维奇,一位正处于自己辉煌事业晚期的人。要想获得坎特罗维奇的帮助并不容易,但一旦获得,作用便会立即体现出来。

果然,两天以后,坎特罗维奇便风风火火地来到哈兰姆的办公室,满脸兴奋:"你有没有用手接触过这东西?"

"没怎么接触过。"哈兰姆回答说。

"那就好,最好不要接触。如果你现在还有这东西,最好不要碰它。它正不停地向外辐射正电子。"

"是吗?"

"我所见过的能量最强的正电子……你提供的有关它放射性的

数值太低了。"

"太低了？"

"对！有个问题让我很纳闷：不管采取什么测量方法，它的放射性都会比上一次测量高一点点。"

6（续）

布罗诺斯基从他宽大的口袋里掏出一个苹果，咬了一口。"现在你已经如愿见到了哈兰姆，并毫不意外地被轰了出来。那么接下来呢？"

"我还没有想好。但不管怎样，我们最终都会把他打倒在地。几年前我曾经见过他一次，那时候我还认为他是一个伟大的科学家，一个伟人——他是科学史上最伟大的坏蛋。是他改写了电子通道的历史，你知道，就是用这里改写了历史。"拉蒙特敲着他的太阳穴说，"他坚持自己的幻想，并且疯狂地为之奋斗。他是一个只有一种才能的侏儒，而这种才能就是让别人相信他是一个巨人。"

拉蒙特抬头看了一眼布罗诺斯基宽阔而平静的脸，见他几乎要笑出声来了。他接着说："唉，算了，这么说也不起什么作用。况且我以前也都跟你说过了。"

"说过很多次了。"布罗诺斯基表示赞同。

"但他的确给我带来了很大的麻烦。"

2

　　当哈兰姆第一次拿起他那瓶发生了变化的钨时，彼得·拉蒙特才刚刚两岁。25岁时，拉蒙特博士一毕业，就加入了一号电子通道实验室，同时他还在大学物理系任职。

　　对于这个年轻人来说，这无疑是非常令人满意的成就。比起后来建立的众多实验室，一号电子通道实验室不算非常突出，但却堪称它们的鼻祖。以它为基础的还有近几十年间发展起来的、对整个星球至关重要的那一系列科学技术。以前从来没有什么大规模的科技进步，能够如此迅速彻底地发挥作用，为什么这些技术就可以呢？因为它的能源取之不尽、用之不竭。对于整个世界来说，它就像圣诞老人的礼物，又像是无所不能的阿拉丁神灯。

　　拉蒙特本来是想要从事最为高深的理论研究，所以选择了这项工作。但很快，他发现自己迷上了电子通道那了不起的发展历程。从来都没有一个真正懂得它理论原理的人（虽然谁也不敢说能把它吃透），对它进行过完整的阐述，也从来没有人能够向大众解释它的复杂性。固然哈兰姆博士本人曾经为公众媒体写过一些文章，但那些文章并不能构成一部前后关联、逻辑清晰的发展史——而这正是拉蒙特渴望能够做到的。

　　他从哈兰姆的文章开始着手，还找了一些公开发表的回忆性文章——可以称之为官方文件——里面描述了哈兰姆作出的令世界为之震动的论断，以及他所谓的"伟大发现"（这几个字往往都是黑体的）。

随后，当拉蒙特的幻想破灭以后，他开始了更加深入的研究。问题在他的脑海里逐渐形成——哈兰姆伟大的论断究竟是不是出自他本人。论断是在一次会议上提出来的，而自从那次会议之后，对电子通道的研究才真正开始。然而要查到那次会议的细节性内容非常难，会议的录音记录则更是无处可寻。

最后，拉蒙特开始怀疑，那次会议遗留下来的记录如此模糊不清，并不完全是意外。将几个看似无关的要点放在一起分析之后，拉蒙特发现约翰·F. X. 麦克法兰很有可能说过跟哈兰姆关键性论断非常相似的话——而且提出的时间早于哈兰姆的论断。

随后他找到了麦克法兰。麦克法兰在官方记载中根本没有露过面，他现在正在从事高层大气动力学，尤其是相关太阳风的研究。这并不是一项热点研究工作，但也有额外补贴，同时它与电子通道效应的研究有一定的联系。很显然，麦克法兰不像狄尼森那样已经被命运所湮没。

麦克法兰对拉蒙特很客气，并且很愿意跟他聊起除那次会议以外的任何话题。至于那次会议，他坚持说自己什么也不记得了。

拉蒙特仍不死心，他拿出了搜集到的证据。

麦克法兰拿出一个烟斗，装上烟丝，拿在手里把玩。过了一会儿，他说："我选择了把那事忘掉，因为它已无关紧要，真的已经无关紧要了。想想看，如果我非要坚持自己先发表过什么，又有谁会相信呢？人们只会把我当作个傻瓜，一个自大狂。"

"难道哈兰姆会逼你退休吗？"

"我可没那么说，但那么干对我自己肯定没什么好处。你这么执著，有意义吗？"

"我在追求历史的真相！"拉蒙特说。

"历史真相，都是胡扯！历史的真相就是哈兰姆一直没有放弃。他推动大家进行研究，不管他们愿意不愿意。没有他的话，那些钨最终将会爆炸，并造成难以预料的伤亡。于是我们不会再有另外的样本，可能永远也不会有电子通道。哈兰姆受到那些赞誉是应该的。即使他不值得那样的赞誉，即使他所做的都没有意义，你也别来找我，因为历史本身就没有什么意义。"

对这样的说法，法拉蒙特显然不会满意，但也只得如此，因为麦克法兰从此三缄其口。

历史的真相！

一个无可争辩的历史真相就是：放射性使得"哈兰姆的钨"（这种叫法已经成为了历史习惯）发生了关键性的变化。不管它到底是不是钨；不管它是不是被人做了手脚；不管它是不是一种根本不可能存在的同位素——都无关紧要。一切都被淹没在令人惊异的事实之中——在不可能存在任何放射性衰变的环境中，它的放射性却在不断增强。

过了一段时间，坎特罗维奇私下里说："我们最好能够把它分散开。如果继续保持这么大一整块的话，它迟早会变成蒸汽或者爆炸，或者两者同时发生，那样的话，至少半个城市都会受到污染。"

于是那块东西被碾成了粉末分散开来。一开始，这些粉末被混以普通的钨，后来当这些钨开始产生放射性的时候，它们又被混以

14

石墨，因为石墨能够阻碍放射性。

在哈兰姆发现瓶子里物质的变化将近两个月之后，坎特罗维奇在给《原子评论杂志》编辑的信中，宣布了钚-186的存在，而信的署名包括合作者哈兰姆。特雷西最初的判断也得到了肯定，但他的名字始终没有被提及。从那以后哈兰姆的钨开始得到大家的传扬，而狄尼森也开始注意到了事情的变化，这种变化最终将使他一文不名。

钚-186的存在本身就非常诡异了。更可怕的是，最初它看似状态稳定，放射性却日复一日地增强。

人们专门召开了一次学术会议来解决这个问题。会议的主席是坎特罗维奇，这本身就是一个很有意思的历史纪录——因为这是电子通道发展史上，最后一次不是由哈兰姆主持召开的相关大型会议。五个月之后坎特罗维奇去世，这意味着唯一一个威望足以掩盖哈兰姆的人不在了。

这次会议在哈兰姆宣布他的"伟大发现"之前可谓毫无意义。但在拉蒙特重新整理的非官方版本中，真正的转折点是午餐休息时间。在那段时间里，官方记录中没有提及的麦克法兰说："你知道，我们所需要的就是一点幻想。假如……"

这话是他对迪德里克·范·克莱门斯说的，范·克莱门斯在自己的笔记本上潦草地记了几行。拉蒙特发现这一点时，范·克莱门斯已经去世很久了。尽管拉蒙特充分相信他的记录，但如果没有进一步确证的事实，仅仅靠这个是无法服人的。而且，没有证据表明哈兰姆是否听见了麦克法兰的话。尽管拉蒙特愿意赌一把运气：哈兰姆当时肯定听到了。但这样的一厢情愿同样不能令人信服。

而且，即使拉蒙特能够证实这一点，它所能起到的作用也仅仅是伤害哈兰姆骄傲的自尊，却丝毫无法撼动他的地位。人们尽可以说，麦克法兰表达的只是一点幻想，而只有哈兰姆，才真正看到了那个想法的意义。只有哈兰姆，才愿意站在众人面前，冒着被嘲笑的风险正式宣布这样的发现。麦克法兰自己也没有指望过，自己可以因为随口提过"一点幻想"就名留青史。

但话又说回来，毕竟麦克法兰当时已经是有名的核物理学家，他当然害怕损害自己的声望。而哈兰姆呢，当时只不过是个年轻的放射化学家，在核物理学方面他尽可以作为一个外行畅所欲言，即使错了也不会付出什么代价。

无论如何，官方记载中哈兰姆是这么说的：

"先生们，我们的研究仍旧毫无进展。因此在这里我要作一个大胆的推测，它未必一定准确无误，但它比我所听到的其他解释都要合理一些……如果说我们宇宙的自然法则是正确的话，那么摆在我们面前的这种物质——钚-186，就是一种根本不可能存在的物质，更不要说在一定时期内保持稳定了。由此可知，既然它确实存在，而且在最初一段时间内是稳定存在的，那么这种物质就一定存在于某个地方，或某段时间，或自然法则作用不到的某种情况下——至少最初那段时间内是这样的。坦率地说，我认为，我们正在研究的这种物质本身并不来源于我们这个宇宙，而是另一个宇宙——我把它叫作平行宇宙，你们叫它别的名字。

"这种物质到了我们的宇宙之后——其实我也不知道它是怎么穿越的——仍然是稳定的，我认为这是因为它自身仍维持着另一个宇宙的自然法则。而它的放射性逐渐增强，则是因为我们宇宙的自然法则在逐渐对它产生作用。我想你们明白我的意思。

"我需要指出的是，在钚-186出现的同时，我们的钨样本——含有包括钨-186在内的同位素——消失了。它很可能是转移到了平行宇宙中。根据逻辑推理，我们可以认为，两个宇宙间物质置换的可能性要远远大于单方面的物质溢出。在平行宇宙中，钨-186的存在可能和我们这里钚-186的存在一样异乎寻常。它很可能也是刚开始时稳定，而逐渐产生放射性。同样，它应该也能够像钚-186在我们这里一样，提供能源。"

听众们当时一定都惊讶坏了，因为记录中显示他的发言一直到上面最后一句，都没有被打断过。说完这句话后他停了下来，像是要喘口气，又像是惊奇于自己说这番话的大胆。

这时听众中有人（记录上不太详细，大概是安托万-杰罗姆·拉品）询问哈兰姆博士，他是否认为是平行宇宙的智慧生物为了获取能源而实施了这种置换。也正是从这时开始，平行宇宙这个词正式成为了一种标准说法。这种独创的表述第一次出现在官方记录当中。

停顿片刻之后，哈兰姆博士显然比刚开始更胆大了。他说："我认为，只有我们的宇宙和平行宇宙进行合作，也就是各自在电子通道的一端，将物质进行置换，才能利用两个宇宙自然法则的不同来获取能源。"

哈兰姆使用了"平行宇宙"这个说法，并很自然地将其当作了自己的词汇。而且，他也成为了第一个使用"电子通道"一词的人（从此以后这个词就变成大写，重点标出）。

从官方的记载来看，似乎哈兰姆的想法立即引起了人们的关注，但事实上并非如此。的确有些人愿意就此进行讨论，但他们的看法不外乎"这是一个很有意思的推测"。而坎特罗维奇则坐在那里一言未发，这一点对哈兰姆来说至关重要。

仅仅依靠自己一个人，哈兰姆几乎不可能进一步完善这个理论，并付诸实践研究。他需要一个团队，而且他得到了。但团队成员都只顾埋头工作，并没有在公众面前把自己跟这个发现联系起来，直到最后为时已晚。等到成功在即，公众已经认为这只是哈兰姆一个人的功劳。人们都认为是哈兰姆一个人首先发现了这种物质，是他提出并论证了那个伟大的设想，并向外界发布。哈兰姆从此成为了当之无愧的"电子通道之父"。

于是，很多实验室都试着放置了一些小钨球。其中有十分之一发生了置换，于是人们有了更多的钚-186。他们还实验了其他金属，但都以失败告终。但不管钚-186在哪里出现，不管究竟是谁把它们弄到这儿来的，对于公众而言，仅仅意味着"哈兰姆的钨"又多了一些。

同样也是哈兰姆，让公众对这一理论有所了解。让他自己吃惊的是（这是后来他自己说的），他发现自己是一个天生的作家，也很喜欢科普工作。他之所以名满天下，除了一开始就占据了制高点，也因为文采好。公众更愿意从他的文章中接收信息。

在后来发表在《北美星期天电讯周报》上的一篇著名文章中，哈兰姆写道："我们很难说平行宇宙的法则跟我们这里究竟有怎样的区别，但我们基本能够确信，在我们宇宙中最强的力，所谓'强作用力'，在平行宇宙中还要更强，或许比我们这里强一百倍。这就意味着质子更容易克服电磁斥力结合在一起，而原子核保持稳定所需的中子就更少了。

"钚-186在他们的宇宙中是稳定的。但如果到了我们的宇宙中，它原子核内的质子就太多了，或者说中子太少，这样一来强作用力就不够强，故而不可能保持稳定。当钚-186到了我们的宇宙以后，就开始辐射正电子，释放能量。每辐射一个正电子，原子核内就有一个质子转化为中子。最终每个原子核中的20个质子转化为中子，这时钚-186也就变成了稳定的钨-186。在这个过程中，每个原子核内少了20个正电子。释放出的这些正电子又会中和掉我们宇宙中的20个电子，进一步释放出能量。这样一来他们每传送过来一个钚-186原子核，我们的宇宙就会减少20个电子。

"与此同时，基于同样的原因，进入平行宇宙的钨-186也失去稳定。根据平行宇宙的法则，它原子核内的中子太多，或者说质子太少。于是钨-186的原子核开始向外发射电子，在此过程中不断释放能量，每发射一个电子就会有一个中子转化为质子，直到最后变为钚-186。每接收一个钨-186原子核，平行宇宙中的电子就会增加20个。

"这样钚和钨就能够在两个宇宙之间永不停止地循环转化，并不断释放能量，而这个过程的副作用仅仅是每转化一个原子核，我们的宇宙就会向平行宇宙传送20个电子。这样双方都能够从这个'跨宇宙电子通道'的工作过程中获取能源。"

很快，这次讲话中的想法变成了现实，电子通道也以惊人的速度建立了起来。每一个阶段的成功都使哈兰姆的名望得到巨大提升。

3

拉蒙特没有理由怀疑这些名望的基础，第一次约见的时候，他对哈兰姆以及哈兰姆创造的这段历史几乎怀着一种偶像崇拜的心情（他后来为这段过去感到难堪，并努力把它从记忆中抹去）。

哈兰姆看起来很和气，30年来他在公众心目中的地位如此崇高，而他却一点也不张扬。从外表看，他明显有些上年纪了。他行动起来有点呆板，让人觉得他似乎有点胖，如果脸再稍微宽一点的话，就会给人一种睿智沉稳的错觉。他仍然容易激动，一点就着；他那不容触碰的敏感自尊一直是个笑话。

哈兰姆在拉蒙特进来之前，已经知道了有关他的简要情况。他说："你就是彼得·拉蒙特博士吧，他们告诉我你在平行理论方面干得相当不错。我记起你的论文了，是关于平行聚变的，对吧？"

"是的，先生。"

"嗯，那么说说看，有没有什么新进展。放松点，不要那么正式，就当我是个外行。毕竟，在某种程度上，我的确是外行。你知道，我其实是一个放射化学家。所以尽量不要谈那些深奥的理论，当然除非偶尔需要计算一些概念。"

拉蒙特当时把这些话理解成了一种很坦率的姿态，很高兴地接受了。事实上，哈兰姆也并没有像他后来回忆时坚持说的那样，用

20

一种令人恶心的恩赐的态度讲话。但那的确是哈兰姆一种典型的说话方式，他以此来掌握别人工作的要点，这是拉蒙特后来发现并坚持认为的。他能够兴致勃勃地谈论自己并不特别了解的东西，从而使别人更尊重自己。

但当时年轻的拉蒙特已经有些受宠若惊了，他马上开始滔滔不绝地讲述自己的发现。

"我不敢说自己已经做了很多，哈兰姆博士。推演平行宇宙的自然法则，也就是平行法则，的确是一件很棘手的工作，而且几乎没有什么现成理论可以遵循。我就从已知的那一点点开始研究，同时假设没有出现新的未知情况。由于原子核力更强，因此很明显核子会更加容易发生聚变。"

"你是指相对核聚变。"哈兰姆说。

"是的，先生。其实也没什么诀窍，只要把细节问题都照顾到就行。这里面牵涉的数学问题相当精妙，差别只在毫厘之间。但是一旦物质进行过几次相互转化之后，事情就会逐渐明朗起来。比如说，锂的氢化物在温度比目前低四个数量级时可以发生毁灭性的核聚变。在我们这里要想引爆核弹里面锂的氢化物，必须有一定的温度作条件。但仅仅这样一个爆炸装置，在平行宇宙那边可能就是一个可怕的东西。有可能锂的氢化物在平行宇宙中只需要一根火柴就能够引爆，不过那样的可能性很小。如果我们把锂的氢化物传送给他们，可以想象，虽然利用核聚变获取能源对他们来说可能很平常，但他们仍然不会贸然去动它。"

"是的，我知道。"

"他们明白那样做太过冒险——就好像在火箭发动机里面使用成吨的硝化甘油炸药一样，这样只会更糟。"

"很好。听说你还准备写电子通道的历史？"

"现在只是一个概要，先生。等我的草稿准备好了会送给您过目。如果可能的话，我希望能够得到您对此的真实看法。说实在的，如果现在可以的话，我希望马上就能得到您的指导。"

"可以。那么你想知道些什么呢？"哈兰姆微笑着说。这是他最后一次在拉蒙特面前露出笑脸。

"实用性的电子通道发展得太快了，哈兰姆教授，一旦电子通道工程……"

"是跨宇宙电子通道工程。"哈兰姆微笑着纠正道。

"是的，我知道。"拉蒙特清了一下嗓子，"我只是用当前流行的简称。自从这个项目启动，工程方面的问题马上迎刃而解，一点弯路都没走。"

"的确如此，"哈兰姆语气中带着明显的满足感，"大家经常说这应该归功于我富有想象力的指导，但我也不会要求你在书中专门强调这一点。事实上，我们在这个项目上拥有大量的人才，我不会为了突出自己的地位而去抹杀别人的作用。"

拉蒙特摇了摇头，有点生气。他发现哈兰姆的这番话跟他所想听到的毫不相关。于是他说："我不是指那个，我指的是那些生活在另一端的人们——用现在流行的话来说就是平行人类。其实是他们启动了电子通道工程。我们在钚和钨的传输发生之后发现了他们，而他们则早就发现了我们，是他们先开始进行钚和钨的传输——不像我们，只是在得到他们的提示之后才有所领悟。是他们传送过来的金属……"

哈兰姆的微笑消失了，并且是永久地消失了。他皱了皱眉，高声说："可他们那些符号和暗示我们根本就没有理解。跟那个没有关系……"

"那些几何符号的意义，我们已经搞清了，先生。我对它们进行过研究，很明显，他们是在教导我们电子通道的几何原理。在我看来……"

哈兰姆很生气地往后推了推椅子。他说："这种想法是错的，年轻人。工作是我们做的，而不是他们。"

"是的，可是他们确实……"

"他们确实怎样？！"

拉蒙特终于反应过来，面前的哈兰姆早已怒不可遏，但他还是不明白究竟为什么。他怯怯地说："毕竟他们是比我们更高级的智慧生物——所以工作其实是他们做的。您对此有什么怀疑吗，先生？"

哈兰姆的脸气得通红，站起身来。"非常怀疑！"他叫道，"这些神秘主义谬论，我已经听得够多了。年轻人！"他朝着拉蒙特探过身去，摇着肥大的手指。年轻人已经被彻底惊呆在座位上，一动没动。他接着说："如果在你的历史研究中，我们只是那些平行人类手中的玩偶，那么这份研究就不可能在我们这里发表，只要我在，就绝对不可能。我不会贬低人类和人类的智慧，不会把平行人类当作万能的上帝。"

事情发展成这样，拉蒙特所能做的只有离开。来的时候带着美好的愿望，结果却令人难过。拉蒙特很迷惑，也很失望。

起初拉蒙特只是很难过，但渐渐地，他心中涌起一股怒火。他又从一个新的角度审视了自己的结论，更加坚信自己所坚持的观点。当他又一次在职能大楼遇见哈兰姆时，哈兰姆皱了皱眉，没有正眼看他，而他也轻蔑地回视了一眼。

这件事情最直接的结果就是，拉蒙特发现，作为平行理论专家，他的科学家生涯已经彻底完结。于是他更加坚定地转向了另一条道路——科学历史学家。

6（续）

"那个傻瓜！"回忆起那些事情，拉蒙特不禁咕哝道，"你当时在场就好了，迈克，你就能看见他那德性。一听到有人说平行人类在电子通道上起了决定性作用，他就完全失态了。现在回想起来，我觉得很奇怪——自己怎么会那么傻，居然自以为有理有据，敢找他当面说出那些话，而且还没料到他的反应。你真该庆幸不用跟这种人一起工作。"

"我是很庆幸。"布罗诺斯基淡淡地说，"虽然有时候你也并不是那么可爱。"

"别抱怨了，这么好的工作还有什么问题。"

"但这工作也没什么乐趣。这个世界上除了自己之外，还有谁关心你究竟在做什么工作呢？可能只有六个人——如果你还记得的话。"

拉蒙特当然记得。

"嗯，是的。"他说。

4

布罗诺斯基看起来是个平和的人,但其实他的朋友们都知道事实并非如此。他思维敏捷,考虑问题从不半途而废。任何问题他都会坚持找到解决办法,除非在经过彻底研究之后,发现该问题确实无解。

就拿他得以成名的伊特鲁里亚语来说。那种语言只流传到公元一世纪,罗马人的文化侵略使它几乎消失殆尽,什么也没有保存下来,从罗马人的洗劫中幸存下来的碑文都是用希腊文书写的,因为发音不同,给研究工作带来了更大的阻碍。伊特鲁里亚语看起来与周边其他任何语种都没有什么关系,它非常古老,甚至根本就不属于印欧语系。

于是布罗诺斯基采用了迂回战术,转而寻找另一种语言,这种语言看起来应该跟周边语言也没有任何关联,也非常古老,同样不属于印欧语系,但它必须在目前仍然充满生机,而且说这种语言的地区,离原来伊特鲁里亚人生活的地方不太远。

巴斯克语怎么样呢?布罗诺斯基想。于是他把巴斯克语当作了研究的方向。之前也有人这么做过,但最终都放弃了。布罗诺斯基没有放弃。

这的确是一项很艰难的研究工作。巴斯克语本身就是一种很难懂的语言，况且它能提供的帮助本身很有限。随着研究的深入，布罗诺斯基找到了越来越多的理由来证明他的想法。早先居住在意大利北部的人们和居住在西班牙北部的人们之间存在着某种宗教上的联系，他甚至能找到实例证明，早期凯尔特人的一支曾在西欧广泛使用一种语言，而伊特鲁里亚语和巴斯克语都带有这种语言残留的痕迹。在之后的两千年里，巴斯克语不断发展，逐渐被西班牙语同化。首先要做的就是弄清楚巴斯克语在罗马时代的语言结构，然后将它与伊特鲁里亚联系起来，这是一项相当费脑筋的工作。所以当布罗诺斯基最终宣布成功的时候，全世界都为之震惊。

伊特鲁里亚语的翻译本身极其枯燥，而且内容无论如何都说不上重要，主要都是关于日常葬礼方面的描述。但是布罗诺斯基干得非常漂亮，而且事实证明，他的这一成就对拉蒙特而言，意义非凡。

——起初事情并非如此。坦白地说，当拉蒙特第一次听说伊特鲁里亚人这个名称的时候，布罗诺斯基的翻译研究工作已经差不多进行五年了。后来布罗诺斯基来到这所大学做一个年度学术报告，拉蒙特以前经常逃避参加此类学术报告，但这次他参加了。

事实上，他会来并不是因为他预见到了这次报告的重要性，也不是因为对报告内容感兴趣，而是因为他要在罗马语言研究大楼和一个毕业生姑娘约会。他之所以选择这里，则是为了避开特别讨厌的音乐会。约会只持续了一小会儿时间就结束了，令拉蒙特很不满足，但正是这件事把他领进了报告会场。

他很欣赏这场学术报告。残缺不全的伊特鲁里亚文明第一次引起了他的注意，而如何对付一门未被破译的语言则令他着迷。年轻的时候他就很喜欢破译密码，后来，他把这个爱好跟其他一些幼稚的事情一起抛到了一边，转而研究更为神秘的自然科学问题，最终就是研究平行理论。

然而，布罗诺斯基的讲话又将他带回了年轻时代的那些乐趣中，比如说如何将一些随机出现的符号排列组合起来，更何况目前这个问题的难度还会给破解者带来的巨大荣誉。从广义上来讲，布罗诺斯基是一个密码学家，他对挑战未知领域的描述令拉蒙特着迷。

如果第二天拉蒙特没有去见哈兰姆，没有将自己永远置于哈兰姆的对立面的话，布罗诺斯基对学校的造访，拉蒙特年轻时对密码研究的热情，以及与那位迷人的女士的约会这三件事情形成的巧合，都会不留痕迹地过去。

在和哈兰姆的谈话结束一个小时后，拉蒙特决定去见布罗诺斯基。手头的这个问题对他自己来说是那么的简单明了，而对于哈兰姆来说却又是那么不可接受。因此这件事情给他带来了哈兰姆的责难，拉蒙特觉得一定要进行反击——而且就要在这个令他受到责难的问题上反击。平行人类是比人类更聪明的生物——尽管之前大家也没什么证据来证明这一观点，但拉蒙特一直非常确信，因为他认为这已经是非常明显的事实，不需要证明。现在看来他必须找到证据，这已经成为问题的关键。他必须想办法证明这一点，用事实堵住哈兰姆的嘴。

拉蒙特发现，自己已经丢掉了不久之前那种英雄崇拜的想法，这让他心情愉悦。

布罗诺斯基还在学校里，拉蒙特找到了他，并坚持要求见他。

当拉蒙特最终见到他的时候，布罗诺斯基看起来很谦恭。

拉蒙特未加思索地接受了他这种谦恭，匆匆作了一番自我介绍之后，他说："布罗诺斯基博士，能在你离开之前找到你真令人高兴。我希望能够说服你在这里多停留一段时日。"

布罗诺斯基说："这不难做到。他们已经在这所大学里给了我一个职位。"

"那您接受了吗？"

"我正在考虑。可能会接受吧。"

"您一定要接受。听完我要说的话之后，您就会同意的。布罗诺斯基博士，您已经解决了伊特鲁里亚语的难题，接下来您准备干什么呢？"

"那可不是我唯一的工作，年轻人。"他说（他比拉蒙特年长五岁），"我是一个考古学家，伊特鲁里亚人除了语言之外还有很多文化，除了伊特鲁里亚文化之外，还有很多其他古意大利文化。"

"但可以肯定的是，对您来说没有什么东西，比伊特鲁里亚文更有意思、更具挑战性。"

"的确如此。"

"所以您肯定希望做一些更令人激动、更有挑战性，而且会比那些文字重要百万倍的东西。"

"拉蒙特博士，您指的是……"

"现在有一些文字，它们不属于某个消失了的文化，不属于地球上的任何东西，甚至不属于我们的宇宙。我们把它们叫作'平行符号'。"

"我听说过。我甚至还见过那东西。"

"那么，想必您一定希望能够解决这个问题了，布罗诺斯基博士，您是不是也希望能够弄明白他们究竟在说些什么？"

"我根本就没有兴趣，拉蒙特博士。因为那本身就不是什么问题。"

拉蒙特充满疑惑地盯着他："你的意思是说你能够弄懂那些符号？"

布罗诺斯基摇了摇头："你误解我的意思了。我是说那些符号根本无法理解，没有人能做到，因为根本没有任何研究的基础。如果是地球上的语言，即使它已经消亡，我们仍然能找到一种现存的，或者虽然消亡但已经被破译的语言来作为研究的参照，不管它们之间的联系多么微弱。即使连这点关联都没有，那至少地球语言是由人类创造使用的，它反映了地球人的思维方式。这就使研究至少有了着手之处。而那些平行符号却不具备这样的条件，所以很显然，我们根本就没办法进行研究。不可能解决的问题也就不称其为问题了。"

拉蒙特一直在尽力控制自己不打断他的讲话。现在他再也忍不住了："你说错了，布罗诺斯基博士。我不是想要就你的专业来教育你，但是对于我在自己专业领域发现的一些东西，你还不太了解。我们是在和平行人类打交道，我们对他们的确几乎一无所知。我们不知道他们什么样子、如何思维，不知道他们生活在怎样的世界里，对这些最基础最根本的东西，我们几乎一无所知。就这一点来说，你的想法是对的。"

"你的意思是，我们只是'几乎'一无所知，是吗？"布罗诺斯基似乎没有什么反应。他从口袋里掏出一盒干无花果，打开之后开始慢慢地吃。他请拉蒙特一起吃，后者拒绝了。

拉蒙特说："对。我们至少知道一件至关重要的事：他们是一种比我们更聪明的生物。首先，他们能够做到跨宇宙物质交换，而我们只是被动地配合他们。"

说到这里他停下来问道："你对跨宇宙电子通道有了解吗？"

"一点点，"布罗诺斯基说，"但足以让我理解你所说的，拉蒙特博士，只要不涉及技术细节方面的东西。"

　　拉蒙特接着说："其次，是他们给我们传来指示，试图帮助我们建立起我们这端的电子通道。虽然我们还不能理解那些符号，但从中我们得到了足够的提示，然后做出基本的图表，并以此为基础建造通道。第三，他们在某种程度上能够感知我们的想法。比如说，至少他们知道我们为他们放置了那些钨。他们知道放在哪里，并且能够进行处理。与此相比我们则什么也做不了。当然还有其他的证据，但这些已经足够证明，平行人类是比我们更加聪明的生物。"

　　布罗诺斯基说："不过我猜你应该是这里的少数派，你的同事们肯定都不接受你的观点。"

　　"的确是这样。但你是怎么知道的？"

　　"因为我也认为显然是你错了。"

　　"我举出的事实是正确的。那么我根据它们得出的结论怎么会是错的呢？"

　　"你仅仅证明了平行人类的科技比我们发达。这和他们的智力水平又有什么关系呢？你看……"布罗诺斯基站起来脱下了夹克，然后用一种看起来非常舒服的姿势半躺在椅子上，就好像身体上的舒适能够帮助他思考一样。他接着说："大约两个半世纪以前，美国海军中校马修·佩里率领一支驱逐舰队来到东京港。日本当时还处于闭关锁国状态，他们发现自己敌人的科技水平远远超过自己，在这种情况下进行抵抗是一种愚蠢的做法。一个拥有百万人口的好战的国家，发现自己在面对漂洋过海而来的几艘军舰时毫无办法。这能证明美国人比日本人更有智慧，还是证明西方文明选择了一条正确的发展道路？显然答案应该是后者，因为在半个世纪之后，日本已经成功地学到了西方的科技。又过了半个世纪，虽然在当时的一场大战中遭到过毁灭性打击，但他们仍然发展成为了主要的工业国家之一。"

拉蒙特听着，神色暗淡。他说："我也考虑到了这个，布罗诺斯基博士。虽然我对日本并不了解——我希望能够有时间读一读历史。但这种类比是错误的。现在不仅是科技的差距，而是智慧层面上的问题。"

"除了猜想，你还有什么证据？"

"最起码是他们给我们的指示。他们迫切希望我们建立起我们这端的电子通道，并且不得不指导我们来做。他们本身并不能穿越宇宙；甚至他们刻有符号的金属片（这应该是一种最有可能在两个宇宙中都稳定存在的物质）都渐渐拥有了很强的放射性，从而不能整块放置——当然，在它产生这种变化之前，我们已经作了备份。"他停下来喘了口气，感觉自己有点过于兴奋、过于急切。他提醒自己一定不能过分吹嘘。

布罗诺斯基很好奇地看着他。"是的，的确是他们给我们的信息。你想从中得到什么推论呢？"

"他们希望我们能够理解。他们不会笨到明知道我们不可能理解，还发送非常复杂的信息。如果不是依靠他们发送的图表，我们根本不可能达到那些成就。所以，如果他们一开始就指望我们理解那些信息的话，只说明他们认为像我们这种科技能力和他们相近的人类（他们应该能够估计到这个——这一点也证明了我的想法）应该拥有和他们相近的智力，从而很容易理解这些符号中包含的信息。"

"这也许只是因为他们太天真。"布罗诺斯基仍然无动于衷。

"难道你觉得他们认为世界上只有一种语言，其他宇宙的智慧生物都使用同一种语言？是这样吗？"

布罗诺斯基说："即使我同意你的观点，你又指望我能做些什么呢？我看过那些平行符号，我相信每一个考古学家和语言学家都看过。我不认为自己能做什么，而且我肯定别人也研究不出什么来。二十多年了，没有任何进展。"

拉蒙特有些激动："事实上二十年来，人们根本就没指望过有什么进展！那些电子通道管理者根本就不想弄明白那些符号！"

"他们为什么不想呢？"

"因为与平行人类进行交流的话，很可能会证明他们的确比我们更加聪明，这是那些人不愿意看到的。从而也就会证明人类在电子通道工程上，就像是平行人类手中的木偶，那样对他们的自尊心会是一种伤害。更重要的是，"拉蒙特努力控制着不让自己的声音听起来那么恶毒，"那样哈兰姆就会失去'电子通道之父'的荣耀。"

"假设他们想要取得进展的话，又该怎么做呢？愿望和事实之间的差距，你应该明白的。"

"他们可以与平行人类合作。他们能够向平行宇宙发送信息。人们从来没有试着这样做过，但这应该是可行的。在用于置换的金属钨下面附上一块金属，将信息刻在上面。"

"噢？在目前电子通道运转的情况下，他们还会寻找新的钨样本吗？"

"的确不会。但他们会注意到我们放置的钨，而且他们应该意识到我们是为了引起他们注意才放置的。我们甚至可以把信息直接写在金属钨上面。如果他们收到了信息，不管信息本身有没有意义，他们都会结合从我们这里得到的信息给我们回音。他们可能会把他们自己的语言和我们的制作一个对照表，或者他们可能会将他们的文字和我们的混合使用。这样双方就可以实现相互交流。"

"主要的工作则是由他们来做。"布罗诺斯基说。

"是的。"

布罗诺斯基摇了摇头："没什么意思，不是吗？对我没有什么吸引力。"

拉蒙特看着他，眼睛里闪过一丝怒气。"为什么不呢？难道你觉得这项工作带来的荣誉不足以吸引你吗？还是你觉得这不会给你带来荣誉？你是个什么人，一个荣誉鉴赏家吗？你从伊特鲁里亚文中得到了什么荣誉，见鬼去吧！全世界搞这个的不过几个人而已。你胜过了其他的五个人，或许是六个。然后呢，得到的是他们的不屑和仇恨。还有什么呢？你在这里对着几十个听众发表演说，第二天他们就会忘记你是谁。这就是你想要的吗？"

"别激动。"

"好吧，我不激动。我再去找其他人。这可能会花更多时间，但正如你所说的，大部分工作将由平行人类完成。如果必要的话我亲自去干。"

"他们指派你负责这个项目吗？"

"没有。那又怎么样呢。或者，这是你不愿参与的另一个原因。纪律问题？没有什么法规约束你去尝试翻译那些符号，我可以一直把钨放在我的书桌上。我不会把我对钨的研究结果向上报告，就此而言我将打破研究规则。但一旦我们成功完成了翻译，还有谁会抱怨呢？如果我能保证你的安全，并且答应为你保密，你会和我一起工作吗？你可能会遭受名誉上的损失，但也许你是更担心自己的安全。唉……"拉蒙特耸了耸肩，"如果我一个人做的话，至少有一个好处：不用操心其他人的安全。"

说罢他站起身来准备离开。两个人都很生气，但还都尽力忍住怒火，保持着僵硬的礼貌。"我认为，"拉蒙特说，"你会为我们这次谈话保守秘密。"

布罗诺斯基也站了起来。"这一点你可以放心。"他冷冷地说。随后两人简单地握手告别。

拉蒙特没有指望能再得到布罗诺斯基的消息。他开始试着说服自己，亲自动手从事翻译工作才是最好的选择。

然而，两天以后布罗诺斯基却来到了拉蒙特的实验室。他略显唐突地说："我现在准备离开这个城市，不过九月份还会回来。我已经接受了他们的工作邀请，如果你仍有兴趣，我愿意为你所说的翻译工作做点什么。"

话音刚落，布罗诺斯基就昂首离去。拉蒙特几乎来不及表达惊讶和感激，只看到对方脸上那因放弃初衷、让步妥协而来的怒火。

两个人很快成为了朋友，拉蒙特也很快了解到了布罗诺斯基态度发生转变的原因。在他们俩交谈的后一天，布罗诺斯基在教员俱乐部和大学里的一些高级官员一起吃午饭，其中当然也包括校长。布罗诺斯基当场宣称自己愿意接受大学的职位，并会适时递交正式信函。所有人对此都表示欢迎。

校长说："能够请到您——伊塔斯加语的破译者——这样杰出的翻译学家，这是我们大学的荣耀。我们深感荣幸。"

校长根本没有意识到他的口误，布罗诺斯基的笑容虽然显得有些不自然，但还是勉强撑住了。后来古代历史系的系主任向他解释说，校长是个典型的明尼苏达人，并不是什么学者。而且伊塔斯加湖是密西西比河的源头，所以校长有这样的口误也是在所难免的。

但是由于拉蒙特刚刚就名誉讥讽过他，布罗诺斯基对校长的话还是愤愤不平。

拉蒙特听到这件事情后觉得很有意思。他说："呵呵，我明白了。于是你对自己说，'以上帝的名义发誓，我一定得干出点名堂来，让那个木头脑瓜再也忘不了'。"

"差不多是这样。"布罗诺斯基说。

5

经过一年的努力，他们收获甚微。他们实现了两个宇宙之间的信息传递。但仅此而已。

"我只要点猜测！"拉蒙特有些激动，"任何最不着边际的猜测都可以。我们都要进行实验。"

"我正是这么做的，彼得。不要这么激动好不好，我在伊特鲁里亚文字上花费了12年时间。难道你觉得眼下这项工作需要的时间会比那个少吗？"

"天！迈克，我们不可能花12年来研究它们。"

"为什么不能？瞧，彼得，我早就料到了你的态度会发生变化的。上个月你可不是真这么认为的。我以为一开始我们就很清楚这项工作不可能很快完成，我们必须要有耐心。我想你应该明白在大学里我有自己的日常工作。我已经问过你好几次了，现在我再问你一次，为什么我们要那么着急呢？"

"因为我确实很急。"拉蒙特没头没脑地说了一句，"因为我想快点把它弄出来。"

"很好。"布罗诺斯基冷冷地说，"我也想快点弄出来。听着，我猜你不是快要死了吧，不是你的医生说你患有一种致命的癌症吧？"

"没有！"拉蒙特低沉地说。

"那到底是为什么？"

"没什么……"说罢他匆匆走出了实验室。

最初劝说布罗诺斯基一起进行研究的时候，拉蒙特仅仅是在平行人类是否比人类更富有智慧的问题上，对哈兰姆狭隘的固执感到不满。因此拉蒙特一开始仅仅想要在这方面有所突破。他并没有考虑其他更多的问题——当然，这只是起初的想法。

但在接下来的几个月里，他经历了无数令他愤怒的事情。比如他对设备的要求、对技术支持的要求，以及对电脑使用时间的要求都被搁置了；他需要出访经费，没有人理睬；在跨部门会议上，他的观点无一例外都被大家忽略掉了。

终于，拉蒙特的忍耐到了极限。事情是这样的，亨利·加里森——一个能力和资历都远远比不上拉蒙特的人，被任命为学术顾问，而这个很体面的位子本应该属于拉蒙特。拉蒙特的愤怒达到了顶点，他意识到，仅仅证明自己的正确性是远远不够的。他一定要打倒哈兰姆，将他彻底击垮。

面对着电子通道站那些同事，看着他们对待自己明白无误的态度，每一天，甚至每一小时，拉蒙特的这种信念都愈来愈强烈。拉蒙特火暴的性格决定了他不太需要别人的同情，话虽如此，目前这种情况下他心底还是渴望一点同情的。

加里森感觉很尴尬。他是一个说话温和亲切的年轻人，根本不想找任何麻烦。他来到拉蒙特的实验室，脸上的表情明确地表明了他对拉蒙特的理解。

他说："你好，彼得。我能跟你谈谈吗？"

"只要你愿意，多久都可以。"拉蒙特皱着眉头，尽量避免和他对视。

"彼得，我没办法拒绝他们的任命，但我希望你知道那不是我主动想要的。我也感到很吃惊。"

"谁让你拒绝了？我可从来没有这个意思。"

"彼得，是哈兰姆要这么干的。就算我拒绝了，他也会找别人，他不会给你的。你究竟对那位老先生做了什么？"

拉蒙特在他旁边踱了几步："你认为哈兰姆怎么样？他在你的印象里是什么样的一个人？"

加里森有些吃惊。他噘了一下嘴唇，用手揉了揉鼻子。"他——"他有些犹豫，拖着长音说。

"一个伟人？才华横溢的科学家？鼓舞人心的领导者？"

"呃——"

"我来告诉你吧。那人就是个骗子！是个伪君子！他骗到了荣誉，骗到了地位，可是他现在怕得要死。因为他知道我已经看穿了他，所以他才会对付我。"

加里森挤出一点尴尬的笑容："你不会当面找他去说……"

"没有，我什么也没讲。"拉蒙特郁闷地说，"但总有一天我会的。可是他心里清楚，即便我什么也没说，他也知道骗不了我。”

“但是，彼得，让他知道又有什么意义呢？我也没有说他是世界上最伟大的科学家，但是宣扬这个又有什么意义呢？说得严重点，你的命运掌握在他的手里。”

“是吗？是他的名誉掌握在我的手里。我会将他揭露出来，剥去他骗人的外衣。”

“那你打算怎么做呢？”

“这是我自己的事情。”拉蒙特咕哝道。其实他自己也一点都不知道该怎么做。

“但这很荒谬。”加里森说，“你是不可能赢的，他会毁了你。虽然他不是爱因斯坦或者奥本海默那种伟人，但在当今世界，他甚至胜过这两位。对地球二十亿人类来说，他是电子通道之父，而电子通道对于人类的幸福生活起着至关重要的作用，所以说你是不可能撼动他的。既然事实如此，如果你还是想要这样做的话，只能说明你疯了。别再固执了，彼得，跟他说几句好话，认个错。不要成为第二个狄尼森。”

“听我说，亨利。”拉蒙特一下子怒了，“省点心吧，不用你管！”

加里森猛地站起来，一句话没有说，走了。拉蒙特又给自己树立了一个敌人，或者说，至少失去了一个朋友。但最终，拉蒙特认为付出的这个代价是值得的，因为加里森的一句话将他的研究引向了一个新的方向。

加里森的话大意上是这样的：“只要电子通道仍然是人类幸福生活的关键所在，那么哈兰姆的地位就不可撼动。”

拉蒙特心中猛地一亮，他第一次把注意力从哈兰姆身上转移到了电子通道上面。

电子通道究竟是不是人类幸福生活的关键，这里面有没有什么蹊跷呢？

拉蒙特对平行理论的历史非常了解，他说的这个"蹊跷"不是凭空猜测的。当他们宣布电子通道的原理就是将宇宙中的电子转移到平行宇宙中去的时候，就有反对者质疑："如果所有的电子都被发射过去之后，会发生什么呢？"

不过这个问题很容易回答。即便是最大规模的发射，宇宙中的电子已足够维持万万亿年。而整个宇宙，以及平行宇宙能存在的时间，跟这个时间相比都是微乎其微的。

另一个反对的理由就更加复杂了：我们不可能把所有的电子都发射过去。因为随着电子通道的运转，平行宇宙中的负电荷会越来越强，同理我们宇宙中的正电荷越来越强。这样每一年随着电荷的不断增强，要克服斥力，发射电子就变得越来越难。当然，我们实际上发射的是不带中性的原子，但在这个过程中，原子核周围电子轨道的扭曲，就会产生相应的电荷，再加上随后放射性的变化，电荷还会大幅增加。

如果在发射过程中电荷不断集中，那么它对已经失去电子的原子核所产生的作用，将会迫使电子通道立刻停止运行。当然了，还有一个发散的问题：那些积累的电荷会被发散到地球以外的空间，而且在设计电子通道的时候，人们已有所考虑。

地球上不断增加的正电荷迫使带正电的太阳风更加远离地球，地球的磁场因而不断增强。不过多亏了麦克法兰（拉蒙特认为他才是伟大发现的真正主人）的研究，人们得以知道这种排斥效应已经越过某个临界点。太阳风可以把从地球表面排斥出来的正电粒子越来越多地吹走、吹散在外逸层空间。所以即使电子通道工作频率越来越高，电子通道站越建越多，地球的正电荷却只有微小的增加。地球磁场范围也只是扩大了几英里而已，变化微乎其微。正电荷最终会被太阳风吹走，散布在太阳系广袤的空间里。

即便是这样——即便假设电荷以最快的速度被吹散，宇宙和平行宇宙的电荷差终有一天会达到足够的数值，迫使电子通道停止工作。这个时间，与用尽所有电子需要的时间相比，只有万亿分之一。

这就仍然意味着电子通道还能工作一万亿年。只有一万亿年，但是已经足够了。一万亿年已经比人类能够存在的时间，甚至太阳系存在的时间都长得多了。如果人类真的能存在那么长时间（或者是继人类之后某种更高级的生物），那么他们无疑能够想出别的办法来应付这种情况。在一万亿年里，人们能做很多事情。

拉蒙特不得不承认事实是这样的。

但随即他想到了另一个问题，或者说是另一条思路。它来源于哈兰姆为普通大众写的一篇科普文章，拉蒙特记得很清楚。于是他忍住心中的厌恶，把这篇文章找了出来。研究一下哈兰姆将他的理论系统发展成熟之前都说过什么，这是很重要的。

在这篇文章里哈兰姆称："由于地球的重力不可避免，我们可以用'水向下流'的现象来类比我们在开发能源时所遇到的问题。过去，我们利用水流的落差来驱动轮机和发电机等机器运行。但是当水从高处流下以后呢？

"我们只能等水回到高处以后才能再次利用——而这需要做功。事实上，使水回到高处所需的能量，比水从高处流下时我们从中获得的能量要多，因为这个过程中存在着能量损失。幸运的是，太阳帮了我们这个忙。阳光照射使海水蒸发到天空中形成云，最终以雨或者雪的形式落下。广泛的降雨降雪又会形成溪流和泉水，从而保证水总是从高处流下。

"但这个过程是不可能永远维持的。太阳蒸发海水，这个过程需要耗费能量。从原子的角度讲，它也是一个'水向下流'的过程，只是这个'水向下流'所蕴含的能量不是地球上的河流所能比拟的。当太阳的能量耗尽时，真不知道什么东西能够再作为补充。

"我们宇宙中所有的能量都在慢慢耗尽，这是我们不能阻止的事实。而且这种向下的消耗都是不可逆的，我们只能借助外界更大的能量消耗，在局部范围内形成短暂的向上趋势。如果我们想要得到取之不尽的能量，那么就要找到一条两个方向都是下坡的道路。而这在我们的宇宙中是不可能达到的，大家都明白一个方向是下坡的话，那么另一个方向肯定是上坡。

"但是事实上，我们完全不必把自己的思考仅仅局限在自己的宇宙中。大家考虑一下平行宇宙。他们也有道路，而且同样一边是上坡一边是下坡。但这些道路和我们的道路是不一样的，所以就会存在这种可能性：从我们的宇宙到平行宇宙的道路是下坡的，而从平行宇宙到我们宇宙的道路还是下坡——这是因为两个宇宙的自然规律不一样。

"电子通道就是利用了这样一条两个方向都是下坡的道路。电子通道……"

拉蒙特又看了看这篇文章的标题："两个方向都是下坡的道路"。

他开始对这个问题进行思考。这个概念他当然很熟悉，它的热力学结论拉蒙特也很熟悉。但是为什么不考求一下这个假设呢？任何理论都有弱点，如果这个看似正确的假设是错误的，又怎么样呢？如果从另外的假设开始考虑，那结果又会怎么样呢？会是完全矛盾的吗？

就这样，他开始在黑暗中摸索。不出一个月，他找到了那种所有科学家都会有的感觉——无数个看似毫无头绪的拼图残片不经意间各归其位，各种无法解释的现象渐渐有迹可寻——真相迫近眼前。

就是从那时候起，他开始对布罗诺斯基施加更大的压力。

有一天他说："我准备去见哈兰姆。"

"见他干什么？"布罗诺斯基扬了扬眉毛。

"让他给我泼点冷水。"

"干得漂亮，这就是你的风格，彼得。一天不挨骂就皮痒。"

"你不明白。我就是要他拒绝听我的想法。我不能让他以后有机会说，我没告诉过他，他根本就不知道。"

"不知道什么？翻译平行符号吗？我们还没有完成呢。不要太过着急，彼得。"

"不，不是那个。"拉蒙特不肯再说下去了。

哈兰姆没让拉蒙特轻轻松松就见到他，他拖了几周才安排时间见这个年轻人。而拉蒙特同样也没打算让哈兰姆好过。他大步走进来，须眉倒竖。哈兰姆板着脸在等他，眼睛里含着怒气。

哈兰姆突然开口说："你所说的危机是指什么？"

"受您一篇文章的启发，我又有了新的发现，先生。"拉蒙特冷冷地说。

"噢？哪篇文章？"哈兰姆马上问道。

"《两个方向都是下坡的道路》，就是您在《青少年生活》上面发表的那篇。"

"那篇文章怎么了？"

"我相信电子通道并不是'两个方向都是下坡的道路'——希望您允许我使用您的比喻。这个现象并不完全符合热力学第二定律。"

哈兰姆皱了皱眉："你究竟在想些什么？"

"我能给您解释得很清楚，先生。我会就两个宇宙列出方程式，并证明它们之间的相互作用。前人们不曾考虑过这些——我认为这是一件很不幸的事情。"

说着，拉蒙特直接走到了触摸屏前，一边飞快地写着方程式，一边向哈兰姆解释。

拉蒙特知道哈兰姆会感觉受到羞辱而愤怒，因为他不懂这么高深的数学。拉蒙特是故意的。

哈兰姆发起了牢骚："年轻人，现在我没有时间来跟你深入讨论平行理论。这样吧，你回头给我送一份完整的报告来，希望你现在能够作一些简要的陈述。"

拉蒙特从触摸屏前走开，表情中明显带着蔑视。他说："好吧。热力学第二定律描述的，是一个不可避免地由两个极端向平衡靠拢的过程。水不仅仅从高处流下，真正发生的是重力势能的平衡。如果将水压到地下的话，它也会冒出地面来。如果将两个温度不同的物体放在一起，二者的温差同样可以做功，而最终结果是它们的温度会稳定在一个中间值上，热的物体温度降低，而原本冷的物体温度升高。温度的升高和降低都是热力学第二定律的平衡现象，在一定的环境下，两者自发向中间的平衡点靠拢。"

"不要在这里教我这些基本的热力学原理，年轻人。你到底想说什么？我的时间很有限。"

拉蒙特的表情没有任何变化。他慢条斯理地说："电子通道运转之所以能够做功，同样是势能平衡的结果。在这里，所谓高低两端就是两个宇宙的自然法则。而维持法则存在所需的条件——不管这些条件是什么，都在这个过程中不可避免地向另一端靠拢。最终的结果就是两个宇宙的法则会趋同——成为现在两边法则的一个折中。这样的话，我们的宇宙将会发生难以预料的巨大变化。这种变化必然会到来，所以我们一定要慎重考虑，是否应该立即停止电子通道，并且永久性地停止这项计划。"

拉蒙特此刻最希望看到的是哈兰姆大发雷霆，不让自己再作任何进一步解释。但哈兰姆并没有像他想象的那样。他从椅子上跳起来，把椅子都给掀翻了。他一脚踢开椅子，向前走了两步，来到拉蒙特跟前。

拉蒙特小心地把自己的椅子也往后挪了挪，站了起来。

"你这个白痴！"哈兰姆咆哮道，压抑不住的愤怒几乎让他有点口吃，"难道你以为这个屋里会有人不明白自然法则的均等化吗？你这是在浪费我的时间，只为了说一些我在你吃奶时就知道的事情。好了，滚出去，我随时恭候你的辞呈。"

拉蒙特离开了，他已经达到了目的。不过哈兰姆对待自己的态度还是让拉蒙特感到很愤怒。

6（尾声）

"无论如何，"拉蒙特说，"我已经告诉他了，他不听是他的事。我要采取下一步行动了。"

"下一步？是什么？"布罗诺斯基问道。

"我准备去见巴特参议员。"

"你是指技术环境委员会的负责人？"

"就是他。这么说你知道他了。"

"谁会不知道他啊。但是有一点，彼得，你有什么能令他感兴趣的东西呢？我再问你一遍，不说那翻译，你脑子里到底在思考什么呢？"

"我没法解释，你不懂平行理论。"

"那么巴特参议员他懂吗？"

"可能知道得比你多一点吧，我认为。"

布罗诺斯基指着拉蒙特说："彼得，咱们不要再胡闹了。也许我手里也有些信息是你并不知情的。如果我们对着干的话，就没法在一起工作了。你要当我是伙伴，是我们这个团队中的一员，那么告诉我你究竟在考虑什么，而我也会告诉你一些事情。要不然的话，干脆停下别干了。"

拉蒙特耸了耸肩，说道："好吧，如果你想听的话，我就告诉你。既然我已经敢拿到哈兰姆面前说，大概我的确是对的。问题的关键就是电子通道传送的是两个宇宙的自然规律。在平行宇宙中，微观层面强作用力的强度是我们这里的百倍，这就意味着原子核裂变在我们这里，比他们那里更容易发生，而核聚变则是他们那里更容易。如果电子通道运转的时间够长的话，那么最终会达到一个平衡点——两个宇宙的强作用力一样，这个平衡点的数值大约是我们宇宙目前强作用力的十倍，而是他们目前的十分之一。"

"大家会理解这个吗？"

"当然可以了，每个人都能理解。从一开始就很明了。即便是哈兰姆都能明白。正因为如此，那个混蛋才会激动。我跟他讲的时候，就好像他以前没听过一样，所以他都快气炸了。"

"但这又怎么样？如果强作用力互相平衡了会很危险吗？"

"当然了，你以为呢？"

"我不知道。那么达到平衡需要多长时间呢？"

"按照目前的速度，需要大约十的三十次方年。"

"这是多长一段时间呢？"

"足够一万亿个我们这样的宇宙一个接一个诞生、存在、衰老和灭亡。"

"上帝！那么彼得，这又有什么问题吗？"

"因为我认为，得到这个官方数字所作的某些假设是错的。"拉蒙特很慢，但很认真地说，"如果运用另一种我认为是正确的假设，那我们就有麻烦了。"

"什么样的麻烦？"

"假设地球将在五分钟之后变成气体，你认为这算不算麻烦？"

"因为电子通道？"

"因为电子通道！"

"那平行宇宙的人们呢？他们也将身处险境吗？"

"肯定！虽然是不同的危险，但肯定有危险。"

布罗诺斯基站了起来，开始在屋子里来回踱步。他一头棕色的头发又密又长，因此他曾经被人戏称为"棕头哥"。现在他正双手抓着头发，说道："如果平行人类比我们更聪明的话，他们还会开启电子通道吗？他们肯定比我们还要早知道危险的存在。"

"这个问题我也考虑过，"拉蒙特说，"我的猜测是，他们一开始启动电子通道时跟我们一样，也是只看到了眼前的好处，后来才开始考虑后果的严重性。"

"但你说你已经知道了后果。他们会比你知道的还晚吗？"

"这取决于他们有没有去研究，以及什么时候才开始研究这一过程的结果。电子通道实在太诱人了，大家很难会愿意去破坏它。甚至连我都不想去研究，如果当初不是……那么，迈克，你有什么发现呢？"

布罗诺斯基停了下来，专注地看着拉蒙特说："我想我们的确是发现了些什么。"

拉蒙特心里一阵狂喜，他凑上前来抓住布罗诺斯基的袖子。"是关于那些平行符号吗？快告诉我，迈克！"

"是在你去见哈兰姆的时候。我不太知道该怎么办，因为我不敢确定到底是怎么回事。现在……"

"现在怎么样？"

"仍然不能确定。他们传送过来一块金属，上面刻着四个字母……"

"噢？"

“……是用拉丁字母写的。我们能够看懂。”

“什么字？”

“就在这儿，你看！”

布罗诺斯基像变戏法一样拿出了一片金属薄片。上面刻的文字跟以前那些纤细复杂的、螺旋形并闪着不同光泽的平行符号都不一样——而是四个宽大的、像小孩子笔下一样歪歪扭扭的字母：F-E-E-R。

“你认为这代表什么意思呢？”拉蒙特茫然地问道。

“到目前为止，我能想到的就是‘恐惧（FEAR）’这个词的误拼。”

“这就是你为什么要反复问我的原因？你认为在平行宇宙中也有人对此感到非常害怕？”

“自上个月以来你明显越来越兴奋，这也是我要问你的原因之一。我可不喜欢被蒙在鼓里。”

“好了，现在我们不要急于下结论。你很善于处理这类不完整的信息。难道你不认为这说明了平行人类也开始对电子通道感到害怕吗？”

“不一定。”布罗诺斯基说，“我不知道他们能从多大程度上感知我们的宇宙。如果他们能知道我们为他们放置了钨；如果他们知道我们的样子；也许如果他们还能感知我们现在的想法，那么或许他们是想打消我们的疑虑，告诉我们没有理由害怕。”

“那样的话他们为什么不在上面写‘不要害怕’呢？”

“因为他们对我们的语言掌握还不够。”

“嗯，看来我是不能带着它去见巴特了。”

“要是我的话就不会。这东西太不确定了。事实上在我从平行宇宙获得更多的信息之前，是不会去见巴特的。天知道他们会说什么。"

"不行，迈克，我不能再等了。我知道我是正确的，我们没有时间了。"

"好吧，但是如果你去见了巴特，就等于完全断了自己的后路，你的同事们永远不会原谅你。你有没有考虑过先告诉这里的物理学家们一声？如果是一群人向哈兰姆施压的话，比你一个人要强很多。"

拉蒙特坚定地摇了摇头说："不可能。这里都是些势利的软蛋，没有一个人敢挺身反抗。试图说服他们去向哈兰姆施压，无异于期待一堆煮熟的意大利面条能干出些什么事情来。"

布罗诺斯基的脸上少见地露出了严峻的神情。"你说的没错。"

"我知道。"拉蒙特一样脸色铁青。

7

拉蒙特花了不少时间才设法见到参议员，而此时他最痛恨的就是浪费时间。尽管布罗诺斯基多次向平行人类发出了信息，其中都包含了他们仔细选出的意思是"害怕"和"FEER"的平行符号。却仍旧很长时间没有得到任何回音。为此他愈发感到着急。

拉蒙特对发出的这些消息的价值还不是很确定，而布罗诺斯基则看起来满怀希望。

但是直到拉蒙特去见巴特之前，仍然什么也没有发生。

参议员脸颊消瘦，目光锐利，上了点年纪。他以前曾经在技术环境委员会里做过一届领导人。当时他就工作认真，成绩斐然。

现在他正拨弄着自己的老式领结（这已经成为了他的标志性着装），说道："孩子，我只能给你半个小时。"说罢，他低头看了看手表。

拉蒙特并不担心。他很有把握能够引起参议员的兴趣，从而让对方忘掉时间的流逝。由于和见哈兰姆完全不同，所以拉蒙特不打算一开始就讲技术性问题。

他说："我不会拿那些数学问题来烦您的，参议员。但我假定，两个宇宙的自然法则通过电子通道混合在一起的道理，您早就明白了。"

"它们会趋中发展，"参议员平静地说，"并在十的三十次方年以后达到平衡点。这个数字对吧？"

"是的。"拉蒙特说，"这个结论是建立在这样一个假设上：平行宇宙的法则渗透入我们的宇宙，并从进入点开始以光速扩散。这只是一个假设，而我相信这个假设是错的。"

"为什么呢？"

"我们测定平行宇宙法则与我们宇宙法则融合速度的唯一方法，是根据他们传送过来的钚-186。这种法则之间的融合一开始是非常慢的，我们假设可能是因为一开始物质的密度比较大。但随着时间的推移，它的速度会越来越快。如果那些钚能够混以密度较小的物质，那么法则融合的速度就会增加得更快。通过几次这样的测定，我们已经计算出平行宇宙法则的侵透速度在真空中可以达到光速。平行法则从侵透点进入我们的宇宙，耗费一些时间从金属中渗出，进入到大气中，然后以快得多的速度，到达大气层顶部，穿透大气，进入外层空间，从此以每秒钟三十万公里的速度向宇宙各处传播，作用稀释到忽略不计。"

拉蒙特停顿了一下，考虑该怎样更好地解释。参议员立刻接过话题。"然后呢？"他摆出一种不愿意浪费一点时间的姿态催促道。

"我们很容易觉得这样的过程根本不会给我们带来什么麻烦。但是如果在我们的宇宙中，阻挡平行法则侵透的东西，不是密度各异的物质，而是我们宇宙的基本构造本身呢？"

"什么是基本构造呢？"

"我很难用语言来描述。这是一个数学用语，我可以写出来，但我无法用语言来描述。宇宙的基本构造是决定宇宙自然法则的东西，是我们宇宙的基本构造决定了它储存能量的方式。平行宇宙的基本构造与我们的不一样，它决定了平行宇宙中的强作用力比我们强百倍。"

"这又怎样呢？"

"如果自然法则侵透的主要对象是宇宙的基本构造，而宇宙中的物质——不管密度大小，对其传播速度的影响就很有限。自然法则在真空中侵透的速度，会比在高密度物质中快，但也不会快太多。也就是说在外层空间中，法则侵透的速度要比在地球上快，但是也远远达不到光速。"

"那么它意味着什么？"

"意味着侵透过来的平行构造不像我们想象的那样迅速扩散，而是累积了起来。所以说在太阳系之内，它累积的速度要比我们想象的快得多。"

"我明白了。"参议员点了点头，"那么这样的话，我们太阳系内空间达到平衡需要多长时间呢？我猜应该少于十的三十次方年。"

"少得多，先生。我认为会少于十的十次方年。也许是五百亿年左右。"

"比较起来是少了很多，但这已经足够了，不是吗？没有理由现在就感到恐慌呀。"

"但我认为目前的确该有所警觉，先生。宇宙法则的中和，在远未达到平衡点之前就会造成危害。因为电子通道的运转，我们宇宙中的强作用力每一秒钟都在不断增强。"

"强到可以测量出来？"

"或许还不至于，先生。"

"甚至在电子通道运转了二十年以后还不能？"

"或许不能，先生。"

"那么我们为什么要担心呢？"

"先生，正是原子核内的强作用力，决定了太阳核心内氢原子聚变为锂的速度。只要强作用力稍微增加一点点，太阳内氢原子核的聚变速度就会更加明显地加快。太阳保持着放射性和重力精妙的平衡，而我们现在所做的，恰恰是在使这种平衡朝着放射性方向倾斜。"

"那么……"

"这将会导致大爆炸。在我们宇宙的自然规律下，太阳这么小的恒星不可能成为超新星。而在改变以后的自然规律下，就不一定了。所以我认为我们得有所警惕。太阳会发生巨大的爆炸，而你我以及整个地球，都会在八分钟以内变成宇宙中的蒸汽。"

"那我们就什么也做不了吗？"

"如果我们行动太晚，平衡已不可避免的话，我们就无能为力。如果说现在还不晚的话，我想我们应该趁早停止电子通道。"

　　参议员清了清嗓子说："年轻人，在我答应见你之前，我了解了一下你的背景资料，因为我对你本人并不熟悉。当然我也问了哈兰姆博士，我想你认识他。"

　　"是的，先生。"拉蒙特的嘴角抽动了一下，但他的语调仍然很平静，"我对他很了解。"

　　"他告诉我，"参议员说着，扫了一眼桌子上放着的一张纸，"他说你是一个爱找麻烦的白痴，怀疑你的心智是否健全。并且他要求我不要见你。"

　　拉蒙特尽量压住心里的怒火，他问道："这是他说的吗？"

　　"他的原话。"

　　"那么，先生，您为什么又答应见我了呢？"

　　"一般来说，如果哈兰姆这么说的话，我是不会见你的。我的时间很宝贵，即使那些被极力推荐的人我也不一定会见，更不用说浪费在见一个爱找麻烦并且心智不健全的白痴身上了。但这次，我不喜欢哈兰姆的用词。他最好知道，不要动不动就'要求'一个参议员干这干那。"

　　"所以您决定要帮助我？"

　　"帮助你干什么？"

　　"啊？帮助我停止电子通道的运行呀。"

　　"这个？不！这是不可能的。"

　　"为什么不可能？"拉蒙特问道，"您是技术环境委员会的负责人，要求电子通道以及任何其他对环境造成不可逆破坏的技术工程停止运行，都在您的职权范围之内。而现在没有什么将会比电子通道造成更大的不可逆破坏了。"

"当然，当然。如果你是正确的，我会这样做。但是现在看来，你的说法仅仅是建立在自己假设的基础上，而它并不为大家所认可。谁能肯定究竟哪个假设是正确的呢？"

"可是先生，我的理论体系完全可以对大家的疑虑进行解释。"

"照你这么说，你的同事们都应该接受你的观点了，那样你也就没有必要来我这里了。"

"先生，我的同事不相信我。他们都是些自私自利的人。"

"那你自己呢？你的自私可能让你意识不到自己的错误。年轻人，我的权力从名义上来说很大，但是我只能在符合公众愿望的情况下才拥有这么大的权力。让我来给你上一堂真正的政治课。"

他看了看手腕上的表，靠在椅背上，微笑着。这并不是他典型的姿态，而是那天早上《地球邮报》一位编辑形容他时用的，"一个完美的政治家，一个国际议会中最有技巧的议员"的姿态，这种描述给他带来的兴奋仍未消褪。

"有人认为，公众希望环境得以保护，人类的存续得以实现，还认为那些为了这类崇高目标而奋斗的理想主义者会得到公众的爱戴，这种想法都是错的。实际上，公众所期望的只有一件事：他们自己过上安逸舒适的生活。通过二十世纪的环境危机，我们早就看明白了。当人们知道吸烟会导致患癌症几率上升而最有效的解决办法就是禁烟时，他们却希望能够发明一种不致癌的香烟。当人们知道内燃机会对大气造成污染而最好的办法就是不再使用这类引擎时，他们却希望能够发明不污染空气的引擎。"

"所以现在，年轻人，别和我提什么停止电子通道。全球的经济发展和全人类的舒适生活都要依靠它。你现在最好想一想，怎样做才能让电子通道不会导致太阳的爆炸。"

拉蒙特说："没有办法，参议员。我们面临的是基本的事实，不可能说变就变。我们必须停止它。"

"你的意思是我们只有回到电子通道产生之前的生活中去？"

"是的，我们必须这样做。"

"如果必须要这样的话，你得尽快拿出令人信服的证据来。"

"最好的证据是让太阳爆炸。"拉蒙特僵硬地说，"我相信您也不想那成为现实。"

"也对，也有别的办法。你为什么不去说服哈兰姆，让他支持你呢？"

"因为他是个小人。他把自己当作'电子通道之父'，又怎么会承认自己的孩子会毁掉地球呢？"

"我明白你的意思。但他仍旧是全球公认的'电子通道之父'，在这个方面，只有他的话才有足够的分量。"

拉蒙特摇了摇头："他绝不会让步的，他宁可看着太阳爆炸。"

参议员说："那么就迫使他承认。你的理论不错，但是理论本身是没有意义的。一个理论肯定能以某种方式来验证。比如说铀的放射性衰减是由于原子核内的作用力。能不能做个实验，证明我们收到的平行物质放射率符合你的理论，而不是传统理论？"

拉蒙特又摇了摇头。"一般来说，放射性源自原子核内弱作用力，但不幸的是，实验只能得出一个模糊的近似值。等到实验数据确凿无误，就已经太晚了。"

"还有什么别的办法吗？"

"有办法，就是通过某种介子反应来获得确切的数据。还有一个更好的办法，最近发现通过夸克之间的结合能得出一些奇妙的结果，虽然现在还没弄明白，但我肯定能够利用它解释……"

"那就可以了呀。"

"是的。但是为了得到那些数据，我必须利用月球上的大型质子同步加速器。但是先生，我已经证实过，他们不会给我几年的试用期——除非有人在背后支持我。"

"你是指我？"

"对。就是您，参议员。"

"除非哈兰姆博士同意这样做。"巴特参议员用手指点着面前桌子上的那张纸说，"否则我不能直接插手这件事。"

"但这关系到世界的存亡啊！"

"证明给我们看！"

"不要顾虑哈兰姆，我会证明给您看的。"

"如果你能够证明给我看，我当然就不会在意哈兰姆了。"

拉蒙特深深地吸了口气，"参议员，如果仅仅有很小的可能性证明我是正确的，难道这一点点可能性不值得我们为之努力吗？它可意味着所有的一切——全体人类，整个星球……"

"你希望我为全人类而斗争？我倒是想。人生的戏剧总要有一个完美的结局。任何一个好的政治家都梦想着赴汤蹈火救人民于苦难。但是拉蒙特博士，任何事一定要有成功的机会才值得为之去奋斗。至少要有个目标可以为之努力，这样才有可能——仅仅是有可能——取得成功。如果我支持你的话，就会违背绝大多数希望电子通道运行的人的愿望，从而一无所获。我怎么能要求所有人放弃目前他们已经习惯的生活——由电子通道带来的舒适富足的生活，而仅仅因为一个被万人敬仰的哈兰姆博士称为白痴，而且被所有其他科学家反对的人，大喊'末日即将来临'？不，先生！我不会为没有意义的事情赴汤蹈火。"

拉蒙特听罢说道："我只是想请您帮助我找到证据。如果您害怕的话，不需要在公众面前露面。"

"我不是害怕，"巴特说道，"我只是比较实际罢了。拉蒙特博士，你的半个小时早就过了。"

拉蒙特很沮丧地愣了一会儿，但巴特的表情中丝毫没有让步的成分。于是拉蒙特走了出去。

巴特参议员没有立即见他的下一位访客。他呆呆地望着拉蒙特关上的门，拨弄着领结。这个年轻人所说的会是对的吗？哪怕是极小的可能，他会是对的吗？

他不得不承认，自己很愿意把哈兰姆揍翻在地，把他的脸踩在泥里，骑在他身上，直到他断气为止——但这是不可能发生的，哈兰姆的地位不可撼动。巴特在大约十年前曾经与哈兰姆发生过一次争吵。当时他肯定是对的，而哈兰姆绝对是错的，以后的事实也证明了这一点。但是那次的结果却是巴特受尽了侮辱，并且几乎导致他在下一轮竞选中失败。

巴特摇了摇头，似乎是在警告自己。他可以再去参加一次竞选，但他不能冒再受一次侮辱的危险。

8

　　若不是眼下早已山穷水尽，拉蒙特恐怕也不太敢迈出下一步。没人喜欢约书亚·陈，任何跟他打交道的人，只要一走进他的办公楼，就会感到每一个角落都充斥着令人恶心的气味。陈是一支由一个人组成的革命大军，他的言论总能广为传播，这一方面是因为他总能制造最大的喧器，另一方面也因为他建立起了一个组织严密的团体，凝聚力冠绝当今（不止一个政客对此羡慕嫉妒恨）。

　　他在加速推广用电子通道来满足地球能源需求上，也起到了很重要的作用。电子通道供应能源的优点非常明显，比如说无污染、完全免费等，但他们还是要与一些守旧的人作斗争，那些人仍然坚持使用核能，并不是因为核能更好一些，而是因为核能伴随他们度过了童年。

　　不过当陈敲响他的战鼓时，全世界的人们都能听到震耳欲聋的声音。

　　现在他就坐在那儿，高高的颧骨和圆脸证明了他差不多四分之三的中国血统。

　　陈先开口说："我们就开门见山吧。你仅仅是为你自己游说吗？"

　　"是的。"拉蒙特回答道，"哈兰姆不支持我。事实上，哈兰姆说我是个疯子。首先问您个问题：您在做什么事情之前，需要哈兰姆的批准吗？"

"我不需要任何人的批准。"他的脸上带着傲慢的神情，随即又回到了若有所思的样子，"你说平行人类的科技比我们更先进？"

在这个问题上拉蒙特已经作了妥协，他尽量避免说他们智力水平更高。"科技更加先进"这种说法让人听了就会舒服一点，而这又确实是事实。

"这一点很明确。"拉蒙特说，"他们能够跨宇宙传送物品而我们却不能，仅凭这一点就足以说明。"

"但既然电子通道很危险，那么他们为什么还要搞这项工程呢？而且为什么现在还在继续？"

拉蒙特已经学会了在不止一个方面作出妥协。按照以前的风格，他会马上回答，说陈不是第一个问这个问题的人，但是那样就会让人觉得他有点不耐烦，所以他没有这么说。

拉蒙特说："他们跟我们一样，也是由于急需能源才开始建立电子通道的。但我敢说他们现在跟我一样也在为此而烦恼。"

"但这只是你的主观想法。关于他们心里怎么想的，你缺乏有力的证据。"

"现在的确拿不出证据来。"

"所以仅仅靠说是不够的。"

"为此冒一下险，我认为是值得的。"

"这不行，博士。您没有证据，我可不能把自己的名誉建立在随随便便的什么事情上。我的箭每次都能射中目标，这是因为我知道自己在干什么。"

"但是等我找到证据……"

"到那时候我自然会支持你。只要你有足够的证据，我敢保证不论是哈兰姆还是国会都不能阻止这个潮流。所以回去找到证据，然后再来见我。"

"但是到那时候就太晚了。"

陈耸了耸肩。"也许，最终你会发现是你错了，事实上可能永远也找不到证据。"

"我肯定不会错。"拉蒙特深深地吸了口气，用一种非常肯定的口吻说，"陈先生，我们的宇宙中可能有数以万亿计的行星，其中可能有几十亿个上面居住着智慧生物，他们拥有高度发达的科技。而在平行宇宙中，可能有着相同的情况。不难想象，在两个宇宙中，肯定有很多对相对应的星球互相之间有联系，并且在利用电子通道获取能源。在两个宇宙的连接处，可能有几十甚至几百个电子通道正在工作。"

"纯粹的推测。不过如果情况的确是这样呢？"

"那就意味着同时有几十个或者上百个地方都在发生着自然规律融合，都在让他们的太阳向爆炸发展。这种效应可能已经向外扩散。超新星的能量会加速自然规律的变化，导致比邻的恒星发生爆炸，然后这些爆炸的恒星又开始影响它们的比邻恒星，并引起更多星球的爆炸。最终，这种连锁反应将导致银河系的中心或者一部分发生爆炸。"

"但这些仍只是你的想象。"

"是吗？宇宙中有着数以百计的类星体，他们的体积只相当于几个太阳系，发出的光亮却相当于一百个银河系。"

"你是不是想告诉我，那些类星体就是曾经使用电子通道的星球的残骸？"

"我认为是这样的。距类星体被发现已经过了一个半世纪，而天文学家们却仍然不知道它的能量来源是什么。宇宙中没什么东西能为它提供能量，绝对没有。所以它难道不会是……"

"那么平行宇宙呢，他们那里也满是超新星吗？"

"我不这样认为。那边的情况不一样。平行理论使我们确信，平行宇宙中更容易发生核聚变，所以那里恒星的平均体积应该比我们这里的小。他们要放出像我们的太阳一样的能量，聚变所用的氢要比我们这里少得多。所以如果有跟我们太阳一样多的能量，他们那里就会自发产生爆炸。如果我们的法则渗入了平行宇宙，那么只会使他们那里的氢更不容易发生聚变，这样他们的恒星不但不会爆炸，反而会变冷。"

"这样不错。"陈说，"他们可以利用电子通道获得所需的能源，同时自己的星球又安然无恙。"

"不，其实不是这样。"拉蒙特说。直到现在他也没有就平行宇宙之间的情形得出什么结论，"一旦我们的宇宙发生了爆炸，电子通道自然会停止。没有了电子通道提供的能源，他们就将面临一个寒冷的星球。那时候他们的情况比我们还要糟糕，因为我们只有一瞬间的痛苦，马上就死去了，而他们将不得不长期忍受巨大的痛苦。"

"你的想象力真的不错，教授。"陈说，"但是我不打算接受你的想法。我不觉得仅仅因为你的想象，我们就应该放弃电子通道。你知道电子通道对人类来说意味着什么吗？不仅仅是免费、干净和丰富的能源。眼光放开一点，它意味着人类不再需要为了生活而奋斗。它在历史上第一次将人类的聪明才智解放出来，投入到能够挖掘它真正潜能的更重要的事情中去。

"比如说，在延长人类寿命方面，过去两个半世纪以来医学的发展，还不如最近一百年取得的成就大。我们曾一遍遍地听那些老年医学专家说，理论上来讲人类的永生应该是可以实现的，但是他们从来没有在这上面付出足够的精力。"

拉蒙特生气地说："永生！简直是白日做梦！"

"或许你认为这是白日做梦，教授。"陈说道，"但我还是愿意看到人们开始对人类永生进行研究。如果电子通道中止的话，这样的研究就根本不会开始。我们也就会回到使用昂贵的能源、匮乏的能源和肮脏的能源的时代。地球上的二十亿人口就又要为了生存而奋斗，那样永生的梦想就真的成了白日梦了。"

"无论怎样这都是白日梦。人类不可能永生，甚至没有人能超过人类正常的年龄。"

"嗯，但那仅仅是你的想法。"

拉蒙特考虑了一下可能性，然后他决定赌一把。

"陈先生，刚才我说过不想描述我对平行人类的想法，可现在我想试试看。毕竟我们一直在从他们那儿接收信息。"

"好的。但是你能翻译他们的语言吗？"

"我们收到的是一个英语单词。"

陈微微皱了一下眉头。他突然把手插进衣袋里，伸直了一对短腿靠在椅背上。

"是什么英语单词？"他问道。

"恐惧！"拉蒙特觉得没有必要把拼写错误的事也说出来。

"恐惧。"陈重复了一遍，"你觉得他们是什么意思？"

"不是很清楚吗，他们对电子通道感到害怕。"

"根本不是。他们如果害怕的话，完全可以把通道关闭。相反，我认为他们是害怕我们单方面把电子通道停掉。他们知道你的想法之后，害怕我们按照你所说的把电子通道停下，那样的话他们一方也就不得不停止。按照你刚才说的，他们如果没有了电子通道提供的能源就无法生活下去，你的建议对双方都会产生影响。所以我认为他们害怕很正常。"

拉蒙特坐着，什么也没说。

"我知道了。"陈说，"你没有考虑过这些。那么好了，我们可以继续推进对永生的研究了。我觉得这一点更重要一些。"

"更重要……"拉蒙特缓缓地说，"我不理解您到底认为什么才是最重要的。您现在多大了，陈先生？"

有好一阵子，陈不停地眨着眼睛。随后他转过身去，双手紧握成拳头，径直走出了房间。

后来拉蒙特看了他的传记。陈今年六十岁，他的父亲是在六十二岁时去世的。但这已经没什么意义了。

9

"看起来你没交上什么好运。"布罗诺斯基说。

拉蒙特坐在实验室里，呆呆地盯着自己的鞋尖，它们看上去磨损得很厉害。他摇了摇头说："没有。"

"连伟大的陈也不愿帮助你？"

"他什么也不愿做。他也要证据。他们都想要证据，但给他们的一些证据却遭到了他们的否认。他们想要的只是该死的电子通道，或是他们的荣誉，或是历史地位。陈想要的是永生。"

"那你呢，彼得？你想要什么？"布罗诺斯基轻轻地问道。

"人类的安全。"拉蒙特说道。他看了一眼同伴略带嘲弄的眼神问，"你不相信？"

"嗯，我相信你。但你到底想得到什么？"

"好吧，那么以上帝的名义，"拉蒙特抬起手重重地拍在桌子上，"我想证明自己是正确的。但这现在已经得到了，因为我的确是正确的。"

"你能肯定吗？"

"可以肯定。我已经没什么可担心了，因为我只想要赢。你知道吗，当我从陈那儿离开的时候，我几乎要鄙视我自己了。"

"自己？"

"是的，我自己。为什么不呢？我一直在想，我的每一个机会都被哈兰姆破坏掉了。只要哈兰姆拒绝我，那么任何人都有理由不相信我。只要哈兰姆像一座山一样挡在我面前，我就没有机会取胜。那么我为什么非要打倒他呢，我可以奉承他，甚至可以设法让他支持我，而不是处处与我作对。"

"你认为这可能吗？"

"不，绝对不可能。但是当我绝望的时候，我会考虑任何办法的。我甚至可能会去月球。当然，一开始造成哈兰姆厌恶我的并不是地球毁灭的问题，但问题出现以后我处处小心，却把事情越弄越糟。不过正如你所说的，什么东西也不会让哈兰姆反对电子通道的。"

"看起来你还没到绝望的地步。"

"是没有。因为在和陈谈话的时候，我突然得到一个启发。我发现以前所做的一切都是浪费时间。"

"显然。一开始就看得出来。"

"是的。那都是无用功。解决问题的方法不在我们这边，不在我们的地球上。我告诉陈我们的太阳会爆炸，而平行宇宙的太阳却不会，但是那也救不了平行人类。因为一旦我们的太阳爆炸，我们这端的电子通道会关闭，他们那端也就断了。离了我们，他们也不成。你明白吗？"

"我当然明白。"

"那么为什么我们不反过来想一想？没有了他们，我们也就不能继续。这样的话，只要通道能关闭，是不是由我们亲自下手，其实无所谓。这工作完全可以交给平行人类来办。"

"嗯。但是他们会这样做吗？"

"他们告诉我们'害怕'。陈说他们可能是害怕我们把电子通道停下来，但我不相信。是他们在害怕。陈说这话的时候我坐着没吭声。他以为我没有想到这个，但他错了。我当时只是在想一定要让平行人类来把电子通道停下来。我们只能这样了。迈克，我放弃了一切，只剩下你了。世界的希望就在你身上了。想办法跟他们取得联系。"

布罗诺斯基笑了，高兴得像孩子一样。"彼得，"他说道，"你真是个天才。"

"哈，你终于注意到了。"

"不，我是认真的。你说出了我想说而未说的话。我已经在向他们发送信息了，里面使用了他们语言中我认为代表电子通道的符号，同时也用了我们的语言。我努力把几个月以来出现的符号搜集到一起，找出里面表示反对的符号，然后再注以英文中相应的词语。我不知道自己的理解是正确的还是根本就不沾边，因为从来没有得到过回信，我觉得希望很渺茫。"

"可你从没有告诉过我呀。"

"是啊。这是我自己的一个小秘密。感谢你花费时间为我解释平行理论。"

"到底发生了什么事情？"

"昨天我只发送了两个词：'通道''坏'，是用我们的语言发的。"

"然后呢？"

"今天早上收到了他们的回信，写得很简单，也很直接——'是的通道坏坏坏'。你看。"

拉蒙特接过那块金属的时候手在抖。"不可能出错吧。这么说，他们已经证实了我们的想法？"

"我认为是这样的。你准备把它拿给谁看？"

"谁也不给！"拉蒙特坚决地说，"我再也不跟他们争论什么了。他们肯定会说这个信息是我伪造的，我们没有必要作这种无谓的努力。只有让平行人类来停止电子通道，这样我们这边也就会停下，任何想单方面重新启动的努力都是白费。到时候，整个通道站的人们都会争着证明我是对的，而电子通道确实是危险的。"

"怎么会呢？"

"因为他们只有这样做，才能避免被那些想要电子通道继续运转的愤怒人群指责。你觉得呢？"

"嗯，也许是。但还有一件令人困惑的事情。"

"是什么呢？"

"既然平行人类深知电子通道的危害，那么他们为什么还没有把通道停下来呢？我刚刚查了一下，电子通道还在正常运转。"

拉蒙特皱了皱眉。"也许他们不想单方面停止。他们把我们看作伙伴，所以希望双方共同协议停止。你说呢？"

"可能。但是也有可能因为我们的交流还不够，他们还没有理解'坏'的意思；同样也有可能是我对他们的符号理解错误，他们可能以为'坏'字的意思是'好'。"

"噢，不！"

"嗯，这是你的愿望，但是希望并不意味着一定会成功。"

"迈克，继续发送信息。尽量多地使用他们的词汇，同时不断变化组合方式。你是这方面的专家，这难不倒你的。最终他们会掌握足够多的词汇，然后给我们准确无误的信息。这样我们就可以向他们解释我们也想把电子通道停下来。"

"但是要做这样的声明，我们缺少政府的授权啊。"

"是的，但他们怎么会知道！最终的结果将会是我们成为人类的英雄。"

"希望在此之前我们没有被绞死。"

"希望如此……这都掌握在你的手里，我相信我们离成功不太远了。"

10

　　但事实上，他们离成功的确还有一段距离。两周过去了，没有收到任何消息，压力也随之越来越大。

　　布罗诺斯基明显地表现出了沮丧。心中一时泛起的希望又沉寂了下去，他闷闷不乐地走进拉蒙特的实验室。

　　他们俩面面相觑，最后布罗诺斯基开口说道："大家都在说你。"

　　"那又怎么样呢，我根本不在乎。真正让我头疼的是《物理评论》杂志又把我的论文退了回来。"

　　"你说过你早料到会这样了。"

　　"是的，但我以为他们会给我一个理由。比如说指出我的观点错误，有漏洞，或者假设不成立之类的。这样我还有机会争论一下。"

　　"那他们给你理由了吗？"

　　"一个字都没有。他们的编辑说我的论文不适合发表。他们根本就不想碰它，仅此而已。他们全都这么愚蠢，的确让人泄气。我想我不会为人类走向灭亡而感到悲哀，因为他们的心灵已经完全变得邪恶，做事情完全不考虑后果。由于愚蠢而走向灭亡，人类已经丧失了所有的尊严。如果结局注定是这样的话，那么做人还有什么价值？"

　　"愚蠢……"布罗诺斯基自言自语道。

"除此之外你还能怎么形容？他们想让我弄清楚，我犯了坚持真理这么严重的罪行，为什么不该被解职呢？"

"似乎大家都知道你去找过陈了。"

"是的。"拉蒙特把手指放在鼻梁上面，疲倦地揉着眼睛，"显然我把他惹火了，于是他去见哈兰姆，添油加醋说了一大堆。现在我的罪名是阴谋破坏电子通道项目，不但动机盲目，而且手段卑劣，结果犯了众怒。我已经不适合在通道站工作。"

"他们能很轻易地证明这一点，彼得。"

"是的，我也认为他们能。但对我来说这无所谓。"

"你有什么打算？"

"没什么打算。"拉蒙特愤怒地说，"他们想怎么干就怎么干去吧。我能依靠的就是他们的官僚作风，他们每一步行动都要花上几周甚至几个月的时间，在这期间你继续工作，我们终究会得到平行人类的回音的。"

布罗诺斯基看上去有点沮丧："彼得，也许我们收不到呢？或许现在是时候重新考虑一下了。"

拉蒙特抬头瞪着他问道："你说什么？"

"告诉他们你错了，痛哭流涕，忏悔，以行动来弥补自己的过错。然后放弃。"

"绝不！看在上帝的份上，迈克，你要明白我们这场赌博是以全世界和所有生物为赌注的。"

"是的。但那于你又有多大关系呢？你没有结婚，也没有孩子。我知道你父亲已经不在了，你也从来没有提起过你的妈妈或者兄弟姐妹。我怀疑，在这个世界上已经没有什么人在感情上跟你有所关联。所以你只管过自己的日子就够了，还管什么别的事情？"

"那么你呢？"

"我也一样。我跟妻子离婚了，也没有孩子。我跟一个女士关系比较亲密，我会尽量把这种关系维持下去。好好生活吧！享受一下人生！"

"那么明天呢？"

"明天自有明天的生活。生死有命，不如及时行乐。"

"这样的生活哲学我受不了……迈克，迈克！你在说些什么啊？难道你要告诉我咱们不可能成功？难道你真的要放弃与平行人类的交流？"

布罗诺斯基抬头望着远方。他说："彼得，我的确已经有了答案。就在昨晚。我本打算等到今天，好好思考一下。但为什么要思考呢？看看吧，就是它。"

拉蒙特的目光里充满不解。他接过那块金属，上面的文字没有标点：

通道不停不停我们不停通道你们停请停你们停所以我们停请你们停危险危险危险停停你们停通道

"天哪！"布罗诺斯基喃喃道，"他们看起来快要绝望了。"

拉蒙特仍然呆呆地看着，什么话也没说。

布罗诺斯基说："我猜在平行宇宙中也有一个跟你一样的人——一个平行拉蒙特。他同样不能说服他的平行哈兰姆停止电子通道。所以当我们请求他们停止电子通道来挽救我们的同时，他们也在请求我们挽救他们。"

拉蒙特说："如果我们把这个拿给……"

"他们会说你在撒谎，这只是你编造的故事，目的是为了挽救自己因为精神错乱引发的噩梦。"

"他们也许会那样说我，但是他们不会那样说你的。你可以支持我，迈克。你可以证明这信息是你收到的，并可以告诉他们你是如何收到的。"

布罗诺斯基红着脸说："那又有什么用呢？他们会说平行宇宙中也有一个像你一样的傻瓜，也有两个臆想狂在一起研究。他们会说这条信息正说明，平行宇宙的政府当局也认为没有危险存在。"

"迈克，跟我一起，我们斗争到底。"

"没有用的，彼得。你自己说过，他们是愚蠢的。那些平行人类虽然科技比我们更发达，甚至比我们拥有更高级的智慧——这是你一直坚持的，但是显而易见，他们和我们的人类是一样愚蠢的，这就没有办法了。席勒指出的这一点，我完全相信。"

"谁？"

"席勒。三个世纪前的一位德国剧作家。他在《圣女贞德》中写道，'面对愚昧，神们自己也缄口不言'。我不是神，我也不打算争取什么。就让它过去吧，彼得，继续你自己的生活。也许世界在我们有生之年不会灭亡，即使会发生毁灭，反正我们什么也做不了。很抱歉，彼得。你为了真理而战，但是你输了。我还有自己的生活要过。"

布罗诺斯基走了，只剩下拉蒙特一个人。他坐在椅子上，手指漫无目的地敲着、敲着……在太阳上的某处，质子正的聚合正在一点一点地加快，随着时间的推移，加快的速度会越来越大，直到某个时候，微妙的平衡终将被打破。

"地球上没有人能够活着看到我是正确的。"拉蒙特大声喊着，使劲眨着眼睛，努力不让泪水流出眼眶。

第二章

……神们自己……

杜阿 (1)

只要远离他人，杜阿并没有多少麻烦。其实她总是希望能找点麻烦，可是不知为何从来没有，从来没有真正的麻烦。

可是为什么应该有麻烦？奥登总会居高临下地反诘。"别乱跑，"他会说，"你知道你会惹崔特生气的。"他从来不说自己会生气；理者从来不会为这些琐事生气。他总是坚定不移地眷顾着崔特，就像崔特眷顾着孩子们那样。

不过要是她仍旧固执己见，奥登还是会任她自行其是，甚至还会帮她哄哄崔特。有时他甚至承认，他也以她为荣，因为她的天赋、她的独立……他是个不错的左伴，她漫不经心地想。

崔特那边就难打发得多。每当她自行其是的时候，他总会以一种阴郁的眼光看着她——不过一般右伴都是这样的。他是她的右伴，不过同时他还是孩子们的抚育者，后一种身份更重要些……所以每当气氛不妙的时候，杜阿总能随便找个孩子把他拖住。

其实，杜阿并不是十分在乎崔特。除了交媾时，她一般都对他视而不见。奥登则是另一回事了。他总是那么让人兴奋，只要看到他，杜阿的身体就情不自禁地微光闪烁，而他理者的身份也让她没来由地激动。她不知道自己为什么会有这样的反应，而这种感觉已经成为她古怪性情的一部分。这么多年来，她已经习惯了自己的古怪——或者说几乎习惯了。

杜阿叹了口气。

当她还是个孩子的时候，当她还把自己当作一个独立的个体，一个单独的存在，而不是这种三者家庭的一员的时候，她曾经更强烈地体会到自己身上的古怪。她是别人眼中的异类，这些差异甚至表现在一些看起来微不足道的小事上，比如在夜晚的地表——

她喜欢夜晚的地表。但是当她向其他情者们讲述的时候，她们都浑身颤抖着抱在一起，说那个鬼地方既寒冷又阴暗。她们情愿在白天温暖的阳光下飘动，伸展身躯，享用美味。可对她而言，白天那些事情才真正乏味无趣。那些情者们，那些喋喋不休的怯懦的情者们，她讨厌她们。

当然，她也要吃东西。但是她更喜欢在晚上进食，虽然夜晚食物稀少。可是每到那时，周围总是光线暗淡，四下里一片深红，而她孑然一身。当然，在她向其他情者讲述的时候，总会故意描述得更凄冷、更阴郁，然后看着那些怯懦的情者们随着想象中的寒冷渐渐僵硬蜷缩，缩到年轻情者的极限。过一阵子以后，她们才会回过神来，叽叽喳喳地咬一阵耳朵，一起取笑她——然后离她而去。

微小的太阳已经出现在视野中了，四下里是只有她才能独自窥见的深红。她横着展开身躯，平铺在地面上，吸收周围空气中微茫的热量。她懒洋洋地享用着，品尝着长波酸涩而空洞的味道。（她从未见过其他的情者喜欢这种感受，但是她永远也不会公开解释，她的喜好来自于对自由的渴求，那种孑然一身、远离尘嚣的自由。）

即使现在，挥之不去的孤独、萦绕四周的寒意以及这几乎渗入体内的深红，都让她想起从前，想起组成家庭之前的那些日子。在所有记忆之中，最难忘最撩人心弦的是她自己的抚育者，她的父亲。他总是笨拙地跟在她的身后，总是害怕她哪天会伤到自己。

他对她总是关怀备至，抚育者天性如此。他们最关心的总是幼小的女儿，远远超过对另外两种孩子的关心。这种过分的关心一度使她厌烦，她甚至盼望着哪天他能从身边离去。所有的抚育者最终都会逝去；可是有一天他真的逝去了，永远消失不见，她的思念却又那么不可遏抑。

那一天到来的时候，他自己去告诉了她，言语尽可能的温暖柔和，尽管一个抚育者生来口舌笨拙。那天她如从前一样，从他身边溜走，不是刻意躲避，也不是因为她怀疑他的告诫，只是一时兴起，便溜走了。她在白天找到了一处特别的所在，那里一片空旷，她在意外的惊喜中饱餐一顿，然后感到心中充斥着一种渴望，想运动或者做些什么。她在岩石的边缘滑过，把身体的边缘与之融合。她知道这么做愚蠢而莽撞，任谁都一样，除了那些不懂事的孩子。不过这样的举动却能让她马上得到无比快慰的欣悦。

她的抚育者最后还是找到了她，站在她面前，沉默良久。他眯着眼睛看着她，好像不愿意碰触到一点点她身上反射来的光线；或是想要一直看着她，尽可能地多看一眼，多看一会儿。

开始，她也气势汹汹地回望着他，她想父亲一定是为她渗入岩石的行为感到羞耻。但是在他的眼中，她没有看到一点责备的意思，最后她还是投降了，忍不住问道："怎么了，爸爸？"

"怎么了？杜阿，日子到了啊。我早就在等着这一天了，你也一样吧？"

"什么日子？"就是这样，杜阿顽固地拒绝了解。在她的观念体系中，如果不去了解，那就不存在。（她从来不曾彻底改掉这个习惯。奥登说所有情者都是这样，说这话的时候他又是那种高高在上的口气，这种口气说明他又一次陶醉在身为理者的感觉当中了。）

她的抚育者说："我要去了，我再也不能陪在你身边了。"他站在那里，一动不动地看着她。而她，无言以对。

他说："你还要通知他们两个。"

"为什么？"杜阿不服气地反问，她的身形开始扩散，边缘也越来越模糊，几乎就要消散了。她赌气地想，就这样消散算了。当然，她做不到。过了一阵，痛楚将她从扩散中拉了回来，身形又开始重新聚拢。她的抚育者默默站在一旁，甚至没有责备她一句，告诉她要是被别人看见会有多丢脸。

她说："他们根本就不会关心！"说完后，她马上后悔了，她意识到这话会对父亲造成伤害。他一直还把他们两个叫作"小左"和"小右"。可是如今"小左"已经完全投身于他那些所谓的学问之中。而"小右"只知道整天念叨着组成一个家庭——那种由理者、情者和抚育者组成的家庭，也是所有人的归宿。杜阿是三个当中唯一还觉得自己很小的，当然，她的确是最小的。情者总是这样的，那两个则完全不同。

她的抚育者只是说："不管怎样，你都要去告诉他们。"然后他们两个相视而立。

她不想去转达。她和他们之间的关系已经疏远了。其实他们小时候不是这样的，那时他们身体上的区别还没有那么明显，混在一起根本就分不出来，理者也好，抚育者也好，情者也一样。他们总是形影不离，整天纠缠在一起，追逐嬉闹。

没有人觉得这样有什么不对，在大人眼中，他们都还只是孩子。可是到了后来，兄弟们开始长得越来越粗壮、越来越严肃，继而越来越疏远。当她向父亲抱怨时，他只会温柔地说："你们都长大了，杜阿。"

她不想听，不愿意接受这件事。可是事实上，她的理者哥哥真的在一天天疏远自己，只会跟她说："别来烦我，没工夫跟你玩。"而抚育者哥哥已经整日不苟言笑，变得忧郁而沉默。那时候，她十分困惑，而父亲也始终没能给她一个明确的解释。每次她问起这个问题，他只会照本宣科地回答："一个是理者，另一个是抚育者，他们都会以自己的方式长大。"

她可不喜欢他们的方式，他们已经不再是孩子了，只有她除外。于是她便去找其他的小情者们。她们都对自己的兄弟有同样的抱怨，都在谈论着组成家庭的事，都喜欢在阳光中伸展躯体并进食。她们长得越来越彼此相似，每天都在说着同样的事。

渐渐地，她开始憎恶她们，一有机会她就远离群体，独来独往。于是，大家也开始疏远她，在背后叫她"左情者"。（被人这样叫，已经是很久以前的事了，可是每当她想到这个词，总会清晰地记起那种细碎的声音如何在自己身后徘徊，挥之不去。她们知道这样的话有多么伤人。）

不过无论如何，父亲对她的关爱始终如一，即使他知道所有人都在背后取笑她。他总是尽其所能地保护她，尽管他的方式看起来总是那么笨拙。有时候，他会一直跟着她到地面上去，尽管他自己非常讨厌那个地方。他只是想保护她，害怕她受到伤害。

有一次她偶然遇到他在跟长老交谈。要知道，一个抚育者几乎永远没有机会跟长老说话。尽管她还小，这个道理她也非常清楚。长老只跟理者说话。

她被吓坏了，赶忙悄悄溜走。可是在她走远之前，还是听到父亲说："我把她照顾得很好，尊敬的长老。"

是不是长老问起了她的事？难道她的古怪脾气传到长老那里去了？可是父亲的口气中丝毫没有道歉的意思。即使是面对长老，他也敢于直述对女儿的关爱。想到这一点，杜阿心中充满自豪。

可是现在，他却要离开了。杜阿曾梦想过无数次的那种完全独立的生活在这一瞬间失去了所有的光彩，只剩下触手可及的无尽孤独。她说："为什么？为什么你非走不可？"

"我必须走，我的孩子。"

是的，他必须走。她心里清楚。所有人，或早或晚，终归要逝去。将来会有一天，她自己也会叹口气，说："我必须走。"

他说："你的理者父亲已经决定了，我们这个家都要听他的。"

"为什么？为什么你一定要听他的？"她几乎从未见过她的理者父亲和她的情者母亲。对她而言，他们毫无意义。只有她的抚育者，她的抚育者父亲，她的爸爸，才是这个家的全部。他就站在那里，轮廓平直。他不像理者那样全身弯角光滑、弧度优美；也不像情者波纹涟漪。他不用开口，她就能猜出他要说什么。

她知道他接下来会说："跟小情者，我解释不清。"

果然如此。

杜阿感到心中的悲伤难以抑止，情不自禁地说："可是我会思念你的，爸爸。我知道，你一直以为我不关心你，一直以为我讨厌你管着我。可是你知道吗，我情愿你永远在我身边，管着我，不让做这不让做那，也不要永远失去你啊。"

爸爸只是站在那里，他不知道如何抚平女儿奔涌的情感。他只能走到她身边，伸出手来。这个动作对他而言并不轻松，可是他还是伸出自己颤抖的手，一如既往地温柔。

杜阿轻轻地叫道："噢，爸爸。"她也伸出手来，在她触手的遮盖下，父亲的手显得朦胧绰约而微光闪烁。但是她还是很小心地不让他们的手彼此碰到，她知道这样会让父亲很尴尬。

父亲抽回手来，她一下子手中空空。他说："记住，有困难的时候去找长老，杜阿。他们会帮你。我……我现在要走了。"

他走了，一去不回。

现在，杜阿静静地坐在那里，在夕阳中回忆往昔。她忽然想到，不一会儿，崔特一定会发觉她又溜走了，又会去奥登那里唠唠叨叨。

而奥登又会给她上课，讲那些责任之类的废话。

她才不在乎呢。

奥登(1)

奥登已经感应到杜阿又溜到地面上去了。虽然没有刻意思索，但他还是感应到了她所在的方向，甚至连他们之间的距离也了然于胸。如果硬要禁锢思绪，那他肯定会觉得不舒服，因为这些年来，这种感应已经融在他的潜意识之中，浑然一体，不可分离。在不知不觉间，他会在头脑中搜集她的信息，至于动机缘由，他自己也说不上来。好像事情本应如此，随着岁月增长，他便自然而然地具备了这个本领。

崔特的心灵感应能力也并没有消失，但是他的能力渐渐都分配到了孩子们那边。当然，这种转变非常有益，但同时抚育者在家庭中的角色也变得越来越固定，越来越简单。说好听点，也可以说是越来越重要。而理者却要复杂得多……想到此，奥登感到些许孤芳自赏的自得。

其实，家里真正的难题还是杜阿。她总是那么特立独行，与其他情者迥然不同。这使崔特深受打击，饱经困扰，也使他愈发口齿笨拙。对于此事，奥登也时常会感到困扰和懊恼，但他同时也深切地体会到杜阿所带来的欢乐，她仿佛有无穷的魔力，给大家带来数不清的乐趣。而这种天赋与她惹人烦恼的个性是一体两面，不可分割。所以相对这种欢乐而言，她偶尔带来的那些小小的麻烦，简直就微不足道了。

或许杜阿独立的性情也不是什么怪事，事情或许本应如此。长老们对她还颇有兴趣——一般而言，长老们只对理者有兴趣。想到此，奥登不免有点自豪：他的家庭如此非凡，连情者都值得长老们另眼相看。

事情都一如所想，一如所料。当你深入地底，你会想到下面就是岩床，果然，你触摸到了岩床。有时候他甚至可以想到，真到了逝去的那一天，逝去本身一定正是他心中所愿。长老们就是这么说的，对所有的理者，他们都这么说。但是他们同时还说，逝去的确切时间并不能由他人告知，这个时间就在你自己心中，确切无误。

"到时候你会告诉自己，"罗斯腾曾经这么说——言语清晰，语气耐心而细致，这正是长老的口气，好像是为了能让一个凡人听懂，他们要费很大力气，"告诉你自己为什么要逝去，然后你便会逝去，你的家庭也会随你而去。"

那时，奥登回答："我不敢说我一定会乐于逝去，尊敬的长老。我还有那么多东西要学。"

"当然，亲爱的小左。现在还不是时候，你当然会这么想。"

奥登心想："既然我永远都觉得学无止境，那我怎么会在某天想逝去呢？"

不过他没有说出来。他确信那一天终将会到来，到时候一切都会水落石出。

他向下看着自己的身体，差一点忘了自己的感应能力，几乎要伸出一只眼睛来看——即使在最理智最成熟的理者心中，也还是难免有些孩子气的冲动。他并不需要用眼睛。单凭自己的感应力，他就可以完全了解自己的身体。他知道自己的身体坚实、漂亮、轮廓清晰、边缘圆滑，呈现出完美的卵形弧度。

他的身体不像杜阿那样闪着诱人的奇异微光，也不像崔特那样结实而稳固。他爱他们两个，但是却不愿意把自己的身体换作其中任何一个。当然，思想也是一样。不过，他永远不会把这话说出来，他不会做任何伤害自己伴侣的事。但是，在内心深处，他无时无刻不感到身为一个理者的庆幸，这使他不必像崔特那样头脑简单，也不像杜阿那样思维古怪（这点甚至更要命）。他猜想，那两位对自身的缺陷并不介意，因为他俩并不真正理解生命的其他形式。

他又感应到远处的杜阿了，这次他主动削弱了这种感应。这时，他觉得自己不再需要她了。这并不是说，他对她的爱减弱了多少；而只是说明了他对其他东西有了更强烈的追求。这是一个理者走向成熟的必然，他的意识和精力要投向更深邃的问题，那些问题，他只能独自求索，以及，跟长老一起。

他越来越习惯于跟长老们相处。在他看来，这是必然的，因为他是一名理者，而从某种意义上来说，长老们就是"高级理者"。（他曾经把这话告诉罗斯腾，那是跟他最亲近的长老，有时他还能模模糊糊感到，那也是长老里最年轻的一个。罗斯腾好像被逗乐了，但什么也没说。不过这至少表明，他并不反对这个说法。）

奥登最早的记忆总是跟长老们联系在一起。他的抚育者父亲越来越把心思都花在最小的孩子上，那个小情者。天性如此。等到他们自己的小女儿出生以后（如果最终生出来的话），崔特也会这么做。（从崔特身上，奥登能看出这一点，为了还没生下女儿这件事，崔特一直对杜阿抱怨个不停。）

但这也不是坏事。在他的抚育者父亲忙于其它的时候，奥登可以早早就开始接受教育。他失去了一个孩子的乐趣，但是早在与崔特会面之前，他就学到了大量的知识。

他永远忘不了那次会面的情形。即使是度过了半生以后的今天，一闭上眼，当时的情形还历历在目。在那以前，他也不是没见过同龄的小抚育者；那时他们都是孩子，还远没到抚养自己后代、成为真正抚育者的年纪，看起来也没那么迟钝。在小时候，奥登也曾跟自己的抚育者兄弟一起玩耍，那时他几乎完全没有意识到自己与他们的智力差异（不过多年以后回头再看，他发现即使是那时，差异也已经显而易见）。

他也曾朦胧地意识到抚育者在家庭中的地位。尽管他还是个孩子，他也已经听到了一点关于交媾的传言。

当崔特第一次出现之时，从看到他的第一眼起，奥登的生活就彻底改变了。他第一次感到了内心深处涌动的暖流，第一次感到在这世上有些事情让他无比渴望，而这些事情与理性、与思考毫无关系。即使现在，他还清楚地记得随之而来的那种漫无边际的窘迫感。

当然，崔特倒是一点也不窘迫。抚育者从来不会为三者之间的事困惑，情者也差不多从未有这方面的困扰。理者，只有理者才会为此烦恼。

　　"想太多了吧。"当奥登向一个长老倾诉的时候，长老只是这样回答。奥登对这个答案显然并不满意。思考从来都是不嫌多的。

　　当他们初遇的时候，崔特还非常年轻，满身孩子气，对自己的笨拙还一无所知。所以，他对相逢的反应那么简单直接，让人尴尬。他的身体轮廓一下子变得朦胧起来。

　　奥登有些犹豫地问道："我……我以前见过你吗？"

　　崔特回答："我没来过这儿。我是被叫来的。"

　　这时候他们都明白了。这次会面是预先安排好的，一定是有些人（奥登一开始以为是些抚育者，后来想到应该是长老们）觉得他们彼此适合。事实证明，这个判断非常英明。

　　当然，合适并不是说他们智力相若。奥登对知识有一种近乎疯狂的饥渴，这种饥渴足以使他忘却除家庭以外的一切；而崔特却连学习这个概念都不甚明了。他学不学都是无所谓的事，因为他终其一生需要知道的东西，都与生俱来。

　　从那以后，奥登不再只是沉迷于对天地星辰的探索、生命本源的追求，或者醉心于揭示宇宙无穷无尽的奥秘，崔特已经进入了他的生活，他喜欢整天对崔特侃侃而谈。

　　崔特总是一言不发地听着，明显听不懂，不过倒是很有耐心；而奥登也是，明知道对方听不懂，也还是兴致勃勃地讲个不停。

　　迈出第一步的还是崔特，天生的欲望驱使着他作出改变。那天，在用过正餐以后，奥登还在没完没了地讲述着当天学到的一些新知识。（他们理者的体质更粗壮，进食也快很多，喜欢在阳光中穿行而过；而情者们在阳光中一浸就是几个小时，反复把身体蜷曲又伸展，好像是故意慢慢品味。）

奥登向来对情者们视而不见，他就喜欢这样兴高采烈地交谈。而崔特平时只会日复一日地盯着她们，沉默不语，不过今天他的情绪看起来波动得厉害。

突然，崔特向奥登走去，触手毛躁地向前伸展，仿佛要冲进奥登的身体里去。走到近前，他把手放在奥登卵形身体的上部，那里微光闪烁，仿佛正散发出诱人的甜香。崔特极力使触手扩散开来，渗入奥登的身体。奥登触电似的跳开，惊慌失措。

奥登在幼时自然也这样做过，可是自青春期以后还从未尝试。他尖声叫道："别这样！崔特！"

崔特依旧伸展触手，向前一点点摸索着："我要。"

奥登极力收缩身体，使躯体表面尽可能的坚实，难以侵入，他挣扎着说："可是我不想！"

"为什么？"崔特显得迫不及待，"这样没错啊。"

奥登凭直觉回答："会痛。"（其实不会，不会有物理上的疼痛。长老们一般都避免同普通人接触。一次莽撞的碰触真的会伤到他们，不过普通人就没事，完全没事。）

崔特可不会被骗到，在这方面，他的直觉向来准确无误。他说："根本不会痛。"

"就算不痛，可是我们这样也不对啊。我们还需要一个情者。"

而这时的崔特已经完全听不进去了，他只是说："我就是想要。"

一切终归要发生，奥登也注定会屈服。他屈服了，即使是最理

86

智、最具有自我意识的理者，在此刻也难以抗拒本能的诱惑，就好像那句老话："大家都会做，不承认的都是骗子。"

自那以后，每次会面时崔特总要跟他交媾，即使不用触手，他们也会将身体边缘相互融合。在快感的诱惑下，奥登不但不再抗拒，反而极力配合，主动闪烁着身体。其实，在这方面，他的能力要比崔特强。可怜的崔特，虽然欲望比较旺盛，每次都情绪高涨，全力以赴，可是笨拙的身体却只能闪出一点点可怜的光斑，而且参差不齐，几乎难以辨认。

奥登则不同，他可以把全身都变成半透明色，可以克服心中的窘迫，使自己全心全意地渗入崔特的身体。他们已经能完全浸入对方的表层，奥登可以感受到崔特表皮下坚实身体的脉动。残缺的交媾充满了欢愉，也带来了挥之不去的负罪感。

后来，每次交媾结束以后，崔特总感到疲惫不堪，心中还有莫名其妙的气恼。

奥登劝他："你看吧，崔特，我以前就跟你说过，我们还需要一个情者。这事本应如此，你大可不必生气。"

崔特便回答："那我们去弄个情者来。"

弄个情者！崔特的脑子生来就只有一根筋。奥登不敢确定，自己是否能把生活的复杂性跟这个家伙讲清楚，不过他还是试着温柔地解释："事情没有这么简单，我的右伴。"

崔特可不理会那么多，径直说："去找长老，你跟他们熟，他们会解决的。"

奥登吓了一跳。"我不去，至少现在不去，"他继续说着，不知不觉间恢复到平时那种循循善诱的口气，"时机还没到，或者说我自己还不是非常清楚。要等到……"

崔特根本就没在听，他只是说："我去找。"

"不行！"奥登几乎被吓趴了，"这事你不要管，我跟你说了时机还没到。相信我，我受过这方面的教育，我懂。不像你们抚育者，什么都不用管，什么都不用学，除了……"

话一出口，他就后悔了。他心里其实明白，这不过是托词。他只不过是不想对长老有一丁点儿冒犯，不想伤害到目前他与长老之间融洽的关系。不过，幸好崔特听到这话的时候，并没有生气的意思。奥登想到，在崔特看来，人生在世，根本没有学习的必要。而自己只是说了句实话，算不上什么侮辱。

不管怎么样，情者的问题依然存在。在那以后，他们偶尔还会交媾。事实上，他们的欲望与日俱增。尽管这种残缺的交媾不乏欢愉，可是终归不能带来真正的满足。每次过后，崔特都愈发想找个情者来。而奥登则把自己深深地埋入浩瀚的知识当中，以此来逃避这个恼人的问题。

其实有好几次，在面对罗斯腾的时候，他几乎都要提出情者的事来。

罗斯腾是他最熟的长老，也是对他个人兴趣最大的长老。长老们其实都长得一模一样，他们从来都不会改变，从来不。他们的体形、外貌都是固定的，比如眼睛永远长在同一个位置，更要命的是，所有人的眼睛都长在同一个位置。他们的躯壳也并不完全坚硬，可是却完全不透明，永不闪烁，永不消散，永远不能与同类相互渗入。

他们的体积并不比普通人大，可是要重得多，因为身体的密度更大。平时他们都会尽量避免与普通人柔软绵延的身体组织接触。

在小时候，很小很小的时候，奥登的身体还像情者妹妹那样轻薄柔软，可以随意飘动，那时有个长老曾触碰过他。当时他根本不知道那是谁，但后来他学到，所有的长老都对年幼的理者有兴趣。那时，奥登曾伸手去触摸一位长老，仅仅是因为好奇。当时那个长老惊惧地倒退好远，事后他的抚育者父亲狠狠地骂了他一顿，告诉他长老是不可以碰的。

这次责骂奥登终生难忘。当他长大一些以后，他学到长老的身体结构排列紧密，与他人身体碰触融合，会带来巨大痛苦。奥登不知道普通人会不会有痛觉。另一个年轻理者告诉他，自己曾不小心碰到一个长老，那长老几乎要折成两段，而自己却毫无感觉——不过奥登拿不准他是不是在吹牛。

生活中的禁忌不止于此。奥登喜欢用身体摩擦洞穴的石壁。这样很好玩，当他的身体渗入岩壁的时候，他会有一种温暖而舒服的感觉。孩子们都喜欢这么干，不过当他渐渐长大以后，这个动作的难度也越来越大。即使如此，他还是能使自己的表层渗入墙内，还是很舒服。不过他的抚育者发现他这个把戏以后，又骂了他一顿。他不服气地说，他的妹妹天天都这么干，他见过。

"你们不一样。"父亲说，"她是个情者。"

后来又有一次，当他在研读一份记录文档的时候——当时他已经更大了——他把自己身体的结构随便改了改，使身体尖端淡化消散，这样他就可以从文档中渗过。后来在学习的时候，他常常这么做。这给他带来一点麻痒痒的快感，学习效果也更好，睡得也更沉了。

不过当抚育者父亲看到这情形以后，还是骂了他一顿。当时父亲那种强烈的反应、粗暴的语气，到现在回想起来，还让人觉得不舒服。

那时候从来没人给他讲过关于交媾的事。他们只是给他灌输各种知识，那些知识包罗万象，只有交媾的事从不提及。也从来没人给崔特讲过，可是他是抚育者，生来就懂。当然，等到杜阿最终出现以后，一切不言自明，虽然说杜阿的理论知识恐怕比奥登还少。

不过她的出现跟奥登毫无关系，完全是崔特一手操办的结果。是的，就是崔特，那个向来害怕长老、即使遇到都会默默躲开的崔特；那个缺乏自信、对奥登都充满崇拜的崔特；那个在此事上一向被动的崔特。崔特，就是那个崔特。

奥登叹了口气。崔特正渐渐进入他的脑海，他正向这边走来。他能感应到，感应到右伴笨拙而充满欲望的气息。这些日子里奥登少有时间考虑到自己，现在他终于觉得应该多花些精力，把这些千头万绪的想法梳理一下了——

"你来了，崔特。"他说。

崔特 (1)

崔特能感觉到自己形象粗短，不过他并不觉得这样难看。实际上他根本不会去考虑这个问题；即使真的去想了，他也会觉得这样最好看。他的身体只为一个目的而存在，平心而论，性能可靠。

他开口问道："奥登，杜阿去哪儿了？"

"出去了，在外面。"奥登随口咕哝了一句，好像并不在意。看到这种对家庭明显的忽视，崔特有点生气了。杜阿总是那么难管，而奥登却从来也不关心。

"为什么放她走？"

"我为什么要拦她？崔特，她做错什么了？"

"你知道她错在哪儿。我们已经有两个孩子了，可是一直没有第三个。你知道现在要生出个小情者来有多难。杜阿必须得到充分的营养，要不然根本就不成。现在呢，她又在日落的时候出去了。日落时那点光线，她能吃得饱吗？"

"她只是食欲不好而已。"

"正因为如此，所以我们到现在还没生出女儿。"崔特的口气变温和起来，"你想啊，要是没有杜阿，没有一个情者，我们两个的生活算什么呢？"

"嗯，喔。"奥登嘴里咕咕哝哝着。崔特懊恼地发现，他的左伴在这最简单的事实面前，又开始扭扭捏捏了。

他又说："记住，当年是我先找到杜阿的。"奥登还记得这些吗？奥登心里还有这个家吗？有时候崔特心里会感到无比的丧气，他想要努力改变——改变这些——事实上他根本就不知道该怎么办。他只知道自己心里十分懊恼。他感到自己又回到了从前的日子，那时他渴望找到一个情者，而奥登却一点儿都不在乎。

崔特知道自己说不出那些大道理。不过虽然抚育者都嘴笨，可他们心里却并没闲着。他们时时刻刻都惦记着那些真正重要的事。奥登说来说去不过是那些粒子啊、能量啊，那些东西有什么用？崔特心里惦记的都是自己的家庭和孩子们。

奥登曾对他讲过，现在普通人的数量正在逐渐减少。可奥登自己难道不关心吗？那些长老们都不关心吗？到底有谁会关心抚育者的想法呢？

这世上只有两种生命，一种是长老，另一种是普通人。两种都得吃饭、吸收阳光。

奥登曾经跟他讲过，太阳在慢慢变冷。食物越来越少，所以生命的数量也将会随之减少。不过崔特并不相信，在他看来，太阳的温度并没有降低，至少从他小时候到现在没什么变化。人数变少的原因只有一个，就是大家都不关心家庭了。理者们都天天想着没用的知识，而情者们总是蠢到不可救药。

普通人就应该放弃那些乱七八糟的东西，专注于家庭。崔特就是这样，他总是心无旁骛地操持着这个家。小理者先降生，然后是小抚育者。他们一天天长大，长得活泼可爱。剩下的就是再生个女儿了。这事对他们来说好像非常困难，可是如果现在生不出情者，日后谁来组成新的家庭？

杜阿这阵子是怎么了？她一直就很古怪，现在好像越发不可琢磨了。

崔特心里对奥登一阵火起。奥登嘴里总是那些不知所谓的话，杜阿还很爱听。奥登总喜欢跟她说个没完，好像她也是个理者一样。对一个家庭来说，这可不是什么好事。

这道理奥登应该明白。

只有崔特知道为这个家操心。只有他才会去做那些非做不可的事。奥登跟长老们那么熟，却一句话都不肯讲。当年他们需要情者的时候，奥登就是不说。他只会跟长老们讨论能源之类的废话，从来不替家庭考虑。

最后还是崔特勇敢地站了出来。一想到那天的情景，崔特心中又充满自豪。那时他看见奥登正和一个长老交谈，他就主动凑了过去。他理直气壮地打断了他们的谈话："我们需要一个情者。"

那个长老转过来看着他。崔特从来没有跟哪个长老挨得这么近过。那长老看上去是一整块，随便一个细微的动作都要牵动全身；虽然身上也有一些可以活动的附肢，但他们的躯干却永远不会改变形状。他们永远无法随意飘动，而且奇形怪状，毫无美感可言。看上去他们应该不喜欢被人碰到。

长老问道："是这样吗，奥登？"他还是没跟崔特讲话。

奥登几乎已经把头埋到地下了，崔特还从未见过他这样。他说："我……我的右伴一定是昏头了，他……他……"奥登这时候已经结结巴巴，说不下去了。

但是崔特能。他继续说："缺了情者，我们没法交媾。"

崔特知道奥登已经尴尬得说不出话来了，不过他可不管。机不可失。

"好吧，亲爱的小左，"那个长老对奥登说，"你也有这种感觉吗？"长老们操持的语言跟凡人完全一样，可是声音却尖利刺耳，听起来很不舒服，也很难听懂。虽然奥登看起来已经完全适应了，可是不管怎样，崔特还是觉得听不大懂。

"是的。"奥登最终还是这么回答。

长老终于转向崔特。"告诉我，年轻的抚育者，你和奥登在一起有多久了？"

"很久了，"崔特回答，"没情者实在是不行了。"他尽量绷紧身体，不流露出一丝畏惧。他知道这个时刻非常关键。他说，"我的名字叫崔特。"

那个长老好像有点被逗乐了。"不错，你做得对。你和奥登相处得非常好，不过这样一来情者有点不好选。我们已经差不多拿定主意了，至少我早就想好了，不过还得说服其他长老。耐心点，崔特。"

"我已经失去耐心了。"

"我知道，我知道，不过再等等吧。"他又一次笑了。

当他走后，奥登直起身子，对崔特大发脾气。他怒吼道："崔特！你知道自己在干什么吗？你知道他是谁吗？"

"他是个长老啊。"

"他是罗斯腾，他是我的导师。我可不想他生我的气！"

"为什么？他为什么会生气？我一直很有礼貌啊。"

"算了。"奥登恢复常态，面对崔特，他真的不知道该怎么发火。（崔特也松了口气，不过还是尽量不表现出来。）"你知道吗？这非常难堪。想想看，我的右伴从来不怎么说话，却突然跑去跟我的导师交谈。"

"那你自己怎么不说呢？"

"这事需要时机，时机，你懂吗？"

"不过你好像永远也等不到那个时机。"

后来，他们就一起上到地面，不再争执。不久，杜阿就来了。

是罗斯腾把她带来的。崔特并不知道，他根本就没有去看长老，他的眼里只有杜阿。还是后来，奥登告诉他是罗斯腾做了这件事。

"看见了吗？"崔特不无骄傲地说，"是因为我去找他说了，是因为我，杜阿才会来。"

"不对，"奥登说，"是因为时机已到。不管你有没有找过他，只要时机到了，杜阿自然会来。"

崔特才不信呢。他认定全是因为的他的功劳，杜阿才会来。

不过，杜阿倒真的是独一无二。崔特见过很多情者，看上去都挺诱人的。随便哪一个加入他们的家庭，使他们的交媾完整起来，崔特都能接受。不过当他一见到杜阿的时候，他就明白了，以前那些统统不合适。杜阿，只有杜阿才是完美的。

杜阿知道该如何去做，完全知道。后来杜阿才说，以前没人教过她，从来没人跟她提起过这件事。甚至其他情者都没跟她说过，因为她总是独来独往。

但是当他们相遇的时候，大家都明白该如何去做。

杜阿的身体渐渐淡化消散，崔特从未见过任何一个人的身体可以消散到如此程度，连想都想不到。她的身体已经变成一团色彩斑斓的迷雾，充斥着整个房间，使他眼花缭乱。他下意识地向前移动，渐渐地进入了杜阿所幻化的迷雾中。

他甚至感觉不到渗入，完全没有感觉。没有阻碍，没有摩擦。他在杜阿的体内飘动，感到一阵阵心悸。然后他发现自己也开始淡化消散，完全不像从前那样吃力。他也能轻而易举地幻化成一团烟雾。这种消散就像游动一样简单，毫无障碍。

朦朦胧胧中，他看到奥登从另一边进来了，从杜阿的左边。奥登也在消散。

接下来，就像任何世界中任何激情的接触一样，他碰触到了奥登。但是那甚至不像一次接触。一切尽在无法名状的感觉之中。崔特毫无阻碍地进入了奥登的身体，正如奥登进入他的身体。他无法判断，究竟是他在奥登体内，还是奥登在他体内，或者他们在彼此体内，或者都不是。

只是——欢愉。

渐渐地，这种感觉从高峰滑落，等他感到自己再也无法支持的时候，感觉消失了。

最后，他们分开身体，彼此注视。这次交媾从头到尾持续了好几天。交媾总是很耗时间，越长就越过瘾，尽管每次结束之时，他们都感觉那只是一瞬间的事，甚至无法回忆起具体的经过。在以后的日子里，他们每次交媾的时间都比初次要长得多。

奥登说："太奇妙了。"

崔特只是直直地盯着杜阿，是她带来了如此奇妙的享受。

她已经聚拢了身体，浑身震颤着，好像还在晕眩之中。看来她是三人之中感受最深的。

"我们改日再来，"她匆匆忙忙地说，"改日，现在我要走了。"

她马上便离开了。他们并没有阻止，因为他们都还没缓过劲儿来。从此，每次交媾过后，她都会独自离开，好像心中有什么东西，需要独自面对。

崔特很为此烦恼。她在太多地方与其他情者不同。这样不对。

奥登却不这么看。他常常说："为什么不让她独处呢，崔特？她与众不同，说明她比其他情者更出色。要是她像普通情者一样，我们的交媾能有这么奇妙吗？而你，只想享受其中好处，却一点代价不愿付出，这怎么可能？"

崔特其实完全弄不明白。他只知道，杜阿应该安守自己的本分。他说："我想要她做自己该做的事。"

"我知道，崔特，我知道。不管怎么说，你就随她去吧。"

其实奥登常常因为杜阿的特立独行而责备她，不过却总不愿意让崔特去说。"你说话缺乏技巧。"奥登总是这么说。崔特却听不懂什么叫技巧。

不过现在，第一次交媾已经过去很久了，他们还是没生下女儿。已经多久了呢？恐怕太久太久了。而杜阿，随着时间的推移，却越来越孤僻了。

崔特说："她吃得太少了。"

"等时机到来……"奥登又开始说。

"时机？算了吧，你总是说这些废话，什么这个时机到了而那个又没到。当年在找杜阿的时候，你就永远地等不到所谓的时机；而现在，我们该要个女儿，你又会永远等下去。问题在于杜阿……"

奥登这时候已经转过身去。他说："她就在那儿，崔特。要是你觉得自己是她的父亲而不是右伴的话，你就自己去找她。去吧。不过我已经劝过你了，别管她。"

崔特走了。他心里憋了一肚子的话，却不知从何说起。

杜阿（2）

杜阿可以隐约感到，远处的两个伴侣又谈及她的问题了。这让她有些不高兴，逆反情绪开始滋长。

要是让他们中随便哪个，或者他俩一起，找到了她，最后肯定又是一场交媾，无聊透顶。崔特这辈子就只知道这事，除了看孩子以外；他也只关心这事，除了生第三个孩子以外。除了孩子还是孩子。只要他想交合了，就非要得逞不可。

其实在家里，只要崔特一犯倔，谁也没办法。他只会认死理，抓住个简单的念头，死不松手，最后没办法，奥登和杜阿只能屈服。不过，现在，她还不想放弃……

她并不觉得这么想算是不忠。她从来没指望对奥登或者崔特有那种彻底的依恋，就像他们两个之间那样。她甚至可以独自体会交媾的乐趣，不像他俩，只能以她为媒介。（这么说，好像她才应该是家长。）当然，在那种三者参与的交媾中，她也感到欢愉，傻瓜才会无动于衷。不过，当她把自己身体的边缘渗入一堵石墙时，也能有类似的快感。有时候，看到四下无人，她也会悄悄尝试。而对于奥登和崔特来说，三者交媾的快感则是无与伦比、无可替代的。

不，等等。奥登还能从学习中得到快乐，他把那叫作智力开发。杜阿有时候也能感到，知道一件事情的原委，也能带来满足感；尽管这跟交媾有很大不同，但是可以从某种程度上代替交媾。这就解释了在不进行性活动的时间里，奥登都在做什么。

不过崔特可不是这样。他只知道交合，以及孩子，别无其他。要是他那缺乏智力的小脑瓜哪天完全被这事塞满了，奥登便不得不屈服，杜阿也是。

她也曾提出异议："我们交合的时候，身上都发生了什么？我们一做就是几个小时，有时候是几天。在这期间，到底发生了什么？"

崔特听了很恼怒："交合就是交合，就应该这样。"

"我可不喜欢什么事情都'应该这样'。我想知道为什么。"

奥登看起来也很困惑。他这半辈子里一直都在困惑。他说："就这事而言，杜阿，的确只能如此。这关系到……生孩子。"他顿了一下，然后才说出最后那个词。

"好啊，然后呢。"杜阿毫不妥协，"我们都是成年人，我们已经交合过不知道多少次了，我们都知道这样才能有孩子。谁都会这么说。可是为什么每次都要花这么长时间呢，一句'生孩子'就打发了？"

"因为这是个非常复杂的过程，"奥登还是一顿一顿地说，"因为这要耗费能量。杜阿，你要知道，开始孕育一个孩子，要花很长时间；而即使是花了这么长的时间，也不见得就一定能得到孩子。现在，事情又更糟了……也不只是我们。"他最后还草草地加了这么一句。

"更糟？"崔特不安地问道，可是奥登不想多说了。

最终他们还是有了一个孩子，一个小理者，他游来游去，飘忽不定。三个父母都欣喜若狂，奥登一直把他抱在怀里，看着他不停变幻身姿，直到崔特把他夺走为止。是崔特，在漫长的孕育期内日夜守候，在孩子成形以后又将其分离出来，一直到今天。是崔特，一手抚养着这个孩子。

自那以后，崔特的时间多半就花在孩子身上，杜阿对此窃喜不已。崔特的执著一直就让她厌烦，可是奥登的执著——不知道为什么——就让她很着迷。她越来越感到他的重要。身为理者的特质使他能解答各种各样的问题，而杜阿也总有数不清的问题去问他。只要崔特不在身边，他也总是乐于回答。

"为什么交媾一次要那么久？奥登，我不喜欢一搞就是好几天，却连发生了什么都不知道。"

"别担心，杜阿，我们非常安全，"奥登诚挚地说。"你看，不是什么事也没发生吗？再看看别人，不是一样没事吗？再说，你也不应该什么都问，什么都想知道。"

"不应该？难道就因为我是个情者？因为别的情者都不问？——如果你想知道的话，我告诉你，我从来都受不了其他的情者，我就是想问问题。"

这时她完全感到了奥登炙热的目光，好像在他眼中，自己就是这世上最迷人的尤物；如果这时候崔特也在，免不了马上又是一场交合。此时她甚至让自己身体渐渐淡化；并未彻底消散，但做得恰到好处，刚刚好显出成熟迷人的风韵。

奥登开口："杜阿，你不会了解其中奥秘的。要知道，孕育一个新的生命会耗费相当多的能量。"

"你总是提到能量。到底什么是'能量'？"

"就是我们日常摄入的东西。"

"好吧，如果是这样，那你为什么不说是'食物'？"

"食物和能量并不完全是一回事。我们的食物来自于太阳，这也是能量的一种，但是还有些其他种类的能量，它们并不是食物。我们吃饭的时候，要伸展身体，吸收光线。情者的身体相对更透明一些，所以光线很容易就会穿过身体，吸收起来也就比较困难……"

杜阿心想，能听到合理的解释简直太棒了。其实奥登告诉她的这些，她心里也差不多知道，可就是无法准确地表述出来，她不懂那些合适的措辞，那些奥登口中的科学术语。用了那些词汇，一切就可以说得清晰无误。

在她长大以后的这些年里，她已经不再害怕儿时所受的那些嘲弄，她成为奥登的伴侣，受到了应有的尊重。有时候，她还会在白天的时候到地面上去，凑在情者们中间，努力忍受着人群中的嘈杂和拥挤。不管怎么说，她还是很喜欢饱餐一顿的感觉，这样的话，交媾起来也更痛快。在这个过程中，也有其乐趣在。有时候她觉得自己更能体会到那些别人已经熟视无睹的乐趣——在阳光下四处游动，惬意地收起身体，使其更紧凑、更密实，从而更有效地吸收光和热，享受美味。

这样的话，杜阿就可以很容易得到所需的能量；而其他人好像永远都吃不饱似的。对于她们身上那种生与俱来的暴食癖，杜阿永远都不会效仿，永远都不能忍受。

这就是为什么理者和抚育者很少上到地表去。因为他们的身体足够密实，可以高效地吸收光线，然后很快就离开。而情者就不得不在日光下终日翻腾，她们吃得要慢很多，而且，仅仅为了交媾这一件事，她们就要摄入比他人更多的能量。

繁殖过程中，情者提供的是能量，奥登这么解释（他到此打住，这样他的话就刚刚好表述完这个意思），而理者提供的是种子，抚育者负责的当然就是抚育了。

自从杜阿明白了这个道理以后，再看到那些情者们整日贪婪地吞食着阳光，反感中便又混杂了一些好笑。她们从来不会提出问题，她们永远都不会知道自己行为的意义，从来都不曾体会到自己这种行为的"性意义"。她们只会盲目地在阳光中进食，一路傻笑着游到地底，再带着一肚子的能量，好好地做一次爱。

当她现在又带着半饥不饱的肚子回到家中时，她甚至能忍受崔特的恼怒了。他们有什么可抱怨的？她是比别的情者更淡薄缥缈，这意味着更轻灵的交合。这种交合或许不像其他家庭那样温润粘稠，可是更加轻灵曼妙，她敢肯定。而且，他们不是一样有两个孩子了吗？

当然，还缺一个，一个小情者，这也正是症结所在。生这样一个孩子，需要的能量要更多，而杜阿从没有吃饱过。

现在连奥登都开始提这事。"杜阿，你摄入的阳光不够。"

"是，我知道。"杜阿草草回答。

"詹尼亚她家，"奥登说，"刚生下了一个小情者。"

杜阿不喜欢詹尼亚，从来都不。即使以一个情者的眼光来看，那女人都太蠢了。杜阿倨傲地说："我想她又在到处炫耀了吧，她总是缺心眼。我想她肯定会说，'我可得说说，亲爱的，你们不知道我家左伴和右伴做起那事儿来……'"她惟妙惟肖地模仿着詹尼亚那颤抖的语气和手势。奥登被逗乐了。

不过他还是说："詹尼亚或许的确是个笨蛋，不过她也的确带来了一个小情者。崔特知道了又会心烦了，我们花的时间可比他们长得多……"

杜阿转过身去："我已经吃够了，再多了就受不了。我一直都吃到游不动为止，我不知道你还想要我做什么。"

奥登说："别生气。我跟崔特保证过了，说一定会跟你谈谈。他觉得，我的话你还能听得进去……"

"算了吧，崔特只知道你总给我讲些科学知识，他根本不理解——你该不会也希望我像其他情者一样吧？"

"不，"奥登严肃地回答，"你与众不同，我非常欣赏。如果你喜欢像理者一样交谈，我会尽可能地解答你的疑惑。现在的太阳已经不像从前那样炙热，提供不了以前那么多热量。光能在减少，我们进食的时间也越来越长。人口的出生率也在逐代降低，现在我们的人口总数已经不到以前的零头。"

"这我有什么办法？"杜阿不服气地说。

"长老们或许会有些办法。他们的人数也在减少……"

"他们会逝去吗？"杜阿突然颇有兴趣地插话。她以前一直觉得长老们似乎都是永生的，既不会出生，也不会死去。比如，有人见过一个小长老吗？他们没有孩子，从不交媾，也从来不吃东西。

奥登显得深思熟虑，"我猜想他们也会逝去。他们从来不对我谈及自身。我甚至不确定他们会不会吃东西，不过从情理上讲，他们一定会吃，也一定会有新的出生——不过这不重要。关键是他们正在开发一种人造的食物……"

"我知道，"杜阿回答，"我吃过。"

"你吃过？你没告诉过我！"

"有一帮情者谈到了这个东西。她们说，有个长老想找个志愿者尝这东西，而那帮傻货都不敢去。她们说那东西没准会把她们的身体永远变硬，以后就再也不能交合了。"

"太蠢了。"奥登激动地说。

"我明白。所以我去了，她们都傻眼了。奥登，我真受不了她们。"

"那东西什么味道？"

"难吃死了，"杜阿好像心有余悸，"又苦又涩。不过我当然没告诉别的情者。"

奥登说："我自己也尝过，没那么难吃吧。"

"理者和抚育者根本尝不出味道。"

不过奥登说："那东西还在实验阶段。他们还在努力改进，那些长老们。特别是伊斯特伍德——我跟你说过他，就是我一直都没见过面的那个新长老——他负责这事。罗斯腾总是提起他，听起来他好像的确与众不同；一位伟大的科学家。"

"为什么你从来没见过他？"

"我只是个凡人。你不能指望他们什么都告诉我，什么都让我看到。我相信以后一定能见到他。他正在开发一种新能源，这将拯救所有人……"

"我可不喜欢合成食物。"杜阿说，她突然转身离去。

那是不久前的事，自那以后奥登再也没提过这个伊斯特伍德。不过她知道他一定会再提起的，她在落日的余晖中沉思着。

她那次曾见过那种合成食物是一个发光的球体，像一个微型太阳，就放在一个长老建造的特殊洞穴里。她能尝到它的苦味。

他们会改进它么？他们会不会让这东西尝起来更好吃呢？甚至可以做得美味无比？以后她会不会只能吃它，一直吃到很撑，感到不可抑制的交媾渴望？

她害怕这种自我繁殖式的欲望。这跟那种来自于左伴右伴强烈欲望刺激不同。这种欲望意味着，她会强烈地渴望生下一个小情者——而她心里根本不想！

为了说服自己接受这个事实，她曾花了很久的时间。她终于承认，自己根本不想要个小情者！等到三个孩子都降生以后，那个逝去的时刻就会不可避免地来临，而她，不想那样。她还记得那大，她的父亲一去不回，她自己永远都不想那样。在这件事上，她早已下定决心。

其他情者都没有这种担忧，因为她们都太蠢，根本想不到这个问题。她则不同。她是怪异的杜阿，"左情者"——她们就是这么叫她的；她本来就与众不同。只要她不生下第三个孩子，就永远不会逝去。她将永生。

所以她永远都不会有那个孩子。永远，永远。

不过怎么做才能避免这件事呢？怎么才能瞒住奥登？要是奥登发现了呢？

奥登（2）

奥登看着崔特，看他想做些什么。不过他很肯定，崔特并不会真的到地面上去找杜阿，因为那样就意味着把孩子扔下不管，崔特无论如何也不会这么做。崔特默默地等在一旁，过了半晌，起身离去，往孩子们那边去了。

崔特离去之时，奥登心中暗自窃喜。当然，也并不是真的有多高兴，毕竟崔特生气地离去，会让他们之间的关系或多或少受到些影响，多了层隔膜。奥登对此无能为力，还有些难过。这种滋味，犹如面对年华逝去。

有时候他会想，不知道崔特是不是也有这种感触……不，应该不会。崔特的心中有他自己的责任，他要照看孩子们。

杜阿呢？谁知道杜阿心中怎么想呢？谁又能知道任何一个情者的想法？她们太独特了，与她们相比，理者和抚育者几乎毫无差别——除了头脑以外。就算有朝一日，情者的思维方式可以被解读了，谁又能看透杜阿呢？那个在情者中也是独一无二的杜阿，天知道她是怎么想的。

这就是为什么崔特离开之时，奥登会感到高兴了。杜阿才是真正的问题所在。第三个孩子迟迟不能降生，杜阿却变得越来越不听话，完全无视她的责任。这些日子里，连奥登自己的心情都日渐烦躁，却无法排遣。这不是他一个人能解决的，他想自己应该去找罗斯腾谈谈了。

他向长老洞穴游去。一路上他有意加快速度，动作看起来颇为优雅，完全不像情者悠悠晃晃的轻浮，或者抚育者笨手笨脚的可笑——

（他可以清晰地设想出这样的场景——崔特拖着笨重的身躯四处追逐淘气的小理者，那孩子还小，身躯还像情者一样柔软滑溜；最后还得要杜阿想办法把他逮住，再送回家里；而崔特又要唠唠叨叨，不知道是该把这小东西修理一顿，还是用自己的身体把他裹起来，看严实了。不过，崔特要是为了这孩子，身体消散淡化起来会更顺手，比跟奥登在一起时强多了。要是奥登一提起这个，他便会正经八百地回答，"孩子们更需要我。"在这事上，他一点幽默感都没有。）

对他自己的游动方式，奥登有一种不足为外人道的自得。他觉得自己姿势优美，引人注目。以前他跟罗斯腾提过这个想法，在导师面前，他无话不谈。可是罗斯腾却说："你有没有想过，情者或者抚育者都会觉得，自己的游动方式才是最优美的呢？既然你们生来思维不同，行为不同，那么你有必要仅仅因为这个不同而骄傲吗？家庭三位一体，却不妨碍你们各自独立。"

奥登心里不敢确定，自己是否真正明白独立的含义。那是不是指个人独处？当然，长老总是独来独往，他们中间没有家庭的存在。那么，他们对家庭这个概念又理解多少呢？

开始思考这个问题的时候，奥登还非常年轻。那时他和长老之间的关系才刚刚建立，他突然意识到，自己不清楚长老们是不是真的没有家庭。在凡人中间流传的说法是，长老们没有家庭。可是这传说到底有几分可信呢？奥登琢磨了一阵，决定不应该想当然，还是要问清楚。

奥登当时这么问："先生，您是一个左伴或者右伴吗？"（后来每次想到当时提问的情形，奥登都不免暗暗脸红。自己当年竟然如此天真。不过其实所有理者都会提出这个问题，以各种方式对不同的长老，或早或晚———一般都比较早。这个念头使他稍微宽慰了一些。）

当时罗斯腾非常平和地回答："不是，哪个都不是。在长老们中间，没有左伴右伴之类的区分。"

"要不就是中——情者？"

"中伴？"听到这话，长老那几乎永久不变的感情器官也改变了，奥登最终才明白那是被逗乐的表情，"不，也不是中伴。长老只有一种性别。"

奥登还是不明白。无心之下，他脱口而出："那怎么受得了？"

"我们是不同的，小理者。我们已经适应了。"

奥登他自己能适应得了吗？他在自己抚育者父亲的家庭中长大，确信在不久的将来，自己也要组织自己的家庭。要是没有家庭，生活会是怎样？他努力思索这个问题，反反复复。有时候他脑海中会有灵光一闪。长老们只是他们自己，没有兄弟姐妹，没有交媾，没有孩子，没有父亲。他们只有思想，只有对宇宙奥秘的追求。

或许这对于他们而言就足够了。当奥登更大一些以后，他自己也开始体会到了思辨的乐趣。有这些乐趣几乎就足够了——几乎——此时他就会想到崔特和杜阿，想到三人相处的激情时刻，随即认定，如果没有他们，即使拥有整个宇宙的奥秘也还是不够的。

除非——很奇怪，不过有时候的确会有那么一个时刻，他会进入一种特殊的状态，或者境界，他会完全失去脑海中的灵感，或者说失去那种一闪而过的感觉，完全失去，一片空白。然后，过不了多久，它就又会回来，他会发现那个灵感或念头更清晰了，明白无误，触手可及。

不过他现在不会考虑那些事情。他当前的任务是解决杜阿的问题。他沿着那条人人皆知的路线前行，他小时候第一次出门上学走的就是这条路，在父亲的带领下。（崔特在不久以后，也要带着他们自己的小理者走上这条路。）

这时，他又陷入了对往事的追忆之中。

那时候好像挺可怕的。路上还有其他的小理者们，一个个脉动明显，明暗闪烁，身体变幻不定，不管身边的抚育者父亲们怎么呵斥，叫他们保持形状，别给家里丢脸。一个小理者，奥登的一个小伙伴，居然淘气地淡化了，消散了不少，可后来却无论如何都凝聚不起来了，旁边的父亲手忙脚乱却毫无办法（自那以后，这孩子就变成了一个标准的普通学生……当然不能跟奥登比——想到这点，奥登忍不住又微微自得）。

第一天开学，他们见到了许多长老。他们在每一位长老面前驻足停留，让那些长老以一些特定的方式记录下孩子的固有特征，从而决定是否让这孩子立即入学，或者等下一次机会；如果决定接收了，那么就要选定这孩子的教育方向。

在一个长老面前，奥登拼命地约束身体，让全身显得曲线光滑，努力抑制自己不要震颤。

那长老开口了（奥登第一次听到这种怪异的噪音，这使他对日后的成长极度失望）："这是个挺坚定的小左啊。自我介绍一下吧。"

这是奥登第一次被称呼为"左"而不是什么孩子之类，他感到心中前所未有的坚定，"奥登，尊敬的长老。"他还记得使用父亲反复叮嘱的敬称。

奥登模糊地记得，自己被带着穿过长老们的洞穴，他看到他们的各式器具、种种机械、图书馆，以及各种各样不明所以的景象和声音。

他的抚育者父亲曾经告诉他，他将要在此学习，但他其实不懂什么叫作"学习"，当他向父亲问起的时候，看来父亲也不甚明了。

为了找到答案，他花费了不少的时间和精力，不过这个寻找的过程乐趣非凡。或许，没有过程的辛苦，也就不会有找到答案的快乐吧。

那个第一次称他为"左"的长老是他的第一个老师。这个老师教他如何翻译波形记录，没过多久，那些天书一般的符号对奥登而言，便如语言一样简单了——他可以通过自己的震颤轻易表达出来。

不过从那以后，第一个老师就不再出现，另外的长老取而代之。奥登过了好久才发现老师的变动。在早先的时候，单凭嗓音，他根本就辨别不出长老之间的差异。不过后来他发觉了一些什么。再往后，他心里已经渐渐认定此事，并感到有些惶恐。他不知道这意味着什么。

最后他鼓足勇气，去问他的老师："尊敬的长老，我的老师呢？"

"加马丹？……他不能跟你在一起了。"

奥登一时语塞。过了半晌，他诺诺开口："但是，长老不是不会逝去吗……"后半截话，他堵在喉头，说不出来。

长老沉默了，什么都没说，什么表示都没有。

事情总是如此，奥登后来才发现，他们从来不谈及自身。除此以外的所有话题，所有领域，他们都畅所欲言，只有他们自身除外。

从种种迹象来判断，奥登觉得长老们也会逝去——只是还没有确凿的证据。他们并非永生不死（很多凡人想当然地以为如此），不过长老们自己从来不说。奥登和其它学生有时也会讨论这个问题，大家都犹豫不决，戚戚不安。大家都会发现一些琐事，可以无情地证明长老们的确会死亡，可是他们都犹犹豫豫，不愿意得出那个明白无误的结论。所以他们一般都弃之一旁，不再提及。

长老们似乎都不在乎那些琐事，不在乎他们死亡的秘密被泄漏出去。他们毫不遮掩，但自己又绝不提及。如果有人直接问到此事（不管怎样，总会有人问），他们便沉默不答——既不承认，也不否认。

如果他们会逝去，那么就一定会有出生；不过关于此事，长老们同样只字不提，奥登也从来没见过一个幼年长老。

奥登相信，长老们并不依靠阳光获得能量，他们的食物来源于岩石——至少他们会把一种黑色的能量石块摄入体内。还有些学生也持此看法。另外一些学生却强烈反对，拒不接受。最后他们也得不出个确切的结论，因为到底也没有人见过哪个长老吃任何东西，而长老们自己又绝对不会透露一个字。

最后，奥登对他们的沉默已经习以为常——那是他们秉性的一部分。他想，或许这是因为他们从来都彼此独立，从来不组建家庭。这样便使他们每人的面前都立着一堵看不见的墙。

当时，奥登已经渐渐学到了许多更有价值的知识，跟这些知识一比，那些关于长老本身的秘密都变成了微不足道的琐事。比如，他学到，他们的这个世界正在走向衰亡——萎缩——

是罗斯腾——他的新老师，告诉了他这些。

奥登曾经提出疑问，地底有无数无人占据的洞穴，它们密密麻麻无边无际，一直延伸到视界之外，那到底是些什么呢？罗斯腾听到这个问题，看上去颇为欣慰，"奥登，你这么问心里害怕吗？"

（他现在已经被称为"奥登"了，而不是"小左"之类。听到一个长老直接称呼自己的名字，是一件很值得骄傲的事。很多长老现在都这么叫。奥登是个天才，这种称呼也是对他才华的一种肯定。罗斯腾就曾不止一次地表示过，对他这样一个学生深为满意。）

奥登心里其实真的很害怕，他犹豫了一下，还是如实作答。对一个长老坦诚自己的缺点，要比对其他理者容易得多；对崔特那就更难了，对他自认短处，简直无法想象……这些都还是杜阿到来之前的事。

"那你为什么还要问呢？"

奥登又一次踌躇半晌。然后他慢慢地说："我害怕那些无人的洞穴，最初是因为在小时候，别人说那里面有恐怖的妖魔。但是我自己却从来没有亲眼看到，我只是听其他孩子这么说，他们一定也不是亲眼所见。我一直想知道真相，而且随着年龄的增长，好奇心已经渐渐战胜恐惧，我必须问出来。"

罗斯腾看上去非常高兴。"好！好奇心非常有益，而恐惧一无是处。你内心的渴求非常棒，奥登，记住，只有靠自己内心的渴求，你才能找到真正重要的东西。我们的帮助只是辅助性的。既然你想知道，那么我可以直接告诉你，那些无人的洞穴里确实无人占据。那里空无一物，除了偶尔有些被人遗留下来的毫无价值的东西。"

"被谁遗留下来，尊敬的长老？"奥登好不容易才记起使用敬称。每当未知的世界在他面前呼之欲出，即将被揭开神秘面纱之时，他就变得非常激动，几乎忘记了应有的礼节。

"被那些曾经的主人们。在数千个轮回以前，这里曾生活着成千上万的长老，和千百万凡人。奥登，现在我们的人口要比过去稀少太多了。现在我们只有不到三百名长老，以及不到一万的凡人。"

"为什么？"奥登被深深震撼了。（只有三百名长老了。这就意味着承认了长老也会死去，不过当下可没工夫想这个了。）

"因为能源在衰亡。太阳在冷却。孕育新生命，以及维持现有的生命，已经一代比一代难了。"

（噢，这是不是意味着长老们也会有新的出生？意味着长老也要以阳光为食，而不是石头？奥登努力驱散这些念头，至少当前抛开不理。）

"这个趋势还在继续吗？"

"太阳必定要走向终结，奥登，将来总有一天，我们会失去任何食物。"

"这是不是意味着所有人，不管是长老还是凡人，都将死去？"

"还能有别的结局吗？"

"我们不能坐以待毙。既然我们需要能量，而太阳又在衰亡，那我们就必须找到其他的能源。其他的恒星。"

"可是，奥登，所有的恒星都有终结的一天。最终，宇宙也会消亡。"

"既然恒星都会衰亡，那么还有其他能源吗？除了恒星以外就没有了吗？"

"没有了。宇宙中所有的能源终将走到终点。"

奥登不服气地想了一阵，开口说："那别的宇宙呢？我们不能因为宇宙如此而放弃。"他说这话的时候，身体急剧地震动着。他激动地解释着，完全没注意到自己的失礼，直到他的身体过分膨胀，明显超过了长老的体积。

不过罗斯腾不但不生气，反而更高兴了。他说："说得好，我亲爱的小左。真该让其他人也听听。"

奥登已经匆忙恢复到了平时的体积，心里一半是尴尬，一半是欣喜。他听到长老叫他"亲爱的小左"，除了崔特还从来没人这么叫他，这让他兴奋莫名。

那次谈话过了不久，罗斯腾就为他们找来了杜阿。奥登有时候会想，这两件事之间有无什么联系，没过多久，这念头就淡化了。倒是崔特，总是不住地提起，完全是因为他亲自去找了罗斯腾，杜阿才会来。奥登后来也就懒得想了，这事说不清楚。

不过现在他又要去找罗斯腾了。那次关于宇宙衰亡的谈话已经过去了很久，他也早就明白了长老们一直在为继续生存而不懈钻研。现在，他自己已经在许多领域内驾轻就熟，罗斯腾也坦言，在物理学方面自己已经没什么可教的了。而且罗斯腾手上还有别的小理者要教，所以奥登已经不像以前那样，常常去找导师请教了。

奥登在理者学校里找到了罗斯腾，他的导师正在带两个半大的理者。罗斯腾透过玻璃窗看见他过来，便走出教室，小心地关上门。

"我亲爱的小左，"他还是这么称呼奥登，一边伸出肢体，作出友好的姿态（奥登过去常常会有一种冲动，要去拥抱他，不过，每次都忍住了），"你好吗？"

"罗斯腾先生，我不是有意打搅的。"

"打搅？那两个孩子自学一会儿毫无问题。他们大概很希望看到我离开一阵，我想我一定是说得太多，惹他们烦了。"

"不可能。"奥登回答，"您的语言总是让我深深沉醉，他们一定也有同样的感受。"

"好吧好吧。听到你这么说，我真开心。我常常看到你去图书馆，还听别人说你的高级课程学得相当不错，这么说可真让我想念我最出色的学生。崔特最近怎么样？他还像以前那么顽固吗？"

"越来越顽固。他全心全意地照顾着这个家。"

"杜阿呢？"

"杜阿？我来这里就是——您知道，她非常与众不同。"

罗斯腾点点头："是的，我知道。"奥登看着他，觉得他说这话时神情有些忧郁。

奥登沉默了一阵，决定直接讲出问题的所在。他说："罗斯腾先生，您当年把她带来，带给我和崔特，仅仅是因为她的特别吗？"

罗斯腾说："这很奇怪吗？你自己就非常与众不同，奥登，你还跟我不止一次地提过，崔特也非同一般。"

"是的，"奥登确信地回答，"他的确如此。"

"这么说，难道你们的家庭中不该再有个与众不同的情者吗？"

"与众不同会有很多种表现。"奥登又是一副深思的表情，"有时候，杜阿的古怪举止会惹恼崔特，我也很担心。我跟您提过吗？"

"经常。"

"她不喜欢……交媾。"

罗斯腾认真地听着，没有一点困惑的表情。

奥登继续往下说："在我们交合的时候，她自然也感到欢愉。可是想要劝她开始交合，就不太容易。"

罗斯腾问道："那崔特呢？他怎么看待交媾？我是说，除了当时的快感以外，他怎么看待交媾？"

"孩子，当然是为了孩子。"奥登回答，"我也喜欢孩子，杜阿也一样。不过崔特是抚育者，您能理解吗？"（奥登忽然想到罗斯腾不见得能完全理解家庭的意义。）

"我尽量理解，"罗斯腾说，"按照我的判断，交媾对崔特的意义超过欢愉本身。而你呢？除了快感以外，你还有什么感受？"

奥登想了想说："我想您应该明白。有一种思维上的刺激。"

"嗯，我知道，我只是提醒你注意，希望你不要忽视这点。你以前多次跟我提起，每次经过一段时间的交媾，其中经历了莫名的时间流逝——我得承认的确会有很长一阵子看不见你——你都会突然发现，自己弄懂了很多以前没有完全理解的东西。"

"就好像在那段时间里，我的思维持续活跃一样，"奥登说，"这段时间对我的思考必不可少，虽然当时我完全感觉不到时间流逝，甚至感觉不到自己的存在。在这段时间里，我思考得更深远，更有效率，完全不用为其他无谓的琐事分心。"

"对，"罗斯腾表示同意，"当你恢复意识时，思维就会有很大突破。在理者之中，这种情况很普遍，尽管我不得不承认，谁也不如你提高得这么快。说实话，我认为在历史上，也还没有哪个理者能达到你的程度。"

"真的？"奥登问道，努力掩饰心中的得意。

"换个角度说，也没准我是错的，"看到奥登突然故意熄灭了所有光亮，罗斯腾微微有些笑意——"不过别想那么多了。回到我们的问题上来，目前的状况是，你和崔特两个，从交媾中所得的东西，超过欢愉本身。"

"是的，毫无疑问。"

"那杜阿呢？除了欢愉，她还能得到什么？"

久久的沉默。"我不知道。"奥登说。

"你问过她吗？"

"从来没有。"

"那么这时，"罗斯腾说，"我们假设她除了快感以外，什么都得不到，而你和崔特却可以有超出快感的收获，那她为什么还要更热衷于交合呢？"

"可别的情者都不需要那么多……"奥登马上争辩。

"杜阿可不是一般的情者，我记得你总这么说，口气还很得意。"

奥登羞愧得无地自容："我一直觉得这是两回事。"

"那又该怎么解释呢？"

"这很难解释。我们三个组成了一个家庭，在其中互相感知，互相理解；在某种程度上说，家庭是一个独立的个体，我们都是其中的一部分。这个家庭个体从产生到消亡，一般大家都浑然不觉。要是我们在这个问题上想得太多，纠缠太深，那么这个个体就会面临解体的危险。所以，我们从来不会过多地考虑。我们……"奥登绝望地卡住，觉得根本说不清，"跟别人解释家庭的事，实在很困难——"

"不过，我已经尽量去理解了。你说过，你在脑海中抓住了一点杜阿内心的想法；她好像有什么事情在瞒着你，是吗？"

"我不敢肯定。只有一点模糊的印象，不时在我脑海角落闪现。"

"是什么呢？"

"有时候我想，杜阿不愿意生一个小情者。"

罗斯腾严肃地望着他。"我记得你们只有两个孩子，一个小理者和一个小抚育者。"

"是的，只有两个。您知道，情者是最难孕育的。"

"我懂。"

"而杜阿没有努力去摄取必要的能量，或者她根本就不想。她总能找各种各样的借口，可是没一条能说得过去。在我看来，她好像就是不想生情者，不管是出于什么动机。对于我个人而言，要是这阵子杜阿的确不愿意，那没关系，就随她去吧。可是崔特是个抚育者，他渴望得到孩子，他必须要得到那个孩子。不管怎么说，我不想令他失望，即使是因为杜阿也不行。"

"要是杜阿有什么确切合理的缘由，而不生那个孩子的话，你的观点会不会有所改变？"

"我自己一定可以接受，但是崔特不行。他根本就没法理解那么多事。"

"那你会不会尽量劝服他呢？"

"我会，我会尽力而为。"

罗斯腾说："你有没有想过，几乎所有的凡人——"他在此停顿了一下，好像在寻找合适的词汇，后来他使用了凡人们常用的那种，"……在孩子降生之前是不会逝去的。我指全部三个孩子，最后一个是小情者。"

"是，我知道。"奥登不明白，为什么罗斯腾以为他会忽略这种最基础的知识。

"这么说，小情者的降生，也就意味着逝去时刻的临近。"

"一般是这样，不过还是要等到那个小情者长大为止——"

"但逝去的时刻必将来临。杜阿心里会不会是不想离开这个世界呢？"

"怎么可能，罗斯腾？我们必将逝去，就像注定要交合一样。即使你不愿意，又能怎么样呢？"（长老们不会交合，或许他们不懂。）

"假设一下，如果杜阿只是单纯地不想逝去呢？你会怎么说？"

"为什么？我们最终必定会逝去。如果杜阿只是想晚一点生那个孩子，我或许会迁就她，甚至会劝崔特妥协。但要是她永远都不想要，那就行不通。"

"为什么呢？"

奥登思考了一阵，努力理清自己的思绪。"我不敢说，罗斯腾先生，不过我知道我们必将逝去。每天醒来，我对这件事的理解都会更加深刻，有时候我甚至会以为，自己知道为什么。"

"我有时候会想，奥登，你是个哲学家。"罗斯腾淡淡地说，"让我们再想想看。等到你们的孩子都长大以后，崔特感到自己终于一手将他们养大，感到一生功德圆满，只等着逝去了。而你，会感到自己一生学到无数知识，心满意足，也在等着逝去了。而这时候，杜阿呢？"

"我不知道，"奥登可怜巴巴地说，"其他的情者们一辈子都聚在一起，整天唧唧喳喳也自得其乐。可是杜阿绝对不会。"

"对，她与众不同。她对什么都不感兴趣吗？"

"她喜欢听我谈论我的工作。"奥登咕哝着。

罗斯腾说："噢，奥登，这没什么可羞愧的。所有的理者都会给他的左伴和中伴讲自己的工作。你们都假装从来没这么干过，可其实所有人都干过。"

奥登说："但是杜阿确实在听。"

"我完全相信。她不像别的情者。你有没有意识到，她在交合以后，也会理解得更快更深刻？"

"对，有几次我也注意到了。不过，我也没有特别当回事……"

"因为你心里确信，没有一个情者能真正理解这些东西。不过看起来在杜阿身上，有很多理者的特质。"

（奥登尊敬地注视着罗斯腾，目光中带着惊愕。有一次，也只有一次，杜阿曾经给他讲起，自己童年时的那些不快；讲到其他情者们嘲讽的尖叫；讲到她们给她起的那个恶毒的绰号——"左情者"。难道罗斯腾曾经听说过这些……不过此时，尊敬的导师只是平静地看着自己的学生。）

奥登承认："我有时候也这么认为。"接着他大声说道，"我以此为荣。"

"这没错，"罗斯腾说，"为什么不告诉她呢？如果她喜欢被自己的理者特质指引，那为什么不顺应呢？你可以教给她更深奥的东西，回答她的种种问题。你觉得这样会给你家丢脸吗？"

"我倒是无所谓……不过，这样做有什么必要吗？崔特会认为我们纯粹是浪费时间，不过他那边好处理。"

"告诉他，如果杜阿能从生活中得到更多东西，能感到此生不虚，那么她就不会像现在那样害怕逝去，也就不会再反对生下第三个孩子。"

听了这话，奥登看起来一下子卸去了心头大石，轻松了很多。

他忙不迭地开口致谢，"您是对的。我感到您说得完全正确。罗斯腾先生，您原来理解得如此深刻。长老们有您做领袖，我们的平行宇宙计划怎么可能失败呢？"

"我做领袖？"罗斯腾笑了，"你忘了吗，现在领导我们的是伊斯特伍德。在这个项目上，他才是真正的英雄。没有他，一切都无从谈起。"

"噢，对。"奥登回答，很是羞愧。他从未见过伊斯特伍德。事实上，到现在为止，奥登还从未听说，有哪个凡人真正遇到过他，虽然不少人都说，自己远远地望见过那个身影。伊斯特伍德是个新长老。说他新，是因为至少奥登小时候从来没听说过他的名字。这是否意味着，伊斯特伍德现在是个年轻的长老；而在以前奥登还是个小理者的时候，他是个小长老？

这些都无所谓。眼下，奥登只想回家。他不能跟罗斯腾拥抱以表示感谢，不过他还是再次致谢，然后满怀喜悦地匆匆离去。

在他的喜悦中，夹杂着些许自私的成分。那并不是自己对未来小情者遥遥的期待，或者崔特那时无法形容的开心，甚至不是看到杜阿如人所愿的欣慰。此刻最让他激动的，是眼前的即将到来的愉悦。他将要敞开胸襟，教给杜阿一切知识。他敢肯定，其他所有的理者都不会有这样的享受，因为他们所有人，都没有一个像杜阿一样的情者做伴侣。

那将是多么美妙的享受，前提是崔特得理解事情的必要性。他必须要跟崔特谈一谈了，不管怎样，也得劝他要耐心。

崔特（2）

　　崔特已经彻底失去了耐心。他可不会装作能埋解杜阿的行为，他也不想尝试。他才不管那么多呢。他从来就想不通，为什么情者会有自己的习性，而杜阿，跟别的情者还都不一样。

　　她从来不关心真正重要的事。她只会傻傻地望着太阳。不过每当此时，她倒是很会把自己淡化，然后光线就从身体里全部穿过，一丝都不留。她还会说，这有多么多么美妙。这都是什么乱七八糟的？吃到东西才是正事。吃饭有什么美妙可言吗？美妙又是什么东西？

　　她连交合的时候，都总想与众不同。有一次她居然说："我们先谈谈吧。我们从来都没谈过这事，从来都没思考过它。"

　　奥登只会说："随她去吧，崔特。那样不更好吗？"

　　奥登总是很有耐心。他总是以为一直等下去，事情会自己好起来。要不然，他就是准备待着不动，准备靠脑子想出来。

　　其实崔特从来也没搞懂，奥登所说的"想出来"到底是啥意思。在他看来，那只说明，奥登什么都没干。

　　就像当年找到杜阿时一样，奥登只会在那里空想。而他崔特，就会付诸行动，自己去要求。事情就该这样。

　　现在又成了这种局面，杜阿越来越麻烦，而奥登又什么都不干。这样下去，什么时候才能生下小情者呢？这才是正事啊。看来奥登永远不会行动了，最后还是要靠他崔特自己。

事实上，他已经开始行动了。他此时正穿过长长的走廊，脑海中思绪翻腾。他忽然意识到自己已经走了很远，这是不是就叫"想出来"？算了，他可不能让自己有一点畏惧。他绝不回头。

他笨拙地审视了一下自身。他脚下的这条路通向长老洞穴。他知道不久以后，他就会带着自己的小理者，踏上这条路。这路，是某天奥登指给他的。

事到临头，他反而不知道待会儿要怎么办，等见到长老以后，该说什么呢？不过，他心里毫无畏惧。他想要个小情者，这是他不可剥夺的权利，没什么比这个更重要了。长老们一定会让他得到的，当年杜阿不就是这么来的吗？

不过，他要向谁请求好呢？随便哪个长老都行吗？在他心里，其实已经大概认定，并非人人皆可。他也想到了那个人的名字。他会直接去找那个人。

他记得那个名字。他甚至记得，自己是在哪天第一次听到那个名字。就是在那天，他们的小理者第一次主动变幻身形。（那天简直太棒了！他记得自己在大喊："快来，奥登，快点！安尼斯变得又圆又硬了！他自己变的！杜阿，快来看啊！"他们都冲了进来。安尼斯那时还小得很，再变一次得等很久。所以等他们冲进来时，只看见孩子缩在墙角，与平时没有一点不同。他蜷成一团，像一堆黏土一样，在自己的宿处上方游来荡去。奥登转身走了，他很忙，没时间等。不过他还是说："噢，崔特，他还会再变的。"但后来崔特和杜阿又等了好久，可是一直都没等到。）

看到奥登不愿意等待，崔特很不高兴，本来想骂左伴一顿。可是奥登看上去满脸倦容，身体也不像平日那样平整光滑，显出蜿蜒的皱纹来。而他自己也没有抚平的意思。

崔特关切地问："出什么事了吗，奥登？"

"是有很大的麻烦，我不知道在下次交合以前，我能不能解出方程。"（崔特不记得奥登的原话了。不过意思差不多。奥登总是使用那些费解的名词。）

"那你现在想交合吗？"

"不，我不是那个意思。我刚看见杜阿又到地面上去了，你知道要是我们打扰了她，她会有什么反应。这事不急，真的。还有，来了个新的长老。"

"新长老？"崔特随口应道，明显没什么兴趣。奥登总是喜欢跟长老们相处，仿佛其中有极大乐趣，不过崔特倒是宁愿他没这爱好。奥登比周围所有理者都喜欢学习，他把那叫作教育。这不公平。奥登对知识也太投入了，而杜阿整天都在地面上独自闲逛。没有人关心家庭，除了他崔特。

"他的名字叫作伊斯特伍德。"奥登说。

"伊斯特伍德？"崔特忽然来了兴趣。或许他只是很担忧，奥登为什么那么颓废？

"我从来没见过本人，不过大家都在谈论。"奥登的眼中失去了光芒，一般在自我反思的时候，他就会这样，"他负责那些新玩意儿。"

"什么新玩意儿？"

"电子——反正你也不懂，崔特。总之是他们新开发的东西。这东西会带来一场彻底的革命。"

"什么是革命？"

"改变一切。"

崔特马上警觉起来："他们可不能改变一切。"

"他们使所有事情都变得更好。改变并不一定是变坏。再说，伊斯特伍德负责这事。他非常聪明，我能感觉到。"

"那你为什么还不喜欢他呢？"

"我从没说过不喜欢他。"

"可是你看上去就是不喜欢。"

"噢，不是这么回事，崔特。只是某种……某种……"奥登笑了，"我在嫉妒吧。长老们是那么聪明，凡人跟他们一比，简直什么都不是。不过我已经习惯了，罗斯腾总是说，我有多么多么聪明——我想应该是在凡人里面。不过现在伊斯特伍德出现了，连罗斯腾对他都充满敬意，跟他一比，我真的什么都不是。"

崔特伸出前肢，轻轻碰触奥登的身体，奥登抬头看着他，微微一笑："没事，只是我自己犯蠢罢了。一个长老再聪明又怎么样？他们谁能拥有一个崔特呢？"

然后，他们两个便一起去找杜阿。正巧，杜阿刚刚结束了游逛，从地面上下来。那次他们的交媾相当完美，尽管只持续了不到一天时间。崔特那时候不敢做太久。安尼斯还太小，身边离不了大人，尽管有别的抚育者可以替他们看一会儿。

自那次以后，奥登经常会提起伊斯特伍德这个名字。他总把那人叫作"新来的"，即使很久以后也一样。他还是没见过真人。"我想我是在故意回避，"有一次他这么说，当时杜阿也在身边，"因为他对新装置研究很深。那东西，我不想太早弄懂。它太神奇了，我几乎都舍不得学。"

"是电子通道吗？"杜阿当时问道。

——这是杜阿身上又一个可笑之处。崔特这么想，心里有点不愉快。她能像奥登一样，使用那些复杂拗口的词汇。情者可不该这样。

此时崔特已经下定决心，去找伊斯特伍德。因为奥登说他很聪明。再说，奥登自己也从来没见过他。这样一来，伊斯特伍德就不可能说："我已经跟奥登谈过了，崔特，你不用操心。"

所有人都认为，只要跟理者谈过，就等于已经跟这个家谈过了。没有人把抚育者当回事。不过这次他们可不能再打马虎眼。

他已经来到长老洞穴，周围的一切看起来都那么陌生。这些东西都不是崔特能理解的，它们都显得不可理喻，令人恐惧。不过，他一心想尽快找到伊斯特伍德，没心思去害怕。他对自己说："我只想要我的小情者。"这个信念使他重新鼓足勇气，迈步向前。

最终他还是找到了一个长老。只有这么一个，好像趴在什么东西上面，正在干什么事。奥登曾经告诉过他，长老们永远都在工作——不管具体干什么。崔特记不住那么多，也不关心。

他慢慢向前移动，到了跟前停住。"尊敬的长老。"他开口说。

这个长老抬头看着他，他感到周围隐隐的震颤，奥登曾经说过，这是长老之间的交谈方式。这时那个长老好像才看清他，开口说："怎么回事？一个抚育者？你来这儿干什么？你的左伴没跟你一起吗？今天是开学的日子吗？"

崔特不理会这些问题。他只是问道："先生，您知道伊斯特伍德在哪儿吗？"

"你找谁？"

"伊斯特伍德。"

这个长老沉默了一阵。然后他又说："你找他有什么事？"

崔特的倔脾气又上来了，回答道："我有很重要的事跟他讲。您是伊斯特伍德吗，尊敬的长老？"

"不，我不是……你叫什么名字？"

"崔特，尊敬的长老。"

"我知道了，你是奥登家里的右伴，是吧？"

"是。"

这个长老的口气缓和下来，说道："我想现在你恐怕不能见伊斯特伍德，他不在这儿。找其他人行吗？"

崔特不知道如何回答。他只是呆呆地站在那儿。

那长老说："你回家吧。有什么就跟奥登说，他会帮你的。明白啦？回家吧，右伴。"

那长老转过身去，他好像手头上还有更重要的事去做，而崔特还站在原地，不知如何是好。过了一会儿，他悄悄地溜进了另一间洞穴，小心翼翼，没发出任何声响。那长老一直没有抬头看一眼。

崔特开始并不清楚自己为什么要往这个方向走。起初他只是感觉这边比较好。现在，他明白了。这里有一阵淡淡的食物的温暖，而他正在一点点吸收。

他并没感到饿，不过现在他还是在吃，吃得有滋有味。

好像阳光笼罩着他。他本能地向上看，不出所料地发现自己依然在洞穴里。现在他尝到的食物，比起他以前在地面上尝到的所有食物，都要美味很多。他四下打量，惊讶不已。最令他惊讶的是：自己居然也会好奇。

有时候面对奥登，他会觉得很不耐烦，因为奥登总是对什么都感兴趣，不管那些东西多么毫无意义。而此刻，他——崔特——竟然也会好奇！不过他关心的事情，可是意义重大。突然，他发现那真的意义非凡。这时他头脑中灵感飞溅，他明白了，只有面对真正重要的事情，他才会产生兴趣。

他马上开始动手，甚至连自己都对自己的勇气惊讶不已。忙活了一阵，他沿着来路回去。他还经过那个长老的身边，就是刚才跟他说过话的那个。他说："尊敬的长老，我要回家了。"

那长老顺口回了一句。他还趴在那里，忙着手里的事。他也只关心那些鸡毛蒜皮的琐事，却对重要的东西视而不见。

崔特心想，要是长老们都伟大而睿智，那他们怎么会这么傻呢？

杜阿（3）

杜阿发现自己正向长老洞穴游去。现在太阳已经落下，她得找点事做。她可不想早早回到家里，忍受崔特那些蛮横无理的要求，还有奥登那些敷衍了事的劝告。不过换个角度来说，这些缺点也正是他们各自的魅力所在。

很久以前她就有这种感觉，从她小时候一直到现在，而且她也并不想掩饰。其实从道理上讲，一个情者不会感觉到异性的这些魅力。一般来说，情者在小时候还是有可能感受到的——杜阿现在已经明显长大，太成熟了——在长大以后，这种情愫就会迅速消退；即使消退得不够快，周围的环境也不会允许她们表现出来。

当杜阿还是个孩子的时候，她就显现出一种不可抑制的好奇心，她总是满怀兴趣地看着这个世界，看着太阳，看着洞穴——看着所有的一切——直到她的抚育者父亲说："你真是个怪孩子，杜阿，我的宝贝。你真是个好玩的小情者。长大以后，你会变成啥样呢？"

起初她对此并没有确切的概念，她只是想知道一些东西，这有什么奇怪的，又有什么好玩的？很快，她就发现了，她的抚育者父亲不能给她解答这些问题。有一次她去问自己的理者父亲，可是他完全不像抚育者父亲那么温柔。他厉声喝道："这有什么可问的，杜阿？"他看上去很可怕，好像杜阿犯了什么错，他要追究到底。

她吓得跑开了，以后再没问过他。

可是后来有一天，其他同龄的小情者们都开始叫她"左情者"，因为那天她给她们讲了一些东西——现在她已经忘了是什么——总之是一些在当时的她看来很平常的东西。听到这个绰号，杜阿感到心里很难过，也不知道她们为什么这样。她去问自己的理者哥哥，左情者是什么意思。他退缩着，看上去很尴尬——明显很尴尬——支支吾吾地说："我不知道。"其实很明显，他一定知道。

仔细考虑过以后，她去找自己的抚育者父亲，直接问道："爸爸，我是个左情者吗？"

他回答："谁这么叫你，杜阿？这种话以后不许再说。"

她飘到他的身边，靠在他的怀中，默默想了一阵，然后问道："这是说我不好吗？"

他只是回答："长大以后就没事了。"然后他故意把身体膨胀起来，把她的身体挤到外面，来回摆动，这是她平时最喜欢的游戏。不过那个时候，她却提不起兴致来。她很清楚父亲根本没有回答她。她心事重重地向外游去，盘算着父亲的那句话，"长大以后就没事了"，这么说她现在是有事，可那又是什么事呢？

即使在那时，在情者中间，她就几乎没有一个朋友。她们都喜

如果你不知道读什么书

就关注书单来了微信号

关注后，回复数字，即可查看相关书单

1. 这5本小说将中国文学抬到了世界高度

2. 5本适合零碎时间阅读的书，有趣又长知识

3. 等孩子长大，一定会感谢你给他看这5本书

4. 这5本书，都是各自领域的经典之作

5. 我要读什么书，能够让我内心强大？

6. 情绪低落的时候，就看这5本书

7. 这5本小说，我打赌你一本都没看过

8. 十个心理成熟的人，九个读过这5本书

9. 5位大师的巅峰之作，好看得让你灵魂震颤

10. 这5本书启发你思考，怎样度过你的一生

. . . . . .

微信号：shudanlaile

等你来哦

欢扎成一堆唧唧喳喳，傻笑不停；而她喜欢在碎石堆上飘过，感受那粗糙而未经雕饰的美。不过，也有个别小情者对她比较友善，那都是脾气很好的人。比如多瑞尔，虽然跟其他情者一样傻，不过有时候她说话还是挺有趣的。（多瑞尔长大以后也组建了自己的家庭，其中抚育者是杜阿的哥哥，年轻的理者来自另外的洞穴区，说实话杜阿不是很喜欢这家伙。多瑞尔曾经很利索地连续生下小理者、小抚育者，小情者不久也降生了。她也对孩子十分关心，好像家里有两个抚育者一样，杜阿甚至怀疑，她家三个人是不是还能交媾……同时，崔特还不厌其烦地对她嚷嚷，多瑞尔多么尽心尽职，创造了一个多么完美的家。）

有一天杜阿和多瑞尔待在一起，她在多瑞尔耳边问："多瑞尔，你知道左情者是什么意思吗？"

多瑞尔吃吃地笑了一阵，把自己缩成一团，好像要躲着别人一样，最后说："这个专指那些做事像理者一样的情者；而你就像个理者一样学习。自己想想，左伴，情者——左情者！是吧！"

杜阿马上就明白了。只要一解释，事情就显而易见。其实只要她自己能往这方面想一下，马上就会理解。

杜阿问道："你怎么知道的？"

"大点的女孩们告诉我的。"多瑞尔的身体原地打着旋儿，杜阿觉得很不自在。"那很龌龊。"多瑞尔说。

"为什么？"杜阿问。

"因为那就是龌龊。情者就是不应该像理者一样。"

杜阿从来没考虑过这个可能，不过现在她知道了。她说："为什么？为什么不应该？"

"因为——你想知道些不相干的事，这很龌龊！"

杜阿的好奇心又被激发起来，她继续问："为什么？"

多瑞尔没有回答，反而猛地伸出身体，向毫无准备的杜阿弹去。杜阿可没心情玩这个，她甩脱纠缠，说："别闹了。"

"你知道什么是龌龊吗？比如，你可以渗入一块岩石里去。"

"别瞎说，肯定不能。"杜阿说。其实杜阿这么说，并不全是心里话，因为她自己就常常从岩石表面滑过，而且很喜欢这么干。不过看着多瑞尔那张窃笑的蠢脸，她感到一阵反感，于是就张口反驳，甚至心里也拒绝同意。

"能，你能的。这叫石慰，随便哪个情者都行。而理者和抚育者都只有在小时候才行。他们长大以后，就只能渗入彼此。"

"我不相信你，你自己瞎编的。"

"我跟你说，她们真这么干。你认识迪米特吗？"

"不。"

"你肯定认识。她就住在3号洞穴，身体特别厚。"

"就是走起路来非常可笑的那个？"

"对，就是因为太厚。就是她。有一次她把自己全渗进石头里去了——除了最厚那部分露在外面。后来有次她还让她的理者哥哥去看，她哥哥就告诉了她家爸爸。你知道她吃了多大的苦头吗？反正以后她是再也不敢了。"

杜阿转身离去，心中烦躁不安。过了好久，她都没跟多瑞尔说过话，从此两人再也没有恢复以往的友谊。不过从此，杜阿的好奇心倒是日益增长。

好奇心？还不如说是她的理者特质。

有一天，确定了父亲不在附近以后，她控制自己的身体，慢慢地渗入岩石，只进去一点。这是她告别孩童时代以来，第一次这么做，她以前从没想过，自己敢渗入到如此之深。她的身体里流动着一种温暖的感觉。不过当她从岩石中脱离出来以后，却觉得浑身不自在，好像身上残留着岩石的斑痕，别人可以一眼看穿。

后来她时常这么做，越来越大胆，快感也越来越强。不过，不用说，她怎么也不会把整个身体完全浸入石中。

最后，她还是被父亲发现了，他很生气地嚷着，掉头而去。自那以后，她做起来更加小心了。现在她已经是大人了，对此也有了明确的认识。其实完全不必像多瑞尔那样故作神秘，这是众人皆知的秘密。大家都知道，所有情者都会干，有些甚至公开承认。

随着年龄的增长，她们做的次数会越来越少。杜阿认为，一般情者在成家并且体验了正常交媾之后，就会放弃这个习惯，而她则一直保留。甚至有一两次，在她和奥登、崔特正常交媾结束之后，她都悄悄做过。这是她心中的秘密，从来没跟任何人提起。（那几次做的时候，她曾想过，要是崔特发现了会怎么样……不管怎么说，那都会导致极其严重的后果，想一想都会破坏当时的兴致。）

后来，虽然心中也会困惑不安，她还是给自己的行为找了个借口，起码可以用来说服自己，也算是对所受煎熬的一点慰藉。当时"左情者"这个称呼一直如影随形，成了她难以摆脱的耻辱。那段时间她甚至迫于无奈，只能逃开人群，孤独终日，过起一种隐居式的生活。渐渐地，她开始喜欢上孤独的滋味，这又进一步加重了她的孤独。孤独之中，她只能在岩石间寻求安慰。石慰，不管是否龌龊，都是一种孤独的表现，正是周围那些人，把她推入了这种孤独的境地。

至少，她这么跟自己解释。

有一次，她也试图反击。对着那些嘲弄她的人，杜阿大声喊道：“你们都是右情者，一群龌龊的右情者！”

她们并不回话，只是远远地笑着。杜阿感到无法忍受，只能跑开，心中充满了挫折感。她们就是这样，几乎所有的情者到了成家的年纪，都会变得喜欢孩子，跟抚育者一样为孩子的事牵肠挂肚。杜阿很讨厌这样，她自己从来都没有这种感受。孩子只是孩子，照顾他们是抚育者的事。

再往后，这种关于名字的恶作剧渐渐销声匿迹。那时她已经出落成一个身姿曼妙、体态动人的少女，游动起来婀娜多姿，无人能及。越来越多的理者和抚育者为她倾心；而其他的情者们，发现已经很难嘲笑她了。

至于现在，没有人敢在和她说话的时候，流露出半点不敬的意思（所有洞穴的所有居民都知道，奥登是当代最杰出的理者，而杜阿是他的伴侣）。她自己知道，不管别人怎么看，她在内心深处还是一个左情者。

她并不觉得这有什么龌龊，不过有时候她还是梦想，自己能成为一个理者。这个念头让她困惑不已。她想知道，是不是其他情者也有这种梦想——哪怕只是一闪念；她还琢磨，是不是因为这个梦想，她才不希望生个小情者——因为她自己就不是一个真正的情者，也从来不曾履行好自己在家中的职责。

奥登并不在乎她是个左情者。他从来没这么叫过——但是他喜欢她对自己生活的兴趣——他喜欢她的那些问题，并乐于解答，看到她能理解，心中更是欣喜。他甚至在崔特嫉妒的时候，为她辩护——其实也不是真的嫉妒——只是在崔特顽固而简单的世界观中，他和杜阿的关系简直不可理喻。

奥登常常带她去长老洞穴，很迫切地向杜阿四处展示，看到她陶醉其中，他便喜形于色。她的确深为折服，并不全是因为他渊博的知识和高超的智慧，更是因为他开放的胸怀。（她还记得小时候向理者父亲请教时，受到严厉的呵斥。）每当奥登向她展示自己的工作生活时，她就觉得心中爱意萌动，不可收拾——这恐怕也是她理者特质的一部分吧。

或许（她越来越多地意识到），正是因为她的理者特质，她才会与奥登接近，跟崔特疏远。也正因为如此，她才会那么讨厌崔特的顽固无理。奥登从来没有透露过这点，可是崔特或许能感受到一些。虽然并不能完全想通这个道理，也表达不出来，但这点模糊的意识足以让崔特气恼。

第一次去长老洞穴的时候，她听到两个长老在交谈。她当然不知道他们在说什么，只发觉四周的空气在快速颤动、变化，让她觉得脑海中嗡嗡作响，很不舒服。她不得不把身体淡化，好让震动穿身而过。

奥登告诉她："他们在交谈。"然后，遗憾地说，"他们就是用这种方式交谈的。他们能彼此听懂。"

杜阿努力集中精神，想抓住只言片语。她一向努力做到反应敏捷、理解迅速，奥登也喜欢她这样。（他曾说过："我见过的所有理者都有一个共性——身边都有个没头脑的情者。有你，我很幸运。"她当时回答："不过别的理者好像都喜欢白痴伴侣。奥登，为什么你与众不同呢？"奥登也没有对理者喜欢白痴伴侣这事提出反驳，只是说："我也不知道，我想这个问题也没有深究的必要。真正值得庆幸的是，有你在我身边；而且，我为我的庆幸而庆幸。"）

她问道："你能听懂他们说什么吗？"

"不太真切，"奥登回答，"他们变化得太快，我抓不住。有时候我能听清楚几句，特别是在交合以后，不过内容还是理解不了。而且，也只是有时而已。这种感觉就像情者们常玩的一些小把戏，看在眼里，却不甚明了；唯一不同的是，那些把戏在情者之间也只能意会，无法言传。你愿意的话，可以试试看。"

杜阿却有点抗拒："我不敢。长老们恐怕不太喜欢这样。"

"噢，继续。我很想知道。试试看，告诉我他们在谈什么。"

"可以吗？真的没事？"

"试试嘛，万一被他们发现了，他们要是生气的话，我就说是我让你干的。"

"你保证？"

"我保证。"

杜阿慢慢接近那两个长老，心中惶惶不安。她全身放松，排除杂念，准备接受长老们的意识波动。

她说："兴奋！他们很兴奋。有一个新人。"

奥登说："他们说的或许是伊斯特伍德。"

这是杜阿第一次听到这个名字。她接着说："真好笑。"

"什么好笑？"

"我感觉到一个巨大的太阳，真的很大。"

奥登看上去若有所思："差不多，他们说的或许就是这个。"

"怎么可能呢？"

就在这时，那两个长老发现了他们。长老很友好地走过来，用凡人的语言跟他们打了声招呼。杜阿窘迫得不知如何是好，非常担心他们是不是已经发现了她的窃听。不过，就算他们发现了，也没说什么。

（奥登后来告诉她，其实凡人极少有机会能看到长老们用自己的语言交谈。他们一般都很尊重凡人，要是有凡人在身边，他们往往会暂停手里的工作。"他们很喜欢我们，"奥登说，"他们都非常友善。"）

以后的日子里，奥登偶尔还会带她去长老洞穴——通常都是崔特被孩子缠住，无暇顾及他们的时候。奥登也不会自己跑去告诉他。他如果知道了，肯定又会觉得这是对杜阿的纵容和溺爱，而这样下去杜阿只会越来越远离阳光，讨厌进食，交媾的效果也就越来越差……跟崔特谈话，五分钟之内必定要扯到交媾上。

她自己也去过一两次。每次她一个人到那里，心里都战战兢兢，尽管遇到的所有长老都很友好，总是"非常友善"，就像奥登说的那样。不过看起来没人把她当回事。每次她提出问题的时候，他们总是很开心，不过更像是被逗乐了——她清楚地意识到。他们回答的时候，总是非常简短，其实并不会认真解释。"这就是个机器，杜阿，"他们会说，"具体的奥登会告诉你。"

她怀疑自己是不是见过伊斯特伍德了。她从来没敢问那些长老的名字（除了罗斯腾以外，奥登给她当面介绍过，还给她讲过许多他的事）。有时候她会感觉，她遇见的某个长老没准就是伊斯特伍德。奥登也曾提过他，口气无比敬仰，还有一点点嫉恨。

她后来了解到，他正从事一项最重要无比的工作，所在的洞穴也不是一般凡人能去的。

她在头脑中慢慢整理奥登说过的话，一点点分析，最后发现整个世界普遍缺乏食物。奥登极少称之为"食物"，他一般都说是"能量"，还说这个是长老们使用的词汇。

太阳正在走向衰亡，但是伊斯特伍德已经发现了如何从远方获取能量，这个"远方"远远超过太阳所在，也超过夜幕中闪烁的七星所在。（奥登曾说过那七颗星是七个遥远的太阳，更远方还有更多的星星，只不过太黯淡，一般都看不到罢了。崔特听了这话，还曾经反驳说，要是那些星星都看不见，那它们的存在又有什么价值？而他根本不相信这些鬼话。奥登不想争辩，随口说："算了吧，崔特。"杜阿其实也想问这事，要说出来的话跟崔特差不多，可是看到奥登的反应后，她打消了这个念头。）

眼前这个世界，看起来好像有用不完的能量；食物完全充足——而伊斯特伍德和别的长老们，如果不能把把合成食物做得好吃一点，谁也不会碰那东西。

就在几天前，她还跟奥登说："你还记得吗？很久以前，你带我去长老洞穴，我在一边偷听长老们的谈话，觉得他们在谈论一个巨大太阳的事。"

奥登努力想了一阵，还是说："我记不大清楚了。不过，你继续说，后来怎么了？"

"我一直在想这事。是不是那个大太阳就是新的能量来源？"

奥登笑着点点头："不错，杜阿。虽然不完全准确，不过对于情者而言，有这种推断也很不错了。"

现在，杜阿慢慢游动，脑海中胡思乱想，心里也乱作一团。不知不觉间，她发现自己已经到了长老的洞穴。这时她思量着，自己是不是该就此停步，掉头返回，趁这种窃听行为还没有被长老察觉。不过，回到家里，她又要面对崔特不可避免的怒气，这时——就在她想到崔特的时候——她感应到，崔特来了。

这种感觉瞬间变得无比强烈，她开始还以为崔特在家里，自己只不过遥感到他的意识。不！他就在这儿，同她一样，他也在长老洞穴里。

不过他来这儿干什么？来找她？难道他要在这儿跟她大吵一架？难道他蠢过了头，要向长老告状吗？杜阿觉得自己几乎无法再忍受——

这时，杜阿心中冰冷的厌恶不见了，转而感到无比震惊。因为她发现，崔特心里压根儿就没有在想她。他根本就没有意识到她在附近。她能感到，他心中充满了难以抑制的狂喜，好像还下定了什么决心，不过这喜悦之中，也夹杂了一丝恐惧，一些对自己将来行为的忧虑。

杜阿想更深入地窥视他的内心，找出更多的东西，至少，也要发现他干了些什么，为什么这么干。可是，她再往深处探索，却什么都感觉不到了。既然崔特现在没发现她在附近，那么她现在只想确保一件事——让他继续蒙在鼓里。

这时，几乎是出于本能，她行动了。对于这种行为，就在片刻之前，她几乎就要发誓，终生永不再干了。

或许，这是源于她的那段回忆，那段她跟多瑞尔童年谈话的回忆；或者，源于她身体的记忆，那种摩擦岩石、渗入岩体的石慰经历。（关于这种行为，还有一个复杂的成人用词，不过她一直觉得那个词难以启齿，不如孩子们用的这个轻松。）

不管怎么说，她当时根本意识不到，自己正在干什么，或者说干了些什么，她只是不自觉地渗入到最近的一堵墙里。

进去了！整个身体完全渗入！

恐惧渐渐减轻，她的心中感到奇妙无比，她达到了自己的目的。崔特在身边匆匆而过，完全没意识到只要伸出手去，就可以碰到自己的伴侣。

不过此时，杜阿已经顾不上操心崔特此行的目的。按理说，如果不是为了她，崔特还能来这里干什么呢？

她已经完全忘记了崔特的存在。

她心中只剩下纯粹的震惊。即使在小时候，她也未曾跟一块岩石完全融合，也没见过任何人做到（尽管总有不少传言，说某人可以做到）。毋庸置疑，从来没有一个成年情者这么做过，或者有可能做到。即使以情者的眼光来看，杜阿身体也稀薄到了不可思议的程度（奥登总喜欢这么说），而且她的厌食更加剧了这一特质（就像崔特说的那样）。

她完全渗入墙体，这足以证明她体质的稀薄，这个证据比右伴所有的责备加起来都要有力。此时，她心中不免有点愧疚，觉得对不起崔特。

然后，她心中又感到一阵更强烈的羞愧。万一她被别人看到怎么办？她，一个成人……

要是有长老路过，在附近闲逛——在他人注视之下，她绝对不会脱出岩石；可是她又能撑多久呢？万一被人发现怎么办？

即使在她惊慌思索的时候，她也能感应到长老们的存在——他们都在远处。

她停住不动，努力平静下来。岩石充斥她的身体，包围着她，使她心中产生一种阴郁的平静，不过并不难受。相反，她的感官比平时更加敏锐。她甚至能感到，崔特继续以坚定的步伐远去，这种感觉强烈到好像崔特就在身边一样。她还能感应到长老们的意识，尽管他们都远在一个洞穴区以外。她能看到那些长老，每一个都清清楚楚，还能感到他们说话时的颤动，每一个细节都纤毫毕现；连他们所说的内容，她都听懂了不少。

此刻的感觉，是她有生以来第一次尝到的，这滋味以前做梦都想不到。

所以，尽管四下无人，没人能看到她的样子，她可以安全地脱离岩石，但她却没有；一方面她还没从震惊中完全恢复，另一方面她对自己理解力的飞速进步充满好奇与惊喜，她知道自己还想更进一步。

她的思维前所未有的敏锐，她甚至马上想到了自己可以变得如此敏锐的原因。奥登曾屡次提起，经过交媾之后，他的理解力会超出平时，尽管他从前并不知道原因。在交媾状态下，有某种东西或形式可以使思维能力得到惊人的提高，这种东西吸收得越多，作用就越强。奥登曾说过，这种现象应该归结到，交媾状态下的原子密度大大超出平时。

即使是杜阿也不太明白，什么是"原子密度超出平时"，但她明白那指的是交媾状态；她目前融入石中，不是正像交媾一样吗？她杜阿从前不是也跟石头融合过吗？

当三者交媾的时候，思维受益的只是奥登。理者会吸收其中的精华，使思维能力得到提高，而且即使在交媾结束以后，这种状态也能持续一阵。目前杜阿交媾的对象是石头，二者之中她是唯一有意识的。所以在"原子密度超出平时"的时候，受益的就是她了。

（是不是因为这个原因，石慰才被视为变态？所以情者们都被禁止如此？要不就是杜阿的体质过于稀薄，只有她才能有这种体验？难道因为她是左情者？）

杜阿平复心情，抛开种种怀疑，全身心投入这奇妙的体验中。她不由自主地意识到崔特正在回家的路上，他从她身边走过，正在沿着来时的路返回。她不由自主地意识到——几乎没带一点惊讶——奥登，他正从长老洞穴中出来。那些长老们，就是她正感应到的那些，也正在试图抓住她的意识，尽可能地感应她的所在。

过了很久以后，她从岩石中脱离出来。此时，她已经不再担心自己被发现了。因为现在她对自己的感应力有绝对的自信，周围肯定没有人。

然后，她踏上回家的路，一路深思。

奥登（3）

奥登回到家中，发现崔特在等他，但是杜阿这么晚了还没回来。崔特看上去倒是并不生气。或者说，他只是表面上露出了生气的样子，可是实际上并不恼火。他的意识非常坚定，奥登可以清晰地感觉到，不过也没往心里去。眼下他真正操心的是杜阿在哪里，这个念头在他心中一直萦绕，以至于看到对面的是崔特而不是杜阿时，甚至感到有些气恼。

这种感觉让他吃了一惊。他内心深处非常清楚，两个伴侣之中，与他更亲密的是崔特。从理想的角度来说，一个家庭中应该三位一体，任何一个对待两个伴侣时，都应当不偏不倚——加上自己，就是三人平等。不过实际上，奥登还没见过哪个家庭严格遵循这条规律——越是公开宣称一家三者密不可分的，越是不能相信。一个家里总会有一个人比较孤立，一般自己也都知道。

通常情况下，这个角色都由情者担当。在家庭之外，她们会有自己的圈子，而理者和抚育者从来都没有这种情况。谚语上说，理者有老师，抚育者有孩子——但是情者拥有所有同性。

她们都相互依赖，分享彼此的秘密，要是谁说自己被忽视了，或者说有被忽视的倾向，那么许多同性都会支持她、鼓励她，使她变得坚强起来。而且一般来说，由于在交媾之中的特殊地位，情者在家中往往都很得宠。

不过杜阿与其他所有情者都有天壤之别。她似乎不在乎奥登和崔特有多亲密；在情者们之间，她也没有一个值得挂念的好朋友。事情显得那么理所应当，她就是与众不同。

她非常热衷于左伴的工作，对此奥登很喜欢；他喜欢她的好奇心，喜欢她惊人的理解力；不过这种感情，是一种理性层面的喜欢。在他的内心深处，牵挂更多、感情更深的，则是那个倔强而笨拙的崔特。崔特总是忠实地履行自己的职责，执著于心中的理想——稳定而平凡的生活。

不过现在奥登心里很烦。他说："你知道杜阿在哪儿吗？"

崔特没有直接回答，他说："我很忙。等会儿再说吧。我手头还有事做。"

"孩子们呢？你刚才是不是也出去了？我怎么觉得你才从外面回来？"

崔特生气了，他的口气明白无误地表明了这一点。他回答："孩子们都很好。他们都知道自己该怎么做，大家会照顾他们。奥登，他们都不是婴儿了。"不过，他并没有否认自己出去过。

"对不起，我只是急着找杜阿。"

"你早该急了，"崔特说，"你总跟我说，让她一个人待着就好。现在，你自己找她去吧。"说完，他转身进到房间里面去了。

奥登看着右伴的背影，心里有点惊讶。要是在往日，他一定会跟进去，想办法查明事情原委，消除心中的不安。今天崔特实在太麻木不仁了，这十分反常。他到底怎么了？

——不过，奥登此时正在等着杜阿回来，而且越来越焦急，所以也就没管崔特太多。

焦急之中，奥登的感官也分外敏锐起来。理者们对于自己预感能力的缺失，不但不觉自卑，反而多有自负。因为这种预感能力并非来自于理性的判断，它更像是情者的天赋。奥登是一个出类拔萃的理者，更相信自己的理智，而非灵感，不过现在他却极力发挥着潜藏的感应力，即使自己这种类似于情者的能力还远远不够完善；这时他甚至想到，自己要是个情者就好了，那样自己的感应力就会更强，伸展得也更远。

不过这种感应力最终奏效了。他感觉到杜阿正在接近中，渐渐的，已经到了很近很近的距离以内——就在他眼前——他迫不及待地冲出屋外，迎接她的归来。此时他遥遥地注视着她的身影，从这个距离，他可以更清楚地看到她稀薄的身体。她看上去就像一团美丽的迷雾，仅此而已。

——崔特是对的，奥登心中突然涌起一阵关切。杜阿必须多吃一点，必须要交媾。她对生活的热情应该更高。

这些念头充斥了他的脑海时。她已经冲到近前，拢他入怀，完全不顾二人并非处于私密空间，这种亲昵行为可能被人看到。她只是喃喃地说："奥登，我一定要知道——我一定要学得更多——"即使此时，他也只感到两人感情完全合拍，水乳交融，一点也没意识到她的反常。

他小心翼翼地从她怀中挣脱，换了个方式与她再度拥在一起，好让她感到自己并非拒绝。"来吧，"他说，"我一直在等你。告诉我你想知道什么？我会尽我所能，解释给你听。"

现在，他们飞快地奔回家中，几步之间，奥登一直把自己深埋于情者游动时特有的波纹当中。

杜阿说："给我讲讲别的宇宙。为什么会有不同的宇宙？它们之间有什么区别？告诉我它们所有的一切。"

杜阿从来没想过自己的问题会如此深入。不过，奥登却想到了。他感到这个问题涉及了太多太多的知识量，便几乎要开口问杜阿，她从哪儿知道关于宇宙的事，为什么突然这么好奇？

他还是把这个问题咽了回去。杜阿是从长老洞穴那个方向来的，或许罗斯腾跟她说过话，并认为不管怎么样，奥登都会自持身份，不愿意帮助自己的伴侣。

其实不必这样，奥登严肃地想。他也不会问，他只会尽力讲解。

等他俩回到家中的时候，崔特对他们吼道："你俩要是想说话，就去杜阿房间。我在这儿还有活儿要干。我得帮孩子们都洗漱干净了，还要让他们锻炼。现在没时间交合，不搞了。"

其实奥登和杜阿谁也没想交合，不过他们也不会反抗崔特的命令。家就是抚育者的城堡，理者还有长老的洞穴可去，而情者平时都在地面上聚集。抚育者所拥有的，只有这个家。

所以奥登那时回答："好吧，崔特。我们不妨碍你。"

杜阿也做了一个亲昵的姿势，说道："很高兴见到你，亲爱的右伴。"（奥登猜想，看到崔特没有交媾的意思，杜阿大约是如释重负，所以才有这么友好的表示吧。即使按照抚育者的标准来看，崔特平日里也有点太热衷于交媾了。）

在自己的房间里，杜阿注视着自己的进餐角。平时，她都假装视而不见。

这是以前奥登的主意。当时，他知道了有这种东西，就跟崔特去说。要是杜阿不喜欢跟其他情者们一起用餐，那么不如把阳光引到自己家里来，杜阿就可以在家里吃饭。

崔特当时被吓了一跳。他觉得这根本不可行，别人会笑话的，这会给他们家丢脸。为什么杜阿自己不本分一点呢？

"听我说，崔特，"奥登当时说，"她目前已经不那么本分了，为什么我们不能去适应她呢？这有什么可怕的吗？她以后就能自己进食，体质也会增强，这样我们两个都高兴，她自己也高兴了，心情一好，说不定最后也会变得合群起来呢。"

崔特答应了，甚至杜阿后来也同意了——当然还是经过了一番争执——但她还是坚持，必须要造得简单一点。所以目前这个进餐角非常简单，只有两根用作电极的杆子，由太阳光驱动，杆子中间就是杜阿进餐的地方。

杜阿平时极少用它，不过现在她却注视着这个地方，说道："崔特把它装饰了一下……要不就是你，奥登。"

"我？绝对不是我干的。"

在每个电极的底端，如今都多出了一个带着彩色花纹的套子。"我想，他的意思是希望我能使用它，"杜阿说，"现在我有一点饿了。再说，要是我正在吃东西的话，崔特肯定不会来打扰我们，对吗？"

"肯定不会。"奥登一本正经地回答，"如果他觉得世界的运行妨碍了你的进餐，他会为你停下整个世界。"

杜阿说："好吧——我现在的确是饿了。"

奥登从她的神态中，察觉到一丝愧疚。是觉得对不起崔特，还是因为饥饿而羞愧？仅仅为了饥饿，有什么好羞愧的？是不是她干了什么耗费能量的事？她是不是感到……

他很不耐烦地打断了自己的思绪。有时候，一个理者会思虑过多，会在头脑中徒劳地梳理所有凌乱的思绪，想找出重点所在。不过，就眼下而言，跟杜阿谈一谈才是关键。

她正坐在电极中间，每当她把自己挤进这个空间时，她那小巧的身躯就会变得分外惹眼。奥登自己也饿了，他发现这点是因为，此时在他的眼中，那两根电极变得比平时更明亮了，隔着这么远，他也能尝到阳光的滋味，非常可口。当一个人饿了的时候，食物就会变得比平时更香，香气能够散逸的距离也更远……不过他还是等会儿再吃吧。

杜阿说："亲爱的左伴，你就安静地坐下吧。给我讲讲，我想知道。"她的身体已经（无意中？）变成了理者的卵形，好像在表明，她其实更想成为一个理者。

奥登说："我无法向你解释全部内容。我指的是全部的科学知识，因为你缺乏许多背景知识。我会尽可能地说得简单一点，你听着就好了。等我说完了，你再告诉我哪里没有听懂，我会进一步向你解释。首先，你已经知道，世间万物都由微粒组成，这种微粒就叫作原子；而原子则由更微小的微粒所组成。"

"对，我明白。"杜阿说，"这就是我们能彼此融合的原因。"

"完全正确。确切地说，是因为我们的身体中存在大量的空隙。我们身体中所有组织都相隔很远，你、我和崔特交媾的时候，我们所能渗入的，就是对方身体组织间的空隙。物质既然如此松散，却又没有完全离散在空间之中，原因在于这些微粒都在设法穿越空间的阻隔，聚合在一起。有多种引力使它们相互吸引，从而聚拢起来，其中最强的一种叫作核力。它把最基本的微粒紧紧地聚合在一起，形成粒子，然后这些基本的粒子或者弥散在空间中，或者又被弱一些的引力牵动，再进一步聚合。你能听懂吗？"

"只懂了一点点。"杜阿说。

"没关系，我们等会儿再回头讲……物质有多种存在形式。它可以像情者一样，随意飘散，就像你，杜阿。它还可以结合得紧密一点，就像理者和抚育者。或者，还可以更紧密，比如岩石。它还可以进一步压缩，变得更密实，比如长老们。这就是为什么他们的身体那么坚硬——他们体内物质密度极高。"

"你的意思是，他们体内没有空隙。"

"不，我的意思不完全是这样。"奥登说，不知道怎么把事情解释得更明白，他颇为头疼，"他们体内仍然有很大空隙，但是比我们的要小很多。在我们身体每个微粒之间，都需要有一定的空隙。如果微粒之间只是具备了必需的空隙，像长老们那样，那么外来的微粒就很难挤进去。如果要强行渗入的话，身体就会感到疼痛。这就是为什么长老们不愿意被我们碰到。我们凡人，身体之间空隙极大，远超必须的限度，所以我们的身体可以相互渗入。"

杜阿看上去还是没怎么听明白。

奥登不管了，接着往下讲："在另一个宇宙中，规律就大大不同。他们那里的核力比我们这里弱很多。这就意味着微粒之间会产生更大空隙。"

"为什么？"

奥登摇着头，"因为——因为——那些微粒个体的波动幅度更大。我只能这么解释了。因为微粒之间的核力比较弱，所以它们就需要更大的空间，所以两件物体之间就不可能融合，这点跟我们宇宙不同。"

"我们能看到另一个宇宙吗？"

"噢，不能。这做不到。我们可以利用那里的基本自然法则，推导出事物的面貌。仅靠这些，长老们就已经在这方面完成了很多工作。我们可以发送过去一些物质，也可以收到一些。你看，我们可以研究收到的物质，可以建造电子通道。这点你懂，是吧？"

"嗯，你告诉过我，我们已经从这个通道里得到能量了。不过，我还不知道这跟另一个宇宙有关……那个宇宙是什么样的呢？那里也像我们一样，有星星，也有世界吗？"

"杜阿，你问得太好了。"奥登已经深深陶醉于身为老师的感觉，现在他已经有长老的鼓励，可以光明正大地畅所欲言了。（以前，给情者讲这么多东西，总有点名不正言不顺的味道。）

他说："我们是看不见另一个宇宙，但是我们知道它的一些基本规律，所以就可以推理出它应该具有的面貌。你想，是什么让我们的星星一直发光发热呢？是一系列热核反应，简单的微粒逐步聚合成复杂的物质，这个过程我们称为热核聚变。"

"另一个宇宙中也有吗？"

"有，不过因为那里核力比较弱，所以聚变过程也会更缓慢。这就意味着，那里的恒星必须要特别特别巨大，要不然就不会有足够的物质进行聚变，从而使其发光。在那个宇宙中，比我们的太阳更小的恒星一定冰冷而死寂。换句话说，要是我们宇宙中的恒星比那里的大，这些恒星的聚变就会过于剧烈，马上导致自身的爆炸。所以在这种情况之下，我们的宇宙中就有了千万颗微小的恒星，而他们的则大——"

"我们不是只有七个——"杜阿开口说道，不过她马上就回过神来，"对不起，我忘了。"

奥登宽容地笑了笑。那些只能借助特殊仪器观测的恒星，实在是太容易被忽略了。"没关系。我说这么多，你不觉得烦吧。"

"一点都不，"杜阿回答，"我简直喜欢得不得了。我现在吃东西都觉得更有滋味了。"她在两根电极之间震颤着，尽情享受美味。

奥登听了这话大受鼓舞，他以前从来没听杜阿夸赞过食物。他继续往下说："当然，我们的宇宙没有另一个寿命长。我们这里聚变进行得太快了，百万世纪以后，所有物质将聚为一点。"

"不是还有别的恒星吗？"

"是，但你要知道，所有的恒星都会很快消亡。整个宇宙都在消亡。而在那一个宇宙中，恒星的数量要少得多，但体积大得多，所有聚变的反应都非常缓慢，那些恒星的寿命是我们恒星的千亿倍。其实两者很难比较，因为在两个宇宙中，时间的运行是不同的。"他顿了一下，接着补充道，"这一点我自己也不是完全理解。这是伊斯特伍德理论的一部分，我研究得并不太深入。"

"这些都是伊斯特伍德研究出来的吗？"

"很大一部分。"

杜阿说："这么说，能从那个宇宙得到能量真是庆幸啊。我是说，这么一来即使太阳冷却，也没什么关系了。我们能从那个宇宙得到所需的一切能量。"

"对，就是这么回事。"

"但是这样的话，就没有什么副作用吗？我有一种——一种不祥的预感。"

"嗯，"奥登说，"我们来回传送物质，建立电子通道。这意味着两个宇宙会有一点点交叠。我们这里的核力就会稍微弱化一点，所以我们太阳的热核聚变也就慢一点，冷却得也就快一点……不过只有一点点，而且我们以后也用不到它了。"

"不是这个，我的预感不是这个。要是核力有一点点减弱，那么原子需要的空间就更大了——是这样吧——这样对我们的交媾会有什么影响呢？"

"交媾会困难一点点，不过这种程度的差别，至少要到几百万年以后才能发觉。或许这样下去，交媾最终会变得完全不可能，凡人们那时将全部死去。不过这个过程花的时间实在太长了，如果不使用另一个宇宙的能量，我们死得更快。"

"还不是这个，我心里害怕的还不是这个——"杜阿的声音开始有些含糊。她在电极之间恣意扭动着身体，奥登满意地发现，她看起来体积增大了，也更细密了。好像奥登的话，以及光能，都在滋养着她的身体。

罗斯腾说的对！教育使她更热爱生活；此时在奥登眼中，杜阿散发着一种诱人的情欲味道，这可是他从前几乎未曾感到的。

她喃喃地说："你能这么解释给我听，奥登，实在太好了。你真是一个最棒的左伴。"

"你还要听吗？"奥登问道，欢欣鼓舞，喜出望外，"你还有什么想问的吗？"

"太多了，奥登，不过——不是现在。现在不行。噢，奥登，你知道我现在想要什么吗？"

奥登马上想到了，但是一时间无法启齿。杜阿主动的欲望来得太罕见了，他几乎不知如何应对。他绝望地想，崔特可千万不要被孩子们缠住了，千万不要破坏这次千载难逢的机会。

其实崔特已经在房间里了。难道他一直就在门外，悄悄等着么？不管了，现在可顾不了那么多了。

杜阿已经从电极中间飘了出来，奥登的眼中只剩下她那炫目的美丽。她就在他俩之间，崔特就在那头光芒闪烁，隔着杜阿看去，他的身体呈现出不可思议的色彩。

从来没有如此奇妙。从来没有。

奥登拼命抑制自己的冲动，让自己慢慢进入杜阿的身体，与崔特一点一点地融合；他竭力扭曲着自己的身体，抗拒着杜阿身上惊人的引力，抗拒这种令人目眩神迷的魅力。他不想失去意识，哪怕多抵抗一秒钟也好。终于，在最后一次欢乐中，他感到一阵爆炸般的波动在身体内回荡，久久不绝。他放弃抵抗了。

这是他们有生以来最成功的一次交媾。

崔特（3）

崔特很开心。这次交合简直太棒了。跟这次相比，以前那些简直不值一提。自己的行动成效明显，他心里非常得意。不过其中的秘密他还是守口如瓶。这个还是不说出去的好。

奥登和杜阿也非常开心，崔特看得出来。连孩子们看上去都在闪闪发光。

不过最高兴的还是崔特——那是当然。

他每次都听着奥登和杜阿谈话。虽然一点都听不懂，不过没关系。他不在乎那两人看上去有多亲密。他也有自己的乐趣，所以一直耐心地听着、等待着。

杜阿有次问道："那些人真的想跟我们沟通吗？"

（崔特其实根本不知道"那些人"是谁。他觉得"沟通"这个词好像跟"交谈"是一个意思，可为什么他们不说"交谈"呢？有时候他也想插话进去，不过每次他一问什么问题，奥登只会说："行了，崔特。"而杜阿只会在一旁不耐烦地晃来晃去。）

"对，是的。"奥登说，"长老们非常肯定。他们在传送过来的物体上找到了人为标记，他们说，通过这样的标记，我们就可以顺利地交流。事实上，早在很久以前，长老们就已经在传送的物体上做标记，回答那些人了。我们就是通过这些标记，告诉他们如何在那端建立电子通道。"

"我很好奇，不知道那些人长什么样子。你觉得呢？他们像什么？"

"根据基本的自然规律，我们可以推导出他们那边恒星的样子，这个还比较简单。不过怎么可能猜出他们的外形呢？我们永远也不会知道。"

"他们会在交流中描述自己的样子吗？"

"要是我们能看懂他们的那些标记，或许能猜出一点呢。可惜我们看不懂。"

杜阿看上去颇为苦恼："长老们也不懂？"

"我不知道。也许他们懂，不过从来没跟我说过。罗斯腾曾说过，其实他们长什么样并不重要，只要电子通道一直畅通，规模逐步扩大，这就够了。"

"说不定他是嫌你烦，懒得跟你说呢。"

奥登有点生气，"我才不会惹他烦呢。"

"噢，你知道我的意思。可能他只是不想谈论那些琐碎的细节问题。"

这时候崔特已经听不下去了。他们已经开始争论，长老们是不是该让杜阿也看看那些标记了。杜阿还说，她或许能看懂里面的内容。

崔特听了有点冒火。不管怎么说，杜阿都是个情者，连理者都不是。他开始怀疑，奥登到底该不该什么都给她讲。这样下去，杜阿的思维只会越来越可笑……

杜阿也看出来奥登有点不乐意了。开始，他还笑了几声，接着他就说情者做不了这么复杂的事，再后来他谈都不愿意谈了。杜阿不得不对他百般温柔，过了好些天才消了他的怒气。

还有一次，生气的换成了杜阿——她几乎气疯了。

那天一开始还算平静。当时，他们跟两个孩子在一起。奥登正和孩子玩，他们家的小抚育者托伦一直使劲拉扯他的身体。他已经完全丧失了平时端正的仪表，身体被拉得不成样子。他的情绪看上去相当不错。崔特正待在一个角落里，放松身体，对眼前的场景十分满意。

杜阿指着奥登扭曲的身体，笑个不停。她还挑逗似的轻轻碰触奥登的身体。她非常清楚，崔特也知道——理者的身体如果不是卵形的话，皮肤会变得非常敏感。

杜阿说道："我一直在想，奥登……要是通过电子通道，那个宇宙的一些法则可以渗入到我们这边，那么我们宇宙的法则会不会影响到他们呢？"

奥登正一边嚷着，一边躲避杜阿的碰触，还生怕把孩子们甩脱。他气喘吁吁地说："你这个坏中伴，你如果一直这么对我，我就不说。"

她随即停住，他便说："你这个想法非常正确，杜阿，你简直太神奇了。你说的对，完全正确。两个宇宙的交叠是双向的……崔特，你把孩子们弄走，好吗？"

不用崔特动手，孩子们就自己溜了。他们已经长大了不少，慢慢都开始懂事了。安尼斯很快就要上学了，而托伦已经开始表现出抚育者的倔强和顽固。

奥登说话的时候，崔特还在角落里，心里一直想着美丽的杜阿。

杜阿说："如果一些来自于那个宇宙的影响，可以减慢我们太阳的聚变过程，让它冷却下来；那么我们宇宙的影响，是不是会加快他们恒星的聚变，造成过热呢？"

"完全正确，杜阿。你比大多数理者想得都更明白。"

"那他们的恒星会有多热呢？"

"噢，不太热，只比以前热一点点，仅此而已。"

杜阿说："可是我心中不祥的预感就在于此啊。"

"没关系，问题在于他们的太阳体积太大了。对于我们世界中微小的太阳而言，冷一点点丝毫没有关系。即使它们熄灭了，只要有电子通道在，我们的生活也不会有什么问题。不过对于他们那些巨大无比的太阳来说，温度哪怕只是升高一点点，后果都是灾难性的。那里每一颗太阳都包含了太多物质，热核聚变只要有一点加速，都会导致爆炸。"

"爆炸！可是那些人怎么办？"

"哪些人？"

"就是生活在那个宇宙里的人。"

奥登面无表情，沉默良久，终于回答："我不知道。"

"那么，要是我们的太阳爆炸了，会有什么后果呢？"

"它不会爆炸的。"

（崔特待在一旁，很奇怪为什么他俩都那么激动。太阳怎么会爆炸？杜阿看上去更生气了，而奥登的脸色也很差。）

杜阿说："要是假如呢？它不会变得很热很热吗？"

"我想有可能。"

"它要是爆炸，我们是不是会全死掉？"

奥登踌躇一阵，口气冰冷地反问："这有什么意义吗，杜阿？我们的太阳不会爆炸，别再问这么蠢的问题了。"

"是你让我提问的，奥登。这个当然有意义，因为电子通道的作用是双向的。他们的存在对我们意义重大。"

奥登直直地盯着她："我从来没这么说过。"

"我自己能想到。"

奥登说："你想得太多了，杜阿——"

此时杜阿已经开始咆哮了，她已经完全发狂了。崔特从来没见过她如此。她叫道："奥登，别转移话题。别想蒙混过去，你以为我是白痴吗？我是别的情者吗？你说过我的思维更像理者，我的头脑足以想到，电子通道的运行很依赖于对方的操作。要是那些人都灭绝了，电子通道就会停滞，我们的太阳就会更加冷却，我们都会饿死。难道这个还不重要吗？"

这时奥登也在咆哮了："你知道的也只有这些。我们需要他们的协助，是因为那里能量密度太低，必须有个转换装置。要是他们的太阳爆炸了，能量流就会变得非常浩大；而且几百世纪内川流不息。这样的话，我们就不需要任何人为转换，直接吸收那些能量。所以我们并不需要他们，不管发生什么都无所谓——"

154

他们现在几乎都脸对着脸了。崔特吓坏了，他觉得自己该做点什么，分开他俩，跟他俩好好谈谈。可是他不知道如何开口。不过马上，他就没必要挺身而出了。

洞穴外站着一个长老。不，是三个。他们已经开口说话了，可是没引起屋里的注意。

崔特尖声叫道："奥登！杜阿！"

然后他就沉默了，身体瑟瑟发抖。他心里害怕，不知道长老们来干什么。他想逃走。

不过一个长老伸出他坚固而不透明的附肢，挡住了他："站住。"

这话听起来非常刺耳，毫不客气。崔特被吓坏了。

杜阿 (4)

杜阿胸中充满怒火，她甚至几乎无视眼前的长老。所有的事都让她怒火中烧，近乎窒息。奥登无论如何不该骗她；一个满载文明的世界无论如何不该就此毁灭；她学习起来这么容易，无论如何不该受到那么多限制。

自从第一次完全融入岩石之后，她后来又去过长老洞穴两次。每次她都不自觉地融入岩石之中，每次都能清晰地感应到许多，学到许多，每次过后，当奥登又要给她讲解一些东西时，她总能预先想出他要讲的内容。

他们为什么不能自己教她呢？就像教奥登一样不好吗？为什么只有理者才能受教育？她为什么会有这样的学习能力？难道只是因为她是左情者——一个反常的情者？既然这样，他们就教她好了，一错到底算了。反正不能让她继续蒙昧、继续无知。

最后，她狂乱的思绪还是被长老们打破。罗斯腾也来了，可是开口的并不是他。站在前面的是一个陌生的长老，说话的是他。她并不认识他，其实她认识的长老本来也没有几个。

这长老说："最近你们谁去过下面的洞穴，就是长老洞穴？"

杜阿挑衅似的看着他们。看来他们是发现她的石凳了，不过她不在乎。让他们说去吧，告诉所有人也不怕。她就是这样，我行我素。她回答道："我去了，去过好多次。"

"一个人？"那长老平静地问道。

"一个人，去了很多次。"杜阿大声说。其实只有三次，不过她不在乎。

奥登嘀咕着："我也去过，这很正常，我经常下去学习。"

那长老看上去没把他放在心上。他转向崔特，径直问道："你呢，右伴？"

崔特颤抖着回答："我去过，尊敬的长老。"

"一个人？"

"是的，尊敬的长老。"

"多少次？"

"只有一次。"

杜阿又生气了。可怜的崔特怎么这么没用，竟然这样没来由的恐慌。真正犯了事的是她杜阿，她已经准备跟他们对质了。"找我一个人就行，"她说，"我才是你们要找的人。"

那长老缓缓转过头来。"你干什么了？"他问道。

"你们说什么就是什么。"面对面时，她对自己的所为还是有点无法启齿。在奥登面前，她说不出口。

"好吧，我们会找你的。不过首先，这右伴……你的名字是崔特，对吗？你为什么会一个人去下面的洞穴？"

"我有话对伊斯特伍德长老说，尊敬的长老。"

这时，杜阿又急切地插话进来，"你是伊斯特伍德吗？"

那长老简单地答道："不是。"

奥登看上去很恼火，好像杜阿不认识这个长老，让他也很难堪似的。杜阿才不管呢。

那长老继续问崔特："你从长老洞穴里拿走了什么东西吗？"

崔特沉默着。

那长老继续说，口气中听不出一丝感情："我们知道你拿走了某样东西。我们想知道，你究竟明不明白你自己拿了什么。那东西非常危险。"

崔特还是没说话，罗斯腾在一边开口了，口气要亲切得多："请告诉我们，崔特。我们知道是你干的，我们现在也不想强迫你。"

崔特终于开口了，声音低沉："我拿了一个食物球。"

"啊，"最先开口的长老说道，"你拿它干什么？"

崔特突然喊道："我都是为了杜阿。她不愿意吃东西。我是拿给她的。"

杜阿跳了起来，身体因为震惊凝成一团。

长老马上转向她："你自己不知道吗？"

"不！"

"你也不知道？"——这是问奥登。

奥登一动不动，呆若木鸡："不知道，尊敬的长老。"

好一阵子，三个人都没说话，空气中充满了长老们说话时的颤动，他们在彼此交流，完全无视这三人的存在。

是不是石慰让她的感官更敏锐，还是因为最近感情起伏剧烈？杜阿自己说不上来，也不指望以后能想明白，不过眼下她可以读取长老的只言片语——不是词句——而是内容——

他们前一阵子发现了东西失窃，已经悄悄地搜查了一段时间，并且已经很不情愿地意识到，嫌犯应该在凡人之间。经过调查之后，目标锁定在了奥登家，这更让他们难受。（为什么呢？杜阿没找到原因。）他们想不通，为什么奥登会这么蠢，居然敢做出这种事来，他们根本就没有考虑过崔特的可能。

后来，那个跟崔特说过话的长老，终于想起那天的事。事情本来就反常，他可能几年也不会跟凡人说话，特别是跟抚育者。（当然了，杜阿心想。就是那天，她第一次尝试渗入石墙之中时，就感觉到崔特路过了。要不是这回长老们说起，她早就忘了。）

这种可能听起来太夸张了，简直匪夷所思。但是最后，所有其它可能性都排除了，随着时间的流逝，事情可能会失去控制，带来未知的危险。长老们实在忍受不了，于是便来了。本来他们该找伊斯特伍德商量的，可是事情涉及到崔特，就没办法了。

杜阿屏息静气，一直读到这里，然后转身，直直地盯着崔特，目光中充满不信任，充满怒火。

罗斯腾正在焦虑地向那两个长老解释，目前还没什么不良后果，杜阿看上去气色很好，其实崔特的胆大妄为，实际上也可以算是一次有益的实验。跟崔特说过话的长老也同意，而另一个还在表示担心。

杜阿并没有全神贯注地听。她还一直死死地盯着崔特。

第一个长老开口了："现在那食物球在哪儿，崔特？"

崔特指给他们看。

它隐蔽得很好，虽然连接的地方有点粗糙，可是非常管用。

那长老又问道："你一个人干的，崔特？"

"是的，尊敬的长老。"

"你怎么知道方法的？"

"我在长老洞穴里，看了机器的样子，回来以后就按原样做了。"

"你知不知道，这样可能会伤到你的中伴？"

"我不知道。我想不会。我——"崔特手足无措，一时间说不出话来。最后他说："她不会受伤。我只是想让她吃饭。我把食物球装进进餐角，还装饰了一下。我希望她能试试，结果她真的吃了！她已经好久没这样吃饭了。后来我们就交媾了。"他顿了一下，然后几乎声嘶力竭地喊道，"她终于有了能量，我们有了小情者。她拿到了奥登的种子，又传给我，让它在我身体里孕育。我身体里，现在有个小情者啊！"

杜阿一句话都说不出来。她蹒跚后退几步，然后猛地冲出门外。所有人都措手不及，几个长老甚至没来得及闪出路来。她先是碰上一个长老的附肢，速度却不减，直接渗透而过，带起一阵尖利的啸声。

那长老的附肢无力地垂下，表情痛苦却没发出声来。奥登想绕过他去追杜阿。不过那长老吃力地说："让她去吧。麻烦已经够多了。我们得小心一点儿。"

奥登（4）

奥登好像做了一场恶梦。杜阿已经不见了，长老们也走了。只有崔特还在身边，一言不发。

这是怎么回事？奥登痛苦地回想。崔特怎么能自己找到长老洞穴去呢？他怎么能拿走那块储能电池呢？那可是电子通道的部件，会产生强度超过阳光百倍的辐射！他怎么敢……

奥登自己恐怕永远都不敢冒这个险。可是崔特，这个笨拙无知的崔特怎么敢？难道他也是与众不同的？在这个家里，有睿智的理者奥登，古怪的情者杜阿，难道还有个大胆的抚育者崔特？

他转身问道："崔特，你怎么敢这样？"

崔特激动地反驳："我做什么了？我只是让她吃饱而已。你看到了，她比以前吃得好多了，而我们也终于开始孕育小情者了。我们已经等了太久，要是再这样等下去，恐怕一辈子都不会有结果。"

"可是崔特，你不明白吗？这样会伤到她。这可不是普通的阳光。这是一种尚在实验的辐射源，可能过于强烈，对身体有害。"

"奥登，我不知道你在说什么。它怎么会有害呢？我在去长老洞穴以前，就尝过这种东西了。它是很难吃，你自己也尝过啊。但它只是难吃而已，没什么害处。可惜也太难吃了点，杜阿绝对不会碰。后来我就找到了食物球。这个就好吃多了。我自己吃了一些，味道非常好。这么好吃的东西怎么会有害？你看见了，杜阿吃得很开心，而我们的小情者也终于要降生了。难道我这么做错了吗？"

奥登感到心里一阵绝望，他知道跟崔特说不清楚了，于是便说："杜阿现在都气昏了。"

"过几天就好了。"

"很难说，崔特。她可不像普通的情者。正因为如此，她才这么难以相处；也正因为如此，我们在一起的生活才如此美妙。这下，她可能永远也不会再跟我们交合了。"

崔特的身体坚定而平整，没有一点慌乱的意思。他说："哦，这有什么？"

"这有什么？你什么意思？难道你想永远放弃交合吗？"

"当然不想。不过要是她不愿意，那就随她。我已经有了第三个孩子，交不交合无所谓。凡人的历史我都懂。从前很多家庭会再生一次，再要三个孩子。不过我不在乎，生一次就够了。"

"可是，崔特，生孩子并不是交合的全部意义。"

"那还有什么？我记得你说过，交合以后你的思维更敏锐了，那现在无非就是脑子慢点。我才不在乎呢，反正我已经有第三个孩子了。"

奥登气得浑身发抖，气冲冲地转身离去。责备崔特有什么用呢？崔特根本什么都不懂。他自己呢？他自己又懂多少？

第三个孩子就要降生了，等她长大一些以后，那个时刻就会来临，他们将逝去。而在那个时刻，他，奥登，将不得不对大家宣告，并带领大家毫无恐惧地踏上生命的终点。这是他们的必经之路，别无他途。在这条路上，交媾就是他唯一的慰藉，除此以外，即使是三个孩子带来的满足也远远不够。没有交媾，他不知道如何面对未来。

真的，从某种程度上来说，交媾可以消除恐惧……或许交合的感觉类似于逝去。那时候，你会有一段时间失去意识，而且并不感到恐惧。那时候你好像已经不在这个世界上，而这种感觉又美妙无比。只要常常交媾，他就可以获得足够的勇气，坦然面对终结……

噢，太阳和诸位星辰，他们并不会"逝去"。"逝去"——这个词听上去那么庄严肃穆。他知道，还有其他词汇可以表达同样的意思。那个词是大家的忌讳，只有少不更事的孩子偶尔用来吓吓大人，那个词就是"死亡"。他必须毫无畏惧地面对死亡，跟杜阿和崔特一起。

可是没有交媾……他又将如何面对……

崔特（4）

崔特一个人待在屋里，心中非常恐惧，非常恐惧。不过他决心坚定，毫不动摇。他已经有了第三个孩子，就在自己身体里。

这才是真正重要的。

这才是唯一真正重要的。

可是为什么，为什么他的内心深处会有一丝怀疑，一丝隐隐约约又挥之不去的怀疑，难道这并不是生命的唯一吗？

杜阿（5）

杜阿感到羞愧难当。她过了好久才战胜羞愧，使自己平静下来，整理纷乱的思绪，开始思考。她急不可耐地从家里逃出，盲目往前奔，根本就没管自己奔向哪里，认不认路，甚至连此时身处何方也茫然不知。

现在是半夜，普通人家的居民，没人会到地面上去，哪怕是最轻佻最不安分的情者，此时也不会出来。离日出还有很长时间，对此，杜阿心中不无庆幸。太阳就意味着食物，而此时杜阿极其讨厌食物，讨厌崔特对她做的那些事。

周围很冷，不过杜阿没什么感觉。事到如今，她还会在乎冷吗？为了履行自己的职责，她已经臃肿了很多——这种臃肿，不仅指身体肥胖，也包括精神的怠惰。自从长胖以后，寒冷和饥饿的感觉就始终萦绕在她身边。

她轻易就看穿了崔特的意识。可怜的家伙，他的脑袋几乎毫不设防；他的所有行动都出于本能，不过他会勇敢坚决地追随着本能，毫不迟疑——这点倒值得赞扬。那天从长老洞穴偷食物球回来的时候，他简直胆大包天。（其实那天杜阿完全能感觉到他的存在，那时他深深沉醉于自己所做的事，几乎都不敢去细想。要不然，杜阿一早就该看出事情的原委。而她自己，当时也沉醉在岩石中，沉醉在岩石带来的快慰中，无暇顾及真正重要的事情。）

崔特一路顺利地把它带了回来，精心布置了这个惹人同情的圈套，还对她的餐桌雕饰一番，混淆了她的视线。后来，她就回来了，心中充满了石慰的罪恶感、无地自容的羞愧，以及对崔特的愧疚。在这所有的羞愧感和负疚感中，她终于开口吃饭了。这直接促成了第三个孩子的孕育。

自那以后，她又恢复了平时少量的饮食，也再没去过进餐位那里，不过那里的确也不再有什么诱惑力了。崔特也没再逼过她。他看上去倒是很耐心（废话），所以她也再没有想起那些羞愧来。崔特一直把食物球放在原位，他可没胆量把它送回去。何况，他已经达到了自己的目的，对他而言，最容易不过的就是把它放在原地，不再理会。

——直到他被抓住。

不过聪明如奥登，肯定已经看出了崔特的计划，肯定已经检查过屯极的新装，肯定已经发现了崔特的日的。可以想到，他对此只字不提。揭穿此事一定会吓到可怜的右伴，而奥登总是对他关爱有加。

当然，奥登什么也不必说。他只需要跟在崔特身后，拾漏补缺，确保那个笨拙的计划平稳实现。

杜阿现在已经不再抱有任何幻想。她其实早该尝出食物球的味道；早该注意到它那与众不同的滋味；早该发现自己一直在吃，却始终没有饱的感觉——全是因为奥登，他一直在跟她交谈，完全占据了她的头脑。

他们两个联手缔造了这个骗局，不管崔特有没有意识到这点。她当时怎么会那么相信奥登呢？他突然就变成了一个细致耐心、孜孜不倦的老师。她怎么就没发现，事情背后那不可告人的动机呢？

164

他们对她的关心，仅仅是为了完成下一代的繁衍，这同时也意味着，在他们心中，她本身不值一提。

好吧——

她已经停在原地很久了，开始感到身体的困乏和疲劳。于是她设法挤进一条岩缝，躲避呼啸而来的冷风。她的视野中，有七星中的两颗，她茫然注视星辰，设法使外部感官聚集于身边的琐事，而内心奔腾的思绪渐渐聚拢起来。

她从迷梦中醒来。

"背叛，"她对自己喃喃地说，"他们背叛了我。"

他们难道只会考虑自己吗？

在崔特心中，就算整个世界都毁灭了也无所谓，只要他和自己的孩子都安然无恙就好。他有这样的想法简直天经地义，他就是一只靠本能活着的动物，可是奥登呢？

奥登会思考，这是不是意味着，为了实践那些思考，他宁愿背弃一切？这些思考的全部意义，就是给自己的行为找借口——不管代价如何。因为伊斯特伍德发明了电子通道，它就一定要投入使用，从而把我们这个长老和凡人共同栖身的世界，都置于它的庇佑之下，也置于另一宇宙的人类的手中吗？要是那些人关闭了这个装置，如果这个世界失去了电子通道，只剩下一个渐渐死去的太阳，我们又会怎样？

不，他们不会关闭。既然他们已经被劝服，开启了这个装置，那么他们也会被劝服，一直维护装置的运行，直到他们毁灭自己为止——那时他们已经失去价值，对长老、对凡人都一样——就像现在的她，杜阿，已经失去了价值，很快将会逝去了。

她，和那个宇宙的人类一样，被背弃了。

无意之中，她已经在岩石间越陷越深。她将自己掩藏起来，远离星辰的光辉，远离风的呼啸，远离整个世界。她只剩下纯粹的精神在泛动。

她最恨的是伊斯特伍德。他就是自私与顽固的化身。他发明了电子通道，还将毫无道德地摧毁一个千万人的世界。他无比怯懦，从来不敢现身；但他又无比强大，即使是其他长老们都对他心怀畏惧。

好吧，现在她已经决定了，她要同他斗争。她要阻止他。

通过某种方式的交流，那个宇宙的居民已经帮忙建立了电子通道。奥登曾经提过这点，而这种交流一般在哪儿进行呢？又是什么样子呢？要想进一步通信，他们还能做什么呢？

值得庆幸的是，她的头脑如此清晰。非常庆幸。这给了她有力的支持，使她能以头脑战胜那些善用脑子的家伙。

他们无法阻止她，因为她可以到达的地方，长老们永远无法触及，理者或者情者也不行——其他所有的情者都不行。

她最终一定会被抓到，不过当前她还不担心。她会杀出一条路来——不惜代价——不惜一切代价——尽管她将不得不穿越岩石，在岩石中生活，游走于长老洞穴之中，必要时从储能电池中得到补给，可能的时候，还要跟其他情者拥挤在阳光之下进食。

不过最终她将给他们所有人一个教训，然后，就让他们随意处置吧。她甚至做好准备逝去——不过那时已经……

奥登（5）

小情者降生的时候，奥登就在一旁，日夜守候。不过，时至今日，他对这个孩子已经失去了以往的激情。但崔特仍旧一直心无旁骛，把全部热情都倾注到孩子身上，这是抚育者的本分。

已经过了很久，杜阿还没有回来，她仿佛凭空消失了一般。她肯定还在人世。凡人逝去的时候，必定是三个一起；不过她此时不在他们身边。她没有逝去，却消失了。

奥登曾经见过她一次，只有一次。那是她得知自己孕育了新的孩子，情绪失控、反抗出走后不久。

那天，他在一群阳光下的情者们中间走过，抱着略显愚蠢的念头，想要找到她。一个理者走到情者群附近，一定会招来情者们的嗤笑。这些愚蠢的情者们还纷纷淡化身体，做出撩人的姿态。她们并没有什么确切的目的，只是简单地想表明自己是情者而已。

奥登心里对她们颇为不屑，一路过去，没作出任何一点回应的姿态。他心里只有杜阿，她是那么与众不同，跟这堆蠢货毫无共通。杜阿不会为任何原因消散身体，除非她自己愿意。她从来没想过吸引某人的注意，这更让她卓尔不群。如果她此时混在这群没脑子的蠢货当中，一定会很好辨认，（他敢肯定）她不但不会消散身体，甚至还可能收缩起来，只要周围的人都消散的话。

一边想着，奥登一边扫视人群，真的发现有一个人没有消散。

他赶忙停住，转身冲到近前，沿途完全无视任何异性的存在，无视她们尖叫避让，躲出一条路来，生怕撞到他身上，或是与别的情者倒在一起，混成一团——至少不能当众如此，如果被一个理者看到，实在颜面无存。

那正是杜阿。她并没有逃避的意思。她停在原地，保持沉默。

"杜阿，"他温柔地说，"你怎么不回家呢？"

"奥登，我没有家，"她平静地回答。没有怒火，没有仇恨——这个样子才真正可怕。

"你怎么能怪崔特呢？杜阿，你知道这个可怜的家伙根本不会思考。"

"可是你会，奥登。在他设法填满我身体的时候，你拖住了我的思维，不是吗？你想一想就会明白，比起他的小伎俩，你的话更让我深陷其中。"

"杜阿，不！"

"不？不什么？你的戏演得真棒，好像真的在给我上课，真的在教我知识。"

"我是这么做了，可我没有演戏，那都是真的。那跟崔特的所作所为没有任何关系。我根本不知道崔特做了什么。"

"我不相信。"她毫不迟疑地游走了。他紧随其后。过了一会儿，两人走了一段后，直到四下无人，他们才面对彼此，太阳正在远方缓缓落下。

她面对着他："我再问你最后一个问题，奥登。你为什么要教我呢？"

奥登回答："因为我想要教你。因为我喜欢讲解的过程，这是我最大的乐趣——除了学习以外。"

"当然，还有交媾……无所谓了。"她补充道，打断了他插话的企图，"不要说你这是出于理智，而不是出于本能。要是真的如你所说，你只是喜欢讲解；要是我对你还有一点信任的话，或许你就能理解我，理解我将要告诉你的话。

"离开你以后，我想了很多很多，奥登。你别管我是怎么想的。我的确想了。现在的我，除了生理结构以外，已经完全不再是一个情者。在我内心深处，在那些真正有价值的领域，我已经完全是一个理者了，只有一点除外——我希望自己不像理者一样自私，还记得为他人着想。还有一件事，奥登，我已经明白了我们真实的面目。我们，不只是你我和崔特，是指这个星球上所有的家庭，千百年来在面具下掩藏起真实的脸孔。"

"那是什么？"奥登问道。他已经做好准备，听多久都可以，一句也不会反驳。只要杜阿说完以后，能跟他回家，那什么都无所谓了。他愿意忏悔，愿意做任何事来赎罪。只要她回家——即使此时，他心中还有一点模糊而阴暗的念头，她注定要主动回去。

"我们是什么，怎么说？什么都不是，真的，奥登。"她轻描淡写地说，脸上几乎还带着笑意，"听起来很奇怪吗？在这个世界上，长老才是唯一的生物。他们没告诉过你吗？生命只有一种，因为你、我、崔特，以及所有的凡人们，根本就没生命。我们只是机器，奥登。只因为长老的需要，我们才会存在。他们没告诉过你吗，奥登？"

"可是，杜阿，这毫无道理啊。"奥登一脸茫然。

杜阿骤然提高了声调。"机器，奥登！我们都是长老们制造的机器！用完就会消灭的机器！他们是有生命的，那些长老们。只有他们。他们自己不会什么都说。他们根本没必要开口，因为彼此都心知肚明。可是我，已经学会了思考，从手头零碎的线索中，我找到了答案。他们的生命如此漫长，但是最后还是要死。他们现在生不出新的孩子，我们的太阳能量已经太微弱了。即使他们很少会有死亡，可是在永无新生的情况下，总数还是在缓慢地减少。没有新生，他们的族群就缺乏新鲜的血液，缺乏新鲜的思想，所以那些老朽而长寿的长老们非常苦恼。奥登，你猜他们接下来会干什么？”

“什么？”奥登似乎被某种魔力吸引，不得不听下去。那是一种阴暗的魔力。

“他们制造了像机器一样的孩子们，当作他们的学生。奥登，你自己也说过，除了学习以外，最大享受就是教别人——当然，还有交媾。理者就是长老自己的翻版，长老们不会交媾，他们每个人都学识渊博，很难再学更多东西了。他们的乐趣就只剩下了讲授。为了满足这种欲望，他们创造了理者。而情者和抚育者的存在，完全只是为了种群的繁衍，为了产生新的理者。当理者长到一定年龄，长老们觉得没什么可教了，新的理者就会诞生，取代他的位置。这时那些老理者已经无可再学，很快会被消灭。这个毁灭的过程还被粉饰成‘逝去’，来安抚他们被愚弄的感情。当然，情者和抚育者也会一同逝去。他们已经生下新的孩子，孩子们组成新的家庭，他们自己已经完全失去价值。”

“杜阿，这全错了。”奥登努力抗辩。他拿不出什么有力的证据，无法驳倒杜阿噩梦般的理论。但是他心里确信无误，她肯定是错了。（或许，这确信深处还带有一点点怀疑，难道他真的被人洗脑了，他的知识都是被人故意灌输的谎言？——不，肯定不会，要不然就是杜阿被人洗脑？不，也不会——难道她是个培养失败的情者，失去了——噢，他在想什么啊。他几乎跟她一样疯狂了。）

杜阿说话了："奥登，你看起来很苦恼。你真的确信是我错了吗？当然，他们现在已经有了电子通道，有了所需的能量，或者说，即将得到。很快他们就又能生孩子了。说不定他们现在已经可以了。然后他们就不再需要我们，不再需要任何凡人作玩具。我们会被全部消灭。我再说一遍，我们都将逝去。"

"不，杜阿，"奥登极力反驳，一半是为了反驳杜阿，一半也是为了说服自己，"我不知道你怎么会冒出这些念头，可是长老们不会这样的，我们不会被消灭。"

"别骗你自己了，奥登。他们就是这样的。为了自身的利益，他们准备摧毁整个世界，消灭那里所有的生物；如果有必要的话，他们甚至会毁掉整个宇宙。你说他们会可怜几个小小的凡人，忍住不消灭我们吗？——不过他们还是犯了一个错误。不管怎么说，他们的机制出了点问题，一个理者的思想进入了一个情者的身体。我是个左情者，你还记得吗？从我小时候起，她们就这么叫我，其实她们是对的。我具备了理者的思考能力，但还保留了情者的感情。我将以我的特质为武器，跟长老们抗争到底。"

奥登觉得一阵狂躁。杜阿一定是疯了，可是他不敢说出口。他必须要哄着她，把她带回家。他真挚地说："杜阿，在我们逝去时，并没有被消灭。"

"没有？那你说是怎么回事？"

"我——我不知道。我想我们是进入了另一个世界，一个更美好更快乐的世界，就像——就像——算了，反正比我们现在要好。"

杜阿笑了："你从哪儿听来的？长老们告诉你的？"

"不，杜阿。我敢肯定，这是我自己脑子里的想法。自从你离开以后，我也想了很多很多。"

杜阿说："那就少想一点吧，想得越多就越蠢。可怜的奥登，再见了。"她再次转身离去，轻盈无比，却带着一种说不出的疲倦。

奥登喊道："可是，等一下，杜阿。你一定想看看小情者吧。"

她没有回答。

奥登大叫："你什么时候回家？"

她没有回答。

他没有再追，只是注视着她渐渐远去的背影，悲哀无比。

回去后他并没有告诉崔特。那有什么用呢？他自己也再没见过杜阿。后来他常常四处寻觅，总是找到情者们聚集的地面，去得多了，有时候一些抚育者都产生了无比愚蠢的疑心，开始监视他。（跟大多数抚育者相比，崔特简直就是智慧超人的天才。）

奥登心中对杜阿的思念与日俱增。每一天结束的时候，他都能感到心中有莫名的恐惧在滋长。杜阿还是没有回来，他不知道为什么会这样。

有一天他回到家中，发现罗斯腾在等他，神色严肃但不失礼貌。崔特正把小情者抱给他看，手忙脚乱的，生怕孩子碰到长老身上。

罗斯腾说："孩子真漂亮，崔特。它叫迪瑞拉？"

"迪若拉，"崔特纠正道，"我不知道奥登什么时候回来。他老是出去……"

"我回来了，罗斯腾。"奥登草草接过话来，转头又对崔特说，"崔特，带孩子离开一会儿，我们有正事要谈。"

崔特照做了，罗斯腾转过身来，好像卸下千斤重负，对奥登说道："你一定很高兴吧，家庭终于圆满了。"

奥登本想作出礼貌得体的回答，转念一想，旋即作罢，只是低头不语。他最近跟长老们建立起了一种伙伴式的关系，隐约间已经平起平坐，所以说起话来完全不必客套。不过杜阿发疯的事，对这种关系也不免有一些影响。奥登知道她肯定错了，后来他还按照惯例找过一次罗斯腾。多年来他的习惯从未更改，那些年里，他还把自己当作低贱一级的生物，就像——机器？

罗斯腾说："你见过杜阿吗？"他问得相当直接，毫不遮掩。奥登很容易就听出来了。

"只见过一次，尊——"他差一点叫出"尊敬的长老"来，这是孩子们和抚育者用的称呼，"只有一次，罗斯腾。她不愿意回家。"

"她必须回家。"罗斯腾轻轻地说。

"我不知道该怎么做。"

罗斯腾眼神阴郁地看着他，"你知道她现在正干什么吗？"

奥登不敢直视他的目光。难道他已经发现了杜阿那些疯狂的念头？他们会怎么处置她？

他沉默地摇摇头，并没开口。

罗斯腾说："奥登，她真的是最不平凡的情者。这点你知道，是吧？"

"是的。"奥登叹了口气。

"你同样杰出，而崔特也远非泛泛。我想不出这世上还会有哪个抚育者，能想到而且敢于偷窃一个储能电池，最后还能像他这样滥用。你们三个组成了有史以来最不平凡的家庭。"

"谢谢。"

"不过，你们的出众也带来一些不好的影响。这是我们的疏忽。我们一直以为，你对杜阿的教导相当有益，不管是引导也好，哄骗也好，最后总会让她主动履行自己的职责。我们没料到，崔特那时会有如此疯狂的举动。而且，跟你说实话，我们也没料到，当她发现另一个宇宙必将毁灭之后，居然会有那么激烈的反应。"

"这是我的责任，我回答她问题的时候，本该小心一点的。"

"那也没用。她自己终究会发现。这点也是我们的失职。对不起，奥登，可是我必须要告诉你——杜阿现在已经变得非常危险，她想破坏电子通道。"

"可是她怎么能做到呢？她根本到不了那里，即使她去了，她也什么都不懂，怎么能破坏呢？"

"不，她能到那儿。"罗斯腾犹豫了一下，还是说道，"她如今能完全隐藏在岩石中，我们对她毫无办法。"

过了半天，奥登才明白过来老师的意思。他说："不可能，没有哪个成年情者能——杜阿绝对做不到……"

"她可以。她已经这么做了。不必浪费时间讨论这个……她现在可以潜入到洞穴的任何一处，什么也瞒不过她的眼睛。她肯定已经研究过了平行宇宙发来的通信记录。我们并没有明确的证据，可这是唯一的解释。只有这样，我们才能解释发生的事。"

"噢，噢，噢。"奥登摇摇晃晃，站立不稳，他的身体因为羞愧和悲伤，变得灰暗凝滞，"伊斯特伍德知道这件事了吗？"

罗斯腾神色冷峻地回答："目前还没有；不过他终究会发现。"

"可她拿那些通讯记录干什么呢？"

"她研究其中的规律，然后就可以自己发出一些东西。"

"可她根本就不懂如何破译，也不懂怎么发送啊。"

"她都在学，破译和发送。她现在对那些通信记录的研究，甚至比伊斯特伍德还要深。她太可怕了，作为情者竟然懂得学习，而且已经完全失控。"

奥登不由得浑身颤抖。失控？这话听起来好像在说机器！

他说："事情不会那么糟吧。"

"会的。她已经自己发出了一些信息，我怕她是在警告那边的生物，要他们关闭通道的端口。要是他们在太阳爆炸以前真的关闭了，我们就完了。"

"可是那时——"

"我们必须制止她，奥登。"

"可——可是，我们该怎么做呢？难道你们要炸——"他的声音戛然而止。他隐约知道一点，长老们有一种装置，可以在岩石上挖掘洞穴。这种装置自从多年前人口开始减少以后，就再也没有用过。难道他们要确定杜阿在岩石中的位置，然后把她和岩石一起炸掉吗？

"不，"罗斯腾坚定地回答，"我们不会伤害杜阿。"

"可伊斯特伍德会——"

"伊斯特伍德也不会。"

"那你们要干什么？"

"是你，奥登。只有你才能做到。我们束手无策，所以我们必须依靠你的帮助。"

"靠我？可我又能干什么呢？"

"自己想想，"罗斯腾说，神情急切，"好好想想。"

"想什么？"

"我只能说这些了，"罗斯腾回答，明显有点生气了，"想啊！我们已经没时间了。"

他转身离去，行色匆匆，完全不见长老的仪态。好像他已经后悔了，好像他觉得自己本不该来，不该说这么多话。

奥登只是呆呆地望着他的背影，心中一片茫然。

崔特（5）

崔特现在忙得不可开交。孩子正需要照顾，一般来说，两个小理者和两个小抚育者加在一起，都不如一个小情者麻烦，而迪若拉可不是一般的孩子。崔特必须寸步不离，哄她安静下来，好好睡觉，要不然她会四处乱晃，融入身边的任何物体。

他很久没见过奥登了，其实他也不在乎。迪若拉已经占据了他所有的时间和精力。不过有一天他看见奥登待在自己房间的角落，光芒闪烁，显然正在思考什么。

崔特突然想起前阵子的事，于是走过去问道："罗斯腾是不是生杜阿的气了？"

奥登转过身来："罗斯腾？——是，他是生气了。杜阿现在非常危险。"

"她该回家了，不是吗？"

奥登盯着崔特。"崔特，"他说，"我们得去劝杜阿回来。首先，我们要找到她。你能做到。有了迪若拉以后，你作为抚育者，天生的感应力已经非常强了。你能用感应力找到杜阿。"

"不，"崔特好像吃了一惊，"那是对迪若拉用的。要是我用来找杜阿，肯定不对。再说，既然她这么狠心，把小情者抛在家里不管——她自己以前还是个小情者呢——那我们也不要管她，没她一样过。"

"可是，崔特，难道你就不想交合了吗？"

"唔，我们家已经圆满了。"

"可交合并不完全是为了生孩子。"

崔特说："可我们要去哪儿找她呢？小迪若拉离不开我。她这么小，我可不能抛下她不管。"

"长老们会想办法照顾迪若拉的。我们俩要赶到长老洞穴去，找到杜阿。"

崔特想了一阵。他并不关心杜阿，他其实连奥登也不怎么关心。如今他的世界里只有迪若拉。他说："改天吧。再等一阵子，等迪若拉长大一点。现在可不行。"

"崔特，"奥登急火攻心，"我们必须现在就找杜阿。要不然——要不然他们会把迪若拉带走的。"

"他们是谁？"

"是长老们。"

崔特沉默了。他说不出话来，他从来没听说过有这回事，也根本想不到。

奥登说了："崔特，我们必须要逝去了。现在，我已经知道原因了。我想了很久，自从罗斯腾——算了，这无所谓。杜阿和你也必须逝去。现在我知道为什么了，你也会知道，我希望——我想——杜阿也会知道的。我们必须马上逝去，因为杜阿正在毁灭这个世界。"

崔特渐渐后退："别这么看着我，奥登……你在骗我……你一定在骗我。"

"我没骗你，崔特。"奥登悲哀地说，"我说的都是实话，你必须……不过，我们要马上找到杜阿。"

"不，我不去。"崔特痛苦不堪，竭力抗拒。奥登身上仿佛有一种前所未有的、可怕的东西，而他们都要无可避免地消亡了。以后不会再有崔特，也没有小情者。别的抚育者都会把自己的小情者养大，而崔特马上就要永远失去她。

这不公平。噢，这太不公平了。

崔特喘着气说："都是杜阿的错，让她先逝去吧。"

奥登看着他，带着死一般的沉静，"没有别的办法，我们必须一起……"

崔特知道是这样的——是这样的——是这样的……

杜阿（6）

杜阿感到浑身虚弱而冰冷。自从那次被奥登发现以后，她就不再去旷野之中吸收阳光了。而她又不能随时去长老们的电池那里进食。她不敢长时间暴露自己，只有岩石中才真正安全，所以她每次只敢出来吃一小点儿，根本就不够。

她一直处于饥饿之中，心烦意乱，在岩石中几乎待不下去了。这好像是一种报应，以前自由的日子里，她总是在日暮时分出来游荡，从不好好吃东西。

要不是为了现在的信念，她一定忍受不了这种疲劳和饥饿。有时候她甚至期望长老们抓到她、消灭她——不过那要在她达成目的之后。

只要躲在石头里，长老们就拿她没办法。有时候她能感觉到，他们就在石头外面，满心惶恐。有时候她会以为他们在害怕她，不过没道理啊，她有什么可害怕的，难道是害怕她饿死？害怕她在岩石中耗尽精力，悄然逝去吗？即使要害怕，也只能是因为她这台机器失去了控制，不再按照他们的设计运行了。这个奇迹让他们胆战心惊，惶惶不可终日。

她一直小心躲避着他们。她随时都能感觉到他们的位置，所以谁都抓不到她。

他们不可能处处都监视到。她想，他们的感应力实在太差了。

她曾浮出岩石，仔细研究那些通信记录的副本，研究另一个宇宙中人类的符号。他们不知道她要找的是什么。不管他们把这些东西藏在哪儿，她都能找到。就算他们都销毁掉，也没什么关系。她已经都印在脑子里了。

开始的时候，她一点都看不懂。不过在岩石中待得久了，她的感官越来越敏锐，即使看不懂，她也能感觉到一些。不用看懂那些符号的含义，只要看到，就会引发她内心的一些感受。

她选出一些标记，附在即将发送到另一个宇宙的物体上面。这几个标记是：F-E-E-R。她并不知道这几个标记的含义，不过它们的形状让她心生恐惧，于是她就尽可能地用这些标记，把自己的恐惧表达出来。或许那个宇宙中的生物看到这些标记的时候，也会有恐惧的感觉吧。

当收到回复的时候，她读到了其中蕴含的激动情绪。她并不是每次都能亲自收到回复，有时候那些回复会先落到长老手中。可以肯定，长老们已经发现了她的行为，不过他们一定看不懂那些讯息的含义，甚至连其中蕴含的情绪都读不到。

所以她不怕。他们无法制止她，直到她最后达成目标为止——管他们发现什么。

她一直在等待一个能反映她情绪的信息。后来，她等到了：通道坏。

这个标记完全反映出她心中的恐惧和仇恨。她将其扩大几倍发了回去——恐惧更强——仇恨更深——现在那边的人应该能懂了吧，现在他们会关掉通道了吧。长老们也会想出别的办法，找出其他能源；他们本不应该为了自己的生存，就毁灭掉另一个宇宙中的千万生灵。

她已经在岩石中休息了太久，身体越来越虚弱，神志也近乎昏迷。现在她非常渴望进食，也一直在等待机会浮出岩石。不过，虽然她近乎疯狂地需要那些储能电池，但她更希望把那些电池永远毁掉。那时她将会贪婪地吮吸最后一丝残存的能量，直到它彻底耗尽。到时，她的使命就彻底完成。

最后她还是浮出了岩石，不顾危险，趴到一个电池前不顾一切地吸食。她想把它吸干，吸到完全暗淡——可惜它的能量无穷无尽——无穷——无尽。

她惊惧地后退，不敢相信自己的眼睛。电子通道还在运行，难道她的信息没有发送过去吗？要是那些生物已经收到，为什么没有关闭通道呢？难道他们没有体会到其中的警示吗？

她必须要再试一次。她必须要使其尽可能浅显易懂。她会用到所有标记，所有她能感到危险和恐惧的标记；所有能让人联想到"停止"的标记。

她绝望地拼尽全力，把那些标记铭刻在金属上。她毫不吝啬地挥霍着刚刚从电池里汲取的能量，直到身体虚弱不堪，那些信息完全浮现出来：*通道不停不停我们不停通道你们停请停你们停所以我们停请你们停危险危险危险停停你们停通道……*

她已经竭尽所能。现在她只感到痛苦难捱。她把信息放到发送位置上，她已经等不及由长老们发送了。尽管浑身难受，几乎无法自抑，她还是努力回忆长老们操纵通道的样子，找到能量来源，打开了这个机器。

那些信息马上消失了，整个洞穴弥漫着一阵令人目眩的紫色光芒。她正在逝去——失去意识——灯尽油枯。

奥登——崔——

奥登（6）

奥登来了。他一路飞奔，有生以来他从未游得这样飞快。有了迪若拉之后，崔特的感官极度敏锐，一路上他都紧随崔特的指引；可是现在，即使以他自己迟钝的感应力，都能轻易察觉到杜阿的气息。他自己完全能发现，杜阿已经气若游丝、命悬一线了；他拼命向前冲，崔特在他身后气喘吁吁，竭力呼喊："快点，快点——"

当他赶到时，杜阿已经处在崩溃的边缘，只剩下最后一点生命力在挣扎，身体也极度萎缩——奥登从来不知道，一个成年情者可以这么微小。

"崔特，"他喊道，"把电池拿过来。别——别——别搬她。她已经太淡薄了。快点！要是她沉入地面以下——"

长老们从四面聚集过来。当然，他们来晚了，他们根本就不可能遥感到其他生物。如果只是靠他们的话，杜阿早就完了。她将不会逝去，她只会被真正地毁灭——而且——而且比她所知的毁灭更可怕。

现在，她正在慢慢吸收电池的能量，渐渐恢复元气。长老们伫立一旁，默默地看着他们。

奥登站了起来：一个全新的奥登，一个对所发生的一切完全了解的奥登。他恼怒地挥挥手，将长老们驱散——他们便离开了，一言不发，完全没有抗拒。

杜阿动了一下。

崔特问："她还好吧，奥登？"

"安静，崔特，"奥登转过头，轻轻地呼唤："杜阿？"

"奥登？"她又动了动，轻声低语，"我想我已经在逝去了。"

"还没有，杜阿，还没有。不过现在你必须先吃东西，还要好好休息。"

"崔特也在这儿吗？"

"我在这儿，杜阿。"崔特应声。

"别想把我带回去，"杜阿说，"一切都结束了。我已经做了想做的事。电子通道很快——很快就要停了，我敢肯定。长老们以后还会需要凡人，他们会照顾你俩，至少也会照顾孩子。"

奥登什么都没说。他制止了崔特开口，把辐射能量缓缓倾入杜阿体内，小心翼翼。他还不时略作停顿，让她缓一缓，然后再继续倾倒。

她开始咕哝："够了，够了。"她的身体开始翻腾。

他并没停下。

最后，他开口了。他说："杜阿，你错了。我们不是机器，我现在已经完全知道了我们的身份。要是我早点想到就好了，我应该早点来制止你。可是我一直都没想到，直到罗斯腾去求我。现在我已经明白了，很艰难，可是即使到现在，我的醒悟也还是太早了一些。"

杜阿呻吟了一声，奥登便停下了片刻。

然后他继续说："听着，杜阿。这世界上的确只有一种生命。长老们的确就是这世上唯一的生命。这点你已经想到了，到此为止你都是正确的。可是这并不意味着凡人就不是生命，这只说明，我们也是这种唯一生命的一部分。凡人就是长老的幼年形态。我们生下来是幼年凡人，然后成长为成年凡人，最后变成长老。你明白了吗？"

崔特眼神迷茫："什么？你说什么？"

奥登说："别着急，崔特。你以后也会明白的，不过我现在是给杜阿讲解。"他看着杜阿，她的身体正在恢复光泽。

他说："听着，杜阿。我们在交媾的时候，所有家庭在交媾的时候，都会变成一个长老。长老是三位一体的，所以身体会很坚实。在交媾中，我们会丧失意识，在这段时间内，我们以长老的形式存在。不过这只是暂时的，交媾结束后，我们什么也记不起来。我们不可能长久保持长老形态，过一段时间后必定会醒来。但是我们一生之中都在不停进化，这个过程可以划分成几个阶段。每个孩子的降生都标志着一个阶段的到来。等到生下第三个孩子以后，我们就走到了最后的阶段。这时理者的意识就会独自觉醒，完全不依赖那两个伴侣，他会想起身为长老时的记忆片断。这时候，也只有到这时候，他就可以引导伴侣，进行最后一场完美的交媾，在这场交媾中，他们将永远融为一体，成为长老。从此这个家庭将开始一种全新的一体生活，完全达到更高的层次。我以前就跟你说过，逝去就像重生。那时候，我自己也不是非常清楚，也在摸索当中。可是现在，我已经完全醒悟。"

杜阿看着他，努力想挤出个笑容来。她说："奥登，你怎么还在欺骗自己呢？要是事情真是这样，为什么长老们不早点告诉你，也不告诉我们呢？"

"他们不能，杜阿。在很久很久以前，对我们而言，交媾只是身体微粒的简单融合。后来，我们的意识才在岁月中慢慢进化。听着，杜阿，交媾已经不只是物质的融合，我们的意识也在融合。不过，意识的融合要更困难，更精密微妙。而要把意识完全精准地永远融合起来，理者必须要进化到特定的高度。只有等他完全凭借自身的力量，发现进化的真相以后，才能确保达到那个高度。只有在这时候，他的意识才最终变得清晰完整，才会记起在交媾时发生的事。要是在此之前，有人预先告诉他这些事，自然进化的过程将被打断，他们也就无法完成最后、最完美的那次交媾。这样一来，他们最终就没法顺利融合成长老。其实罗斯腾来告诉我的时候，还冒了很大的风险。即使他那么隐讳，弄不好也会——我不敢说——

"我们家更是这样，杜阿。好多年以来，长老们挑选家庭的时候都慎之又慎，尽量做到最优化搭配，最后才能融合出完美的长老。我们家就是有史以来最杰出的家庭，特别是你，杜阿。罗斯腾

184

就是你的父母融合成的，你的抚育者父亲也是他的一部分。所以他非常了解你。是他把你带来，带给了我和崔特。"

杜阿坐了起来。她的声音听起来很平静，"奥登，你是不是编这些东西来骗我？"

崔特插话进来。"不，杜阿。我也能感觉到。虽然我想不太清楚，可是我能感觉到。"

"他说的对，杜阿。"奥登说，"你也会感觉到的。现在你是不是开始回忆起变成长老的片断了？你现在不想交媾吗？最后的交媾？最后一次？"

他把她扶了起来。她身体微微发热，似乎因兴奋而颤抖。尽管有点挣扎，她还是淡化了身体。

"要是你说的是真的，奥登，"她喘着气，"要是我们将组成一个长老，按你的说法，我们会组成一个非常重要的人物。是吗？"

"是最重要的。我们将是历史上最优秀的长老。我是说……崔特，到那儿去。这不是告别，崔特。我们将永远合为一体，实现长久以来的梦想。还有你，杜阿——我们将永远融合。"

杜阿说："我们会让伊斯特伍德知道，电子通道必须关掉。我们要逼他……"

融合开始了。一个接一个，长老们陆续回到房间中，目睹着历史上最重要的时刻。奥登看不清他们，因为他已经开始融入杜阿体内。

这次跟以往不同；没有鲜明的快感，只有一种安详的、平静的、完全和煦的运动。他能感到自己好像成了杜阿，整个世界都在鲜活地跳跃，冲击着自己敏锐的感官。电子通道还在运行——他，她能感到——为什么它还没停下呢？

他现在也是崔特了，他，她，他的心中充斥着一阵难抑的酸楚。噢，我的孩子们——

他叫了出来，这是奥登最后的声音，也是杜阿最后的声音。"不，我们没法阻止伊斯特伍德。我们就是伊斯特伍德。我们——"

这声既是杜阿又不是杜阿的呼喊，戛然而止。从此以后，杜阿再也不会回来了。世上再不会有杜阿，不会有奥登，不会有崔特。

伊斯特伍德（7）

伊斯特伍德迈步向前，扫视周围聚集的长老们，悲哀地说："以后我会永远跟你们一起了。走吧，还有很多事要做……"

第三章

……也缄口不言

1

赛琳娜·琳德斯托姆笑容可掬地穿行于旅客之间。她脚步轻轻弹起，轻盈飘逸，游客们开始都颇为惊讶，不过很快便流露出欣赏和羡慕的神情。

"现在是午饭时间，"她热情地说，"女士们先生们，我们的午餐都是当地特产。你们或许会有点吃不惯，可是这些都很有营养……您的位子在这儿，我想您不会介意坐在女士们旁边……请稍等。每个人都有座位……对不起，大家等会儿可以选择饮料，不过主食都是一样的。我们会吃小牛肉……噢，不，不，都是人工合成的，肉和调料都是，不过尝起来相当不错。"

安顿好大家，她自己坐了下来，轻轻地叹了一口气，职业性的微笑稍稍凝滞片刻。

有个人从旅团中走了出来，坐到她对面。

"你不介意吧？"他问道。

她抬起头，迅速扫视一眼，目光锐利。她一向都有迅速鉴识人物的本领，当然，对面这人看起来不错。她回答道："没关系，不过你不跟同伴一起吗？"

他摇摇头："不，我一个人来的。还有，尽管算不上理由，不过我一向都不喜欢地球佬。"

她又打量了他一遍。他看上去五十多岁，神情憔悴，只有一双明亮的眼睛闪烁着好奇的光芒。他身体结实，一看就久经重力摧残，百分之百是地球人。她说："'地球佬'是月球方言，而且也不是什么好话。"

"我从地球来，"他说，"所以我希望自己这么说，还不算无礼。当然，如果你不介意的话。"

赛琳娜耸耸肩，意思是"随你的便"。

她像许多月球女孩一样，长着一双东方人的黑眼睛，不过头发却是蜜色，而且鼻梁高耸。虽然算不上传统意义上的美人，不过不可否认，她堪称魅力十足。

那个地球人一直盯着她左胸前的铭牌，隐在铭牌后面制服上衣中的是高耸而并不夸张的乳房。她判断那人看的是铭牌，而不是她的胸部。虽然她的上衣是半透明质地，如果光线合适、角度恰当，很容易看透，而且她里面没穿内衣。

他说："这里是不是有很多赛琳娜？"

"对，我想，有几百个吧。还有很多辛茜娅、黛安娜和阿耳特弥斯。叫赛琳娜其实真有点麻烦。我认识的赛琳娜中，有一半被叫作'赛琳'，而另一半都叫'琳娜'。"

"那你呢？"

"两个都不是。我就叫赛琳娜，三个音节都读全——赛-琳-娜，"她解释着，特地重读第一个音节，"对那些不带姓只叫我名字的人，都得这么强调。"

地球人的脸上浮现出一丝微笑，看上去好像倒是有点不太自然，他说："赛琳娜，是不是每个人都问你到底'卖'①什么？"

---

① 赛琳娜（selene）中"赛"字发音类似于"sell"，有"卖、销售"的意思。

"没有人敢问第二次！"她镇定地回答。

"这么说真有人问了？"

"世界上总有些蠢货。"

一个女招待走到他们桌前，把午餐摆在桌上，动作轻快流畅。

地球人明显露出了赞叹的神色。他对女招待说："你好像让这些东西飘了下来。"

女招待微微一笑，转身离去。

赛琳娜说："你可别想学她。她完全适应这里的重力，能搞得定。"

"要是我来做，恐怕会把所有东西都打翻，是吧？"

"翻得非常绚烂。"她说。

"好吧，那我就不试了。"

"很快就会有人试，到时候盘子就会飘落到地板上，他们就会去捡，然后再脱手，最后肯定会从椅子里飞出来。我从一开始就警告过他们，可是从来都没用，事情只会越来越乱。别人一定会笑成一团——我指那些游客们，因为我们都看过太多回，早就习以为常了，而且最后还得打扫。"

那地球人小心地拿起自己的叉子："我想我明白了。在这里最简单的动作都可能出差错。"

"事实上，你很快就会习惯，至少能应付像吃饭这样的小事。走路要难一点，我从没见过哪个地球人可以正常走出这里。没有人可以步伐稳定。"

接下来，他们闷头吃了一会儿。然后，他又说："这个'L'到底是什么意思？"他盯着她的铭牌看，上面写着"赛琳娜·琳德斯托姆·L"。

"是露娜还是月亮的意思，"她口气冷淡，"这个词说明我不是地球移民。我出生在这儿。"

"真的？"

"这没什么可奇怪的。我们这儿的社会规模，大半个世纪以前就形成了。你没想过孩子也会在月球出生吗？我们这里有些月生居民，都已经是祖父辈了。"

"你多大了？"

"三十二岁。"她回答。

他看上去吃了一惊，继而咕哝："对，当然了。"

赛琳娜扬了扬眉毛："你的意思是，你能理解？大多数地球人可都想不通呢。"

那地球人说："我对此还有些了解。我知道大多数衰老的表现，都是因为身体组织无法抗拒重力的作用——比如脸颊松弛、乳房下垂等。既然月球上的重力是地球上的六分之一，所以月球人看起来更年轻，也就没什么奇怪的。"

赛琳娜说："也只是看起来而已，我们并非长生不死。我们的寿命跟地球上的人也差不多，不过一般来说年老以后不会那么辛苦。"

"那就已经很好了……当然，我想月球生活也有缺陷的吧。"他此时才吸了第一口咖啡，"你们就不得不喝这些——"后半句说不出来了，看来他找不到一个合适的词汇来表述，所以索性打住。

"我们也可以从地球上运来食物和饮品，"她笑了，"不过这种运输量很小，只够维持一小部分人短时期的生活。这样的话，如果我们进一步开拓空间，补给就跟不上了。相较而言，我们不如适应这些烂货……要是你来形容，是不是会说得更难听？"

"至少咖啡还可以，"他说，"我得说它比食物强多了。不过那些烂货……对了，琳德斯托姆小姐，一路过来，我怎么从没听人说起过质子同步加速器的事，我们什么时候参观它？"

"质子同步加速器？"她喝完最后一口咖啡，扫视四周，好像在算计，什么时候那些四处乱飞的游客能停下来。"那东西是地球的财产，不对游客开放。"

"你的意思是，月球人不可以随便到那儿去？"

"噢，不是，没这回事儿。操纵它的大部分职员都是月球人。只是地球政府定下了这个规矩：游客禁入。"

"我还真想看看它。"他说。

她说："我肯定你能看到……你已经给我带来挺好的运气，你看，食物没乱飞，也没哪位女士或者先生撞到地板上。"

她站起身来，说道："女士们先生们，我们十分钟以后就要出发了。请把餐盘放在原位。洗手间在那边。过一会儿我们将参观食品加工厂，我们刚才吃的午餐就是从那里来的。"

2

赛琳娜的宿舍非常小，当然，虽然空间紧凑，内部设置倒是复杂完备。窗户是全景式的，模拟的星空慢慢变化，图像随机不定，不过跟真实星空一点也不搭边。如果赛琳娜愿意的话，三个窗户都还可以随意放大缩小图像，好像望远镜的倍率在来回调节。

巴伦·内维尔对此深恶痛绝。他每次都会粗暴地把它关掉，还说："你怎么受得了？你是我认识的人里面，唯一一个还喜欢玩这东西的。那些星云星团看上去一点都不真实。"

赛琳娜这时就会冷漠地耸耸肩，回答："那什么才是真实的？你怎么知道天上的星星真的存在？这些图片至少给我一种自由和运动的感觉。再说了，我在自己的房间里搞什么，用你操心吗？"

这时内维尔就会嘟嘟囔囔地、很不情愿地启动开关，要把窗户恢复原状。而赛琳娜则就会说："算了，就这样吧。"

屋里所有家具都棱角光滑，墙也设计得抽象简洁，色调平实，毫不花哨。整个屋里，没有一件物品能让人联想到一点生命的迹象。

"只有地球上才有生物，"赛琳娜会说，"月球上可没有。"

现在，当她迈进屋内的时候，又看见了不请自来的内维尔。这家伙躺在松软的沙发里，一只脚上还挂着拖鞋，另一只鞋掉在旁边。他的肚子上有道红印，就在肚脐上方，大概是他无意识间自己挠的。

她说："给咱们煮点儿咖啡，好吗，巴伦？"说着，她如释重负地呼了口气，身体轻盈曼妙地扭动几下，制服无声无息滑落下来，然后脚尖一挑，衣服就被她踢到角落里去了。

"总算是脱下来了，"她说，"这工作最倒霉的部分，就是得穿得像地球佬一样。"

内维尔这时在厨房角落里。他并没搭腔，这话早就听腻了。他只是说："你家的供水怎么了？又停了？"

"是吗？"她问，"噢，我的配额好像用超了。耐心点。"

"今天有什么麻烦吗？"

赛琳娜耸耸肩。"没。一点都没有。像往常一样，看着那些人一边摇摇晃晃，一边还装作不讨厌我们的食物。他们心里肯定想着，什么时候他们会被要求脱光衣服，我早就习惯了……就是这么龌龊。"

"你没一直假装正经？"他端来两小杯咖啡，放在桌上。

"干这行必须得装。那些人满脸皱纹、皮肤松弛，挺着大肚子，浑身细菌。我不管检疫制度有多严，他们就是浑身细菌……你那边有什么新鲜事？"

巴伦摇摇头。作为一个月球人而言，他身体十分结实，眼睛很细，看上去总是神情阴沉。不过总的来说，他的外表还算是相当英俊，赛琳娜心想。

他说："没什么新奇的。我们还在等新旧专员交接。这回还要好好看看，这个戈特斯坦到底是个什么人。"

"他会给你们找麻烦？"

"至少不会比现在多。再说了，他们能干什么？他们毕竟不能渗透到我们内部来，谁也没法把一个地球人伪装成月球人。"话虽如此，他的表情看起来并不轻松。

赛琳娜呷了一口咖啡，目光炯炯地看着他。"有些月球人骨子里其实还是地球人。"

"对，我一直都想把他们找出来。有时候我都不敢信任……噢，算了。我在同步加速器上已经浪费了太多时间，没一点收获。我大概是没这个命吧。"

"或许他们根本不信任你，当然这也不怪他们。谁叫你总像个间谍一样，心怀鬼胎地四处游荡。"

"我可没有。要是我能离开同步加速器实验室，永远不用回去，我会高兴死的。不过这样的话，他们一定会怀疑我……你的用水配额都花到哪儿去了？我看连第二杯都不够了。"

"不，我们不能。不过要是说到水的话，你不是一直在帮我浪费吗？这周你在我这儿都洗过两次澡了。"

"我会给你张水卡的。没想到你居然还计较这个。"

"我不计较，可我的水表计较。"

她喝完自己杯里的咖啡，看着空杯子若有所思。她说："他们总是对着杯子龇牙咧嘴，就是那些游客。我搞不懂他们。这咖啡尝起来不错啊，巴伦，你喝过地球上的咖啡吗？"

"没。"他简单地回答。

"我喝过。只有一次。有个游客偷偷带了一点，据说那玩意儿叫速溶咖啡。他让我尝了一点，然后就想跟我——就是做那种事。他好像觉得这种交易还挺平等。"

"于是你就尝了？"

"因为我很好奇。不过那东西喝起来又苦又涩，难喝死了。然后我就告诉他，异族之间发生性关系有违月球人的道德观。这次就轮到他一脸苦涩了。"

"你以前没跟我说过。他后来就没再纠缠？"

"这关你什么事。不过，他倒的确没纠缠了。要是他敢动什么歪脑筋，在这样的重力环境下，我能把他从这儿踢飞到一号通道去。"

她接着说："噢，我想起来了。我今天碰到一个地球人，他非要坐到我的旁边。"

"这回他又拿出什么好东西，引诱你干'那种事'了？"

"他就坐那儿，什么都没干。"

"只是盯着你的胸部看？"

"就算看也不犯法，而且他也没看。他只是看我的铭牌而已……再说了，别人的幻想关你什么事？每个人都有幻想的自由，我又不会让他们美梦成真。你难道在怀疑我？怀疑我想跟一个地球男人上床？跟一个连重力场都没有适应的人搞在一起？我不敢说这事前无古人，但我可没试过，而且我也没听说这么搞有什么好处。怎么样？我解释得够清楚吗？那我现在是不是可以回去找那个地球人了？找那个快五十岁的老男人？那个就算年轻时候也跟英俊不沾边的家伙？……虽然我不得不同意，他长得比较有特点。"

"好了好了。我再也不敢惹你了。他都干了些什么？"

"他向我打听质子同步加速器的事。"

内维尔猛然站起身来，身体略微摇晃了一下。在低重力环境中，动作过猛就会有这样的反应。"质子同步加速器？他具体问了什么？"

"也没什么。你这么激动干吗？你跟我说过，如果哪个游客有什么不同寻常的举动，都要告诉你。这次的确看起来比较反常啊。以前从来没人跟我问起质子同步加速器的事。"

"好吧。"他顿了一下，语气恢复正常，"为什么他会对质子同步加速器感兴趣呢？"

赛琳娜说："我说不准。他只是问了一句，他有没有机会去参观。或许他只是个对科学稍感兴趣的普通游客呢。就我而言，对他的兴趣仅限于职业要求。"

"我想也是。他叫什么名字？"

"我不知道，我没问他。"

"为什么不问？"

"因为我对他根本不感兴趣。你到底想要我干什么？再说了，他这么问，也正说明他是个游客。他要是个物理学家，根本就不用问，早就自己去了。"

"我亲爱的赛琳娜，"内维尔说，"让我给你好好解释一下。在当前的环境下，任何一个要求去看质子同步加速器的人，我们都得查清楚。他为什么要问你呢？"他在房间里快速地踱着步子，仿佛为了消耗多余的能量。最后，他说："你是看人的专家。你是不是对他还有点兴趣？"

"性趣？"

"你知道我在说什么。别跟我闹了，赛琳娜。"

赛琳娜勉勉强强地回答："他的确挺有意思的，甚至有点让人不安。可是我却说不出理由。他什么也没说，什么也没做。"

"有意思，让人不安，是吗？那你该回去找找他？"

"找他干什么？"

"我怎么知道？这是你的事。查出他的名字，他的一切资料，你能找到多少就找多少。你有点天赋，那就发挥出来，好好做点事。"

"呵，不错，"她说，"你还真像大领导。好吧。"

3

仅从大小上看，专员官邸与月球上其他的宿舍毫无区别。月球上缺乏空间，即使是殖民官员，在这方面也毫无特权。他们丝毫不能拥有一点奢侈的空间，哪怕他们作为母星的代表也不行。因为无论怎样，月球的自然条件都无法改变——人们只能生活在地下，生活在低重力环境中——即使是有史以来最伟大的人物，也无法改变这一点。

"人类还真容易被环境所左右。"路易斯·蒙特兹叹了口气，"我已经在月球上待了两年了，我也曾经试着想多留几年，可是——我的身体已经不允许了。我刚过五十岁，要是我还想在地球上终老的话，现在该走了。再老几岁的话，我大概就再也适应不了正常重力了。"

科纳德·戈特斯坦只有三十四岁，而且看上去还要更年轻一些。他脸膛宽阔丰满，比常人大了不少。月球人从来都不会有这种大脸，倒是在他们的漫画里，地球人的形象往往如此。不过他并不胖——把地球胖子送来任职，可不是什么明智之举——只不过与身体相比，他的脸盘大得不成比例。

他说（说起地球标准语来，他的口音跟蒙特兹差别很大）："听起来你好像心里没底。"

"是的，没错。"蒙特兹说。要是说戈特斯坦那张脸算和蔼可亲的话，那么蒙特兹这张又长又瘦的脸上则是一脸的苦相。"从各方面来说，我都有点不踏实。一想到马上就要离开月球，我心里就有点难受，这个地方的确很有魅力。想到自己居然真的开始留恋，我就更难受了。而且，我还要重新适应地球生活——重力和其他一切。"

"对，我能想到，重新捡回那其余六分之五的重力，的确很辛苦，"戈特斯坦说，"我只在月球上住了没几天，已经觉得六分之一的重力相当惬意了。"

"当你开始便秘的时候，感觉就没那么好了，那时你得靠润滑油过日子，"蒙特兹又在叹气，"不过这些都会过去的……但是别以为身体轻盈了，就可以模仿瞪羚。行动也很需要技巧。"

"我明白。"

"你只是自以为明白了，戈特斯坦。你还没见过袋鼠跳，是吧？"

"电视上见过。"

"那个没用，并不能给你真实的感觉，你得自己尝试才行。想在月面上快速前进，只能这么走。双脚一起向后蹬，就好像在地球上做一次普通的跳跃一样。当你在空中的时候，双脚前伸，在落地之前，就要预先做出蹬腿的动作，这样再次跳出，循环往复。以地球上的标准来看，这个动作好像很缓慢，因为只有很小的重力把你往下拉，可是每跳一次，你都能跳出二十英尺的距离，而且，你跳跃所需的肌肉能量很小很小。这种感觉就像在飞——"

"你试过吗？你能做到吗？"

"我试过，不过没有一个地球人能真正做好。我一次能连跳五

200

下，已经开始找到感觉；这种程度还会让我跃跃欲试，尝试更进一步。不过接下来就会不可避免地失误，步子会乱，然后就会摔倒，滑出四分之一英里远去。月球人都很有礼貌，从来不会当面嘲笑你。当然，他们做起来就容易多了。他们从小就这样跳，个个都像袋鼠。"

"这是他们的地盘，"戈特斯坦笑出声来，"想想他们到地球上会怎样吧。"

"他们永远不会到地球上去。他们做不到。好歹我们还有这点优势。我们可以同时在两边生活，而他们却只能生活在月球上。不过这点在日常生活中没意义，因为我们很难分清土著月球人和新人。"

"和谁？"

"他们把地球移民叫作新人——就是那些差不多已经在月球上定居，但是却在地球上出生长大的人。当然，这些移民可以返回地球，而那些真正的月球人却不行了，他们的肌肉和骨骼都已经承受不了地球重力。在月球人的早期历史中，曾发生过几次这方面的悲剧。"

"哦？"

"嗯，就是这样。有人曾经带着自己生于月球的孩子返回地球。我们总是会淡忘这些事。地球人历经的浩劫，20世纪末期的大战以及后来的种种都让人念念不忘，与此相比，几个孩子的生命显得微不足道。可是在月球上，每个死于地球重力的孩子都被铭记在心……这也助长了他们的分离意识，我想。"

戈特斯坦说："我还以为来之前已经充分了解情况了，不过现在看起来，还有很多东西要学。"

"站在地球上，你不可能学到月球上的一切，所以我给你留下了一份详细的全面报告，我的前任就是这么做的。你会发现月球生活妙不可言，不过从另一些方面来说，也可以说是苦不堪言。我不知道你在地球上的时候，有没有尝过月球食品，如果你只是听过他人的描述，那么你的心理准备还远远不够充分……不过你必须学着喜欢它。从地球往这里运送食品很不划算。我们必须要适应这里的饮食。"

"这两年你都撑过来了，我想我大概能坚持住吧。"

"我也没有自始至终地坚持下来。一直都有定期的休假，我能常常回到地球上。这些休假是强制性的，不管你愿不愿意。他们肯定跟你说过吧，我确信。"

"是的。"戈特斯坦说。

"不管你在这儿做了多少体能锻炼，你都必须时常回到标准重力环境中，让你的骨骼和肌肉保持正常的记忆。当你回到地球时，就可以吃到普通食物。还有，有时候也会有些走私的食物过来。"

"我来的时候，行李都经过了仔细的检查，不过你看，现在我大衣口袋里还有一个牛肉罐头，我自己都忘了，看来他们也没注意。"

蒙特兹微微一笑，略带踌躇地说："我想你大概不舍得与我分享吧。"

"怎么会？"戈特斯坦皱着硕大的鼻子，通情达理地说，"我最擅长的就是慷慨悲壮，'蒙特兹，拿去吧，你比我更需要它！'"他说得有点磕巴，还是用不惯母星语言中最传统的第二人称单数。

蒙特兹脸上掠过一丝明朗的笑容。他摇摇头，"不用了。再过一星期，我就能天天吃到地球的美食了，而你却做不到。在接下来的几年中，你都没有什么口福了，对今天的慷慨之举也会越来越后悔。你自己留着吧……我不会要的。我可不想以后被你记恨。"

他说得一本正经，不像是开玩笑。他一手搭着戈特斯坦的肩膀，四目相交。"另外，"他说，"我还有件事没有完成，因为我不知道如何下手，跟这事一比，食物的问题根本不值一提。"

戈特斯坦马上把罐头扔在一边。他不知道该摆出什么样的表情，来回应蒙特兹的严肃。他压低嗓音，尽量表现得坚定一点。"这事是不是不能写进报告，蒙特兹？"

"我一直想写进报告，戈特斯坦，可是我找不到合适的措辞，而地球方面又听不懂我的弦外之音，所以这个问题就搁置了下来，没有再往下推动。我相信你做得会比我好。我希望你能。这次我没有要求延长任期，一方面也是因为事情无法推进，而我又承担不起这个责任。"

"你说得好像非常严重。"

"我希望能引起你的重视。坦白地说，我的想法听起来很傻。月球殖民地上只有一万来人。其中只有不到一半的人是土生月球人。他们缺乏资源，空间紧张，生活条件严苛，还有——诸如此类。"

"这又怎么了？"戈特斯坦饶有兴趣地问道。

"这里有什么事情在发生——我具体也说不上来是什么——不过可能非常危险。"

"为什么会危险？他们能干些什么？难道要跟地球开战？"戈特斯坦语音颤抖着，强忍着不笑出声来。

"不，不是的。没这么严重。"蒙特兹抹了一把脸，又揉揉眼睛，显得情绪有些激动，"我说实话吧。地球正在失去本身的活力。"

"这是什么意思？"

"嗯，我该怎么说呢？月球殖民地建立起来不久，地球上就爆发了大战，这个不用我告诉你吧。"

"当然，当然不用。"戈特斯坦不耐烦地回答。

"然后人口就从当时的六十亿降到现在的二十亿。"

"这个数目对地球来说应该更合适吧。"

"哦，这倒是。尽管对于这种削减人口的方式，我还不是太认同……不过，大战彻底摧毁了我们的科技，使剩下的人产生了巨大的惰性。因为害怕任何副作用，没人愿意尝试新东西。没人再会为了伟大的追求而献身，一想到可能带来的负面影响，所有人都甘愿放弃探求新知，不敢奢望成功。"

"我明白了，你说的是遗传工程。"

"那只是个比较有名的例子，可并不是唯一一个。"蒙特兹沉痛地说。

"说实话，对遗传工程的放弃，我倒不觉得有多遗憾。那些人经历了一连串的失败。"

"可我们失去了找到直觉感应的机会。"

"从来都没有证据可以表明，直觉感应会受到人类欢迎，正相反，很多迹象可以表明，直觉感应倒是很惹人讨厌……不过月球殖民地本身又怎么样呢？这里肯定没经过地球上那种停滞和倒退。"

"正是如此，"蒙特兹神采奕奕地说，"月球殖民地正是一个孤岛，战前地球文明硕果仅存的孤岛；在人类文明的大幅倒退中，这里是最后一个前进的箭头。"

"太浪漫了吧，蒙特兹。"

"我可不这么想。地球正在倒退，人类正在倒退，只有月球人还在前进。月球殖民地不只是人类可活动空间上的边疆，也是我们人类心灵的边疆。这里没有成片的生灵等着我们去屠杀，没有复杂的生态系统可以被破坏。在月球上，我们使用的一切都是人造的。月球是一个由人类一手缔造的世界。它没有过去。"

"那又怎么样？"

"在地球上，我们总是顾虑重重，总是渴望回到过去，回到那个并不存在的田园牧歌时代；就算它真的存在，我们也永远不可能回去了。从某些方面来说，地球的生态系统在大战中受到严重的破坏，我们不得不细心地呵护残存的部分，所以我们总小心翼翼，顾虑重重……而在月球上，根本就没有什么过去，我们无从怀念，无从幻想，只有一路前行。"

蒙特兹好像被自己的语气感染了。他继续说道："戈特斯坦，我已经观察了两年；你至少还要再观察同样长的时间。在月球上，有一团火焰在熊熊燃烧，经久不息。他们在每个领域都开拓进取。在地理上，他们不断扩展。他们的边境每个月都在向四周扩张。他们可以找到新的建筑材料、新的水源、新的特种矿脉。他们在扩展太阳能电池阵，扩建他们的电厂……我想你应该知道，就是这只有一万人左右的月球殖民地，已经成为了地球上微电子设备和精密生化产品的主要供货地。"

"我只知道这里是个重要产地。"

"地球人一直都在自欺欺人。月球已经是主要产地。按照目前的速度，用不了多久，这里恐怕会成为唯一的产地……这里的知识结构也在进步。戈特斯坦，我想地球上所有有志于为科学献身的年轻人，都会悄悄——或许不必那么隐秘——梦想着，有朝一日到月球上发展。地球的科技一直在倒退，只有在月球上，才有施展抱负的空间。"

"你想说质子同步加速器吧？"

"那只是一个例子而已。地球上最后一个同步加速器是多少年前建成的？但那只是最大最显眼的标志而已，远不是最重要的。你想知道吗？月球上最重要的科学设施是什么？"

"是不是高级机密，我从来都没听说过？"

"不，因为太明显，所以所有人都忽略了。是这里的一万个头脑。这里汇集了人类最聪明的一万个头脑，这一万个头脑紧紧地联系在一起，为着一个目的相同的科学抱负。"

戈特斯坦手里忙活着，想把椅子调高。不过椅子是固定在地面上的，不能移动。在做这个动作的时候，戈特斯坦发现自己滑出了椅子之外。蒙特兹伸出一只胳膊，帮他稳定身体。

戈特斯坦脸上一红："不好意思。"

"以后你会适应重力的。"

戈特斯坦说："你刚才说的那些想法未免也太悲观了。地球人再怎么说，也不至于蠢到一无所知。我们不是还开发了电子通道吗？这可全是地球人的功劳。完全没有一个月球人参与啊。"

蒙特兹摇摇头，嘴里咕哝出几句西班牙语——他的母语。从语气上听，不像是什么好话。他说："你有没有见过弗里德里克·哈兰姆？"

戈特斯坦笑了："见过，说实话，他是电子通道之父嘛，我想他大概把这几个字都文到自己胸口上了。"

"你刚才笑了，这也正佐证了我的观点。你扪心自问：像哈兰姆这样的人，有可能一手开创电子通道吗？对盲从的大众而言，有个传奇故事就够了，可是事实上——你只要认真想一想就可以明白——世界上根本就没有电子通道之父。发明者是那些平行人类，那些住在平行宇宙中的人，不管他们是谁，或是什么样子。哈兰姆正好充当了他们的工具而已。整个地球都是他们手中的工具。"

"虽然是他们先启动的，不过我们也不傻，也能从中得利啊。"

"对，就好像母牛也不傻，也会吃主人喂到嘴边的干草一样。电子通道不是进步，并不能说明人类在开拓进取。恰恰相反。"

"如果说电子通道是种倒退的话，那我宁愿倒退。我可不想失去这样的好东西。"

"谁舍得？可是问题在于，它恰好满足了现阶段人类的心理。毫无代价地得到无穷的能源，唯一要做的只是维护保养现有设施，而且没有一点污染。不过在月球上，还没有电子通道。"

戈特斯坦说："我想，大概是他们用不着吧。太阳能电池提供的电能应该已经够了。'毫无代价地得到无穷的能源，唯一要做的只是维护保养现有设施，而且还没有一点污染'……听着怎么像祷告呢？"

"对，的确很像，不过太阳能电池是完全由人类制造的。这正是我要强调的。还有，月球上也曾经计划建造电子通道，而且已经实验过了。"

"结果呢？"

"失败了。平行宇宙那边没有接受我们的钨。什么都没发生。"

"我从没听说过。为什么呢？"

蒙特兹耸耸肩，扬扬眉毛。"谁知道呢？我们只能猜测，比如说，那边的人类居住的星球，是没有卫星的——或者他们不能理解，同一种族的人为何住在彼此分离的世界，各自生活；或者电子通道只需要一处，不需要再找第二处了。谁知道呢？——问题在于，那边的人要是不配合，我们自己根本无法建立通道。"

"我们自己，"戈特斯坦重复道，"你是指我们地球人吗？"

"是。"

"月球人呢？"

"不包括他们。"

"他们不感兴趣吗？"

"我不知道。这点我不敢确定——而且很不安——这才是关键。这些月球人——特别是那些土生月球人——跟地球人很不一样。我不知道他们的计划，不知道他们的打算。我查不出来。"

戈特斯坦看上去若有所思。"可他们又能干些什么呢？你有什么证据可以说明，他们对我们图谋不轨吗？或者他们要对地球进行什么破坏？"

"我没办法回答。他们是一群颇具魅力而且非常聪明的人。我想他们的世界里缺乏真正的仇恨，或者真正的愤怒，甚至恐惧感。或许这只是我个人的感受。我最大的困扰就在于，我根本对他们一无所知。"

"我一直以为，月球上的科学设施都是由地球操纵的。"

"对，质子同步加速器就是。地月之间的无线电通信也是由地球管理的。三百英寸口径的天文望远镜也……凡是大型的装备都是，它们都运行超过五十年了。"

"那在这五十年里呢？"

"地球人停滞不前。"

"月球人呢？"

"我不敢肯定。他们的科学家平时都在大型机构任职，不过有一次我曾查过他们的日程表。其中有漏洞。"

"漏洞？"

"有大量的时间，他们并不在机构里。他们好像有自己的实验室。"

"如果他们只是为了制造微电子设备，以及生物药品，岂不是值得鼓励吗？"

"当然，可是——戈特斯坦，我不知道。如果一直一无所知，我就很害怕。"

两人都沉默了一阵。戈特斯坦抬头说道："你告诉我这些，就是为了让我提高警惕，让我查出月球人在搞什么名堂吗？"

"算是吧。"蒙特兹显得有点不太高兴。

"但是你其实根本就不知道，他们有没有在做什么。"

"我感觉到他们在做。"

戈特斯坦说："另外，还有件事。先不谈你的那些神神秘秘的忧虑，我得跟你讲讲这件事，真的有点反常。"

"什么事？"

"在我来月球时，同一艘飞船上还有很多别人。我是说，还有一个很大的旅行团。不过其中有一张面孔似曾相识。我没跟他说话——没找到机会——后来我就把这事忘了。不过跟你说了这么半天，我忽然想起来了——"

"怎么了？"

"从前我曾在一个有关电子通道的部门任职，负责安全问题。"说到这里，他笑了笑，"你肯定又会说，地球已经失去活力。我们总是对所有东西提心吊胆——这也不见得是坏事，见鬼，管它什么活力不活力。一提到安全，我不由自主就胡思乱想。言归正传，我以前曾经见过船上的那个人，我敢肯定。"

"这事很重要吗？"

"我不敢肯定。不过那张面孔让我联想到一些麻烦事。要是好好想想，一定能想起什么来。不管怎么说，我都要先弄份乘客名单，看看能不能认出他的名字。事情不妙，蒙特兹，不过多亏你的提醒。"

"还不算太糟，"蒙特兹说，"很高兴能引起你的重视。说不定那个人只是一个普通游客，待两周就会离开。不过很高兴，你能提高警觉——"

戈特斯坦好像并没留心他在说什么。"他是个物理学家，或者其他什么专业的科学家，"他喃喃自语，"我敢肯定，而且他很危险——"

4

"你好。"赛琳娜愉快地打着招呼。

地球人转过头来。他一下子就认出了面前的姑娘。"赛琳娜！我的发音对吗？赛琳娜！"

"对了！完全正确。你玩得开心吗？"

地球人严肃地回答："非常开心。这次旅程让我意识到，我们的时代如此奇妙。不久以前，我还在地球上，厌倦了那个世界，也厌倦了自己。当时我想：要是我生活在一百年以前，想要摆脱这世界，只能选择去死；而如今——我可以到月亮上来。"他微笑着，可是眼中却没有真正的笑意。

赛琳娜说："来到月球以后，你是不是开心一点了？"

"一点点吧。"他四处张望一下，"今天你不用带游客吗？"

"今天不用，"她说，非常开心，"今天我放假。谁知道呢，也可能要放两三天吧。这工作可真够无聊的。"

"你也太倒霉了，轮到休假了，居然又碰上我这个游客。"

"我不是碰上你的，我是专门来找你的。找你也真够费劲的，你不该自己四处乱逛。"

地球人饶有兴致地看着她："找我干什么？你对地球人很感兴趣吗？"

"不是，"她坦白说，"我其实很讨厌。我本身不喜欢地球人，但因为工作的原因，我不得不与他们相处，这只能让我的厌恶加剧。"

"可是你却专程来找我，而我自认为已经不算年轻英俊了。"

"就算你英俊也没用。我对地球人没兴趣，大家都知道，除了巴伦那家伙。"

"那你来找我干什么？"

"兴趣也分为很多方面，这次是因为巴伦对你有兴趣。"

"巴伦是谁？你的小男朋友？"

赛琳娜笑了："巴伦·内维尔。他可不是小男孩，也不只是朋友。情绪对了，我们也会做爱。"

"哦，我也就是这个意思。你有孩子吗？"

"一个男孩，十岁了。他多数时间都待在男孩营区。你不用往下问，他不是巴伦的。我或许会给巴伦生个孩子，只要我怀孕的时候，我俩还没分手就行——我还得拿到二胎证——我想我会的。"

"你很坦诚。"

"对于那些我认为不算秘密的事？当然……现在你想要做点什么吗？"

他们沿着一条隧道慢慢走着，四壁都是乳白色的岩石，光滑平整的石壁上还镶嵌着一些光泽暗淡的所谓的"月球宝石"，其实这些"宝石"在月面上撒得到处都是。她穿着一双凉鞋，走路如蜻蜓点水；他却穿一双沉重的厚底靴子，是灌了铅的，这样才能勉强走路。

隧道是单行道。偶尔有一辆小电瓶车悄声无息地驶过他们身旁。

地球人说："我想做什么？这个问题可太宽泛了。你是不是该设定限制条件，以免我的回答无意中冒犯了你。"

"你是个物理学家？"

地球人犹豫了一下，"为什么这么问？"

"只是想看看你的反应。我知道你一定是。"

"你怎么知道？"

"只有物理学家才会说'设定限制条件'。而且你来月球上的第一件事，就是想看看质子同步加速器。"

"你就是为了这个来找我的？就是因为我看起来像物理学家？"

"这是巴伦叫我来的理由，因为他就是个物理学家。而我自己的原因是，你看起来不像个普通的地球人。"

"怎么不像？"

"也不是什么太值得骄傲的事——如果你想听赞美的话。你只是看上去不太喜欢地球人。"

"为什么会这么说？"

"在飞船上的时候，我留意过你，注意到你看周围旅客的眼神。再说，我有鉴别人物的能力。只有那些不喜欢地球佬的地球佬才会选择留在月球。让我们言归正传吧……你下一步想干什么？我会设定限制条件。我的意思是，在观光期间。"

地球人看着她，目光锐利。"赛琳娜，你的行为很反常。今天是你的假期。你平时的工作非常无聊，非常烦人，所以你天天都盼着休假，休得越多越好。可是就在这难得的假期里，你却主动捡起平时的工作来，仅仅是因为我有点与众不同……仅仅是因为对我有一点兴趣。"

"是巴伦对你有兴趣。他现在很忙，我觉得在他抽出时间之前，跟你消遣消遣也没什么坏处……再说了，这是两码事。你明白吗？在我工作的时候，我得像赶鸭子一样指挥二三十个地球佬——你不介意我使用这个字眼吧？"

"我自己也用。"

"你是地球人。要是一个月球人这么说，一些地球人会觉得这是嘲讽，会很生气的。"

"你是说月球佬说这话不合适？"

赛琳娜的脸上掠过一片红云。她回答："是的，就是这个意思。"

"行了行了，我们都不要再咬文嚼字了。你继续往下说，刚才你讲到自己的工作。"

"我上班的时候，得小心照看那些地球佬，要不然他们说不定会把自己整死。我得领着他们东奔西走，不停地告诫呵斥，确保他们都按照书上教的方法吃喝拉撒。他们目光短浅，行为愚蠢，而我却不得不做到万分礼貌，像个保姆一样。"

"可怕。"地球人说。

"可是跟你在一起，我想干什么都可以。我也希望你能随便一点，不要让我总担心说错话。"

"我说过，你可以随便叫我地球佬。"

"那好吧。那我可要好好享受一下空乘人员的假期了，你呢？你想干点什么？"

"很简单，我想看看质子同步加速器。"

"那可不行。不过等你见到巴伦以后，说不定他可以安排一下。"

"好吧。既然现在不能去看加速器，那我也不知道该做点啥了。我知道射电望远镜在月球另一面，它也没什么稀奇的，还有……还是你告诉我吧，一般的游客来月球都干些什么？"

"事情还真不少。比如去看藻类培养基地——不是看你先前见到的，那种经过防腐处理的蔬菜——而是去看农场。不过，那儿的气味太大了，我可不觉得一个地球佬……地球人……看了以后，会胃口大开。地球……人来了以后，对食物都很不适应。"

"那你觉得很奇怪吗？你有没有尝过地球食物？"

"没真正尝过。我大概也吃不惯吧。饮食这东西，全看个人习惯了。"

"我想也是，"地球人叹了一口气，"你要是吃过真正的牛排，那些人造脂肪和纤维一定会让你难以下咽。"

"我们可以去郊区，你会看见新的隧道正在岩床中延伸，不过你得穿上特制的防护服。还有工厂……"

"你来决定就好，赛琳娜。"

"好吧。不过你要老实回答我的问题。"

"至少我要先听到问题。"

"我曾说过，那些不喜欢地球佬的地球佬都想留在月球上。你没搭腔。现在我问你，你打不打算在月球上定居？"

地球人盯着自己重靴的鞋尖。他说："赛琳娜，我来月球的时候，签证就很难办。他们说我太老了，身体恐怕承受不了这样的旅程，要是我在月球上待得稍微久一点，身体结构变化了，那我就再也回不了地球了。所以我告诉他们，我想在月球上永久定居。"

"你骗他们？"

"当时我自己心里也拿不准。不过现在，我已经决定留下了。"

"我还以为，你越是那么说，他们越不会放你过来呢。"

"为什么？"

"一般来说，地球政府不愿意把物理学家送到月球上定居。"

地球人嘴唇颤抖了一下。"我倒是没有这方面的麻烦。"

"那么，如果你想成为我们中一员的话，我想你应该去看看我们的体育场。地球佬都想去，可是我们一般不鼓励他们这么干——尽管也没有完全禁止。不过对移民来说，就没这回事了。"

"为什么？"

"嗯，只有一个原因。我们锻炼的时候是裸体的，至少是半裸。为什么不呢？"她的声音听起来有点不耐烦，好像这是她第一万次重申这个自卫式的立场，"温度一直都调得非常舒适，环境非常清洁。但是，有了地球佬出现，裸体就会变得很不自然。有些地球佬看了以后很震惊，有些就情欲勃发，还有些人两种反应都有。我们不想因为他们出现就穿上衣服，也不想跟他们打交道，于是一般就不让他们进去。"

"但移民就没关系？"

"他们早晚得习惯。而且时间长了，他们会更讨厌穿衣服。他们会比土著月球人更需要体育馆。"

"我得跟你说实话，赛琳娜。要是我看到异性的裸体，也会有反应的。我还没老到无动于衷的地步。"

"没关系，尽管兴奋，"她不置可否地说，"一个人兴奋，没人管你。怎么样？"

"我们是不是也得脱衣服？"他饶有兴致地看着她说。

"作为观众？不用，我们可以脱，但不是必须脱。你要是第一次就脱光衣服，肯定会感到不自在，而且对我们而言，你的身体也不见得有多好看——"

"你可真直白！"

"不是吗？我只是实话实说。至于我嘛，我可不想让你过于兴奋，又不得不强行压抑。所以咱们都还是穿着衣服吧。"

"会不会有人阻拦？我的意思是，像我这样一个不怎么好看的地球人，会不会被人拦下来？"

"跟着我就不会。"

"再好不过了，那么，赛琳娜，还远吗？"

"我们已经到了，穿过那扇门就是。"

"啊，这么说，你早就计划好来这里了。"

"我想你可能会比较感兴趣。"

"为什么？"

赛琳娜突然笑了笑："我就是这么想。"

地球人摇摇头："我现在觉得，你不只是随便想到的。让我猜猜。要是我想在月球定居，那就一定要时常锻炼，保持肌肉、骨骼和身体各个器官的活力。"

"完全正确。我们都得这么干，特别是地球移民。以后你就会明白了，健身房将成为你每天的噩梦。"

他们走过那扇门，地球人惊讶地四处张望。"这是我来月球以来，第一次看到跟地球类似的环境。"

"怎么说？"

"因为这里的面积。我从来没想到，月球上还会有这么大的房间。还有办公桌，办公设施，已经坐在办公桌后边的秘书小姐——"

"露着乳房的小姐。"赛琳娜低声说。

"这点不像地球，我承认。"

"我们自己还有滑道，另外也有给地球佬用的升降机。有很多层……稍等一下。"

她走到旁边一个桌子跟前，跟坐着的小姐快速低声交谈，地球人只是好奇地望向四周。

赛琳娜回来了。"没问题。我们今天还赶上一场混战。非常过瘾，我知道那支队伍。"

"这地方真让人印象深刻。真的。"

"你说的是这里的面积？它还不够大呢。我们有三个体育馆，这个是最大的。"

"我很高兴能看到，在月球基地这么严酷的自然条件下，你们还能浪费这么大空间，搞这种消遣节目。"

"消遣？！"赛琳娜好像生气了，"你怎么会认为这是消遣呢？"

"混战啊？不是一种比赛吗？"

"你可以称之为比赛。在地球上，你们做这些事是为了体育比赛，场内十几个人参与，场外有几万观众。月球上可不是这样的，那些你们看起来是游戏的东西，对我们而言却是必须的……走这边，我们坐电梯，不过要先等一小会儿。"

"我没想惹你生气。"

"我也没真生气，可你总得讲道理啊。自从两栖动物上岸以来，你们地球人从祖先到现在已经适应重力环境三亿年了。就算你不锻炼，也没关系。我们可没时间慢慢调整，花上几千万年来适应月球的重力环境。"

"你们看上去已经改变很多了。"

"如果你在月球的重力下出生、长大，那你的骨骼和肌肉自然会比较纤细，肯定不能像地球人那样结实粗壮。不过这种差异只是表层的。跟地球人相比，我们的身体并没有什么特异功能，一点都没有。不管是消化系统，还是激素分泌，我们都没有因重力的改变而变异，也不需要搞什么特别的大负荷身体训练。要是我们能为了娱乐消遣的目的，设计一些训练项目的话……电梯到了。"

地球人犹豫了一下，没敢迈步，看来是有点害怕。不过赛琳娜有点不耐烦了，可能因为他又得作出千篇一律的解释。"我想你是不敢坐吧，这玩意儿看起来就像树枝编的一样。每个坐过的地球人都这么说。不过在月球的重力条件下，也没必要造得那么结实。"

升降机缓缓向下移动。只有他们两个乘客。

地球人说："看起来这电梯没什么人用的样子。"

赛琳娜又笑了："你说对了。我们都用滑道，那也更好玩一点。"

"什么滑道？"

"就是字面上的意思……我们快到了。再往下两层就是……滑道就是根垂直的管子，我们可以从里面滑下去，还有扶手。不过我们一般不鼓励地球人使用。"

"因为太危险？"

"本身不危险，我们也可以当作梯子一步步爬下去。不过总有一些年轻人喜欢高速滑行，而地球人都不知道怎么躲开他们。撞在一起可不是什么好事。不过你早晚会习惯的……事实上，你将要看到的也是一种大型的滑道，专为那些不要命的家伙们设计的。"

她把他领到一个环形场地的栏杆前，有些人正靠着栏杆聊天。所有人都几乎一丝不挂。大家都穿凉鞋，肩膀上多半挂着一个挎包。有些人穿着短裤。有人从一个罐子里拿出些绿色的东西，放在嘴里嚼着。

地球人走过他们身边，微微皱着鼻子。他说："牙齿问题在月球上一定很严重。"

"的确不太妙，"赛琳娜表示同意，"要是能选择的话，我们宁愿做无齿类动物。"

"不要牙齿了？"

"也不一定完全不要。我们或许会保留门牙和犬齿，为了美观，偶尔也能用两下。那几颗也好刷。可是我们要臼齿有什么用？只能当作对地球生活的一种怀念。"

"那你们没在这方面做些研究吗？"

"没有，"她面无表情地回答，"遗传工程是非法的。地球方面明文禁止了。"

她把身子靠在栏杆上。"他们把这里叫作月球的竞技场。"

地球人往下看去。他面前是个巨大的圆形大坑，粉红色的洞壁光可鉴人，上面插着无数个金属横杆，看上去高低不一，随机排列。短些的横杆一头插在墙里，一头露在外面；长的就横贯而过，两头都插在墙里。大坑大概有四百到五百英尺深，五十英尺宽。

看上去，没人关心这个竞技场或是旁边的地球人。当他走过的时候，有些人漠不关心地看了他两眼，好像估算了一下他全身行头的重量，又看了看他脸上的表情，然后就转身离开。有人在离开前，对着赛琳娜的方向做了个手势，不过他们还是全离开了。能看得出来，大家虽然都没什么明显的表示，可对他们绝对是毫无兴趣。

地球人凑到坑口前。竞技场的底部有些纤细的身影在移动，从顶上看下去，像是一些扁平的玩偶。有些人身上挂着蓝色的饰物，另外一些人是红色的。他认出来了，这是两支队伍。那些饰物明显起的是保护作用，他们都戴手套、穿便鞋，还有护膝和护肘。有些人裹着胸前，有些人则只在腰间围着布条。

"哟，"他嘟囔着，"还有男有女。"

赛琳娜说："对！男女选手不分性别，平等参与比赛。那些布条只是为了固定身体上某些部件，甩来甩去会影响平衡，影响下落速度。性别差异还是存在的，包括对疼痛的忍耐力。这不是谦虚。"

地球人说："我好像记得自己以前读到过相关报道。"

"或许吧，"赛琳娜不置可否，"不过这方面的消息很少流传到地球上去。不是我们有什么限制规定，而是地球政府一般都把来自月球的消息封锁起来。"

"为什么，赛琳娜？"

"你是地球人，这得你告诉我……月球上的说法是，地球方面觉得我们很棘手。至少地球政府是这么想的。"

此时在洞窟下面，有两个人正在飞速上升，体育场里响起轻快的鼓点。刚开始，两人攀爬横杆，好像在一级一级地爬梯子；后来他们速度越来越快，等到了中间的时候，他们几乎已经在奋力跳跃，每一步都故意发出震耳的噪音。

"在地球上玩这个的话，可做不到这么优美，"地球人羡慕地说。"或者说根本做不了。"他自己纠正。

"也不只是低重力那么简单，"赛琳娜说，"你自己试试就知道了。这还得靠艰苦的训练。"

说话间，两位选手已经上到洞口，他们抓着栏杆，做了个倒立动作。然后同时翻了个筋斗，开始自由落体。

"只要他们想干，动作还真够敏捷的。"地球人说。

"嗯，"赛琳娜一边说，一边还在鼓掌，"我怀疑那些地球人——我指那些纯粹的地球人，从没来过月球的那种——想到在月球上的行走方式时，脑子里还是荒凉的月面以及太空服之类的东西，还会觉得我们一定走得极其缓慢。以为我们平时都穿着太空服，体态臃肿，动作笨拙，为了克服低重力而费力不堪。"

"完全正确，"地球人回答，"我看过关于早期宇航员的老电影，每个学校里都会放给学生看，那里面宇航员的移动就像在水里一样。这个形象在人们心中根深蒂固，即使现在实际情况已经完全改变了。"

"要是现在去看，你就会明白我们在月面上可以跑多快了，即使穿着太空服，"赛琳娜说。"而在这儿，在地下的话，我们不用穿太空服，走起路来就可以跟地球人一样快。我们那种缓慢的步伐，只是为了更高效地利用肌肉。"

"可你的确也会那种步子。"地球人嘴里说着，眼睛却一直盯着那些选手。他们上来的时候迅捷无比，可是下落的时候，却故意把速度放得很慢。他们好像在水中下沉，还会伸手在横杆上借力，不过这次不是为了加速，而是减速。他们一落到坑底，马上就有另外两个人补上，再次跃起。然后又是两个，两队人依次成对跃起，一对一的较量，比试谁的技艺更精湛。

每一对选手都动作和谐统一，大家都以更花哨的姿势上升下落。有一对选手面对面跃出，在空中画出两道优美对称的抛物线，落到对手刚刚离开的横杆上。二人在空中擦身而过，却丝毫没有接触。他们的精彩表演引发了观众们热烈的掌声。

地球人说："我想我自己还是没经验，看不出这项运动最精妙的魅力在哪儿。他们都是土生土长的月球人吗？"

"一定是的，"赛琳娜说，"这个体育馆对所有月球公民开放，移民也玩得很好。可是要玩这种高难度的东西，还得靠那些在月球上孕育成长的孩子们。他们的生理机能更适应环境，至少比地球移民强很多，而且他们从小就受到了正规训练。其实场上的选手们多半都不到十八岁。"

"我猜这项运动一定很危险吧，就算在月球的重力条件下也一样。"

"经常有人骨折。我倒是没听说过有谁因此丧命的，不过至少有过一个摔断脊柱而导致瘫痪的。那次可真吓人，当时我就在旁边看着——噢，稍等，下面开始自选动作了。"

"什么？"

"到目前为止，我们看到的都是规定动作。他们的表演都是按照既定的程序来的。"

周围的鼓声渐渐寂静了下来，一位选手突然拔地而起。他单手抓住了一根横杆，做一个回环，然后向上飞去。

地球人看得屏息静气。他说："了不起。他像个长臂猿，飞来飞去。"

"什么？"赛琳娜问。

"长臂猿。一种类人猿，事实上是最后一种野生的类人猿。他们——"他注意到赛琳娜的表情，于是说，"我没有不敬的意思，赛琳娜，长臂猿是优雅的生物。"

赛琳娜皱着眉说："我以前看过类人猿的照片。"

"你大概没见过运动中的长臂猿……大概，有些地球佬称月球人为'长臂猿'，而且心存不敬，就像你们叫他们'地球佬'一样。不过我的确没那个意思。"

他把两个手肘都靠在栏杆上，专心地看着那选手的动作。那简直就是空中的舞蹈。他说："你们是怎么对待那些地球移民的，赛琳娜？我指那些想终生定居于此的人。他们没有一个真正月球人具备的能力——"

"这没关系啊。移民也是公民，这里不存在歧视，至少不存在制度上的歧视。"

"什么意思？没有制度上的歧视？"

"你自己也说了，有些事他们是做不到的。差别的确存在。他们的身体结构跟我们有差异，而且他们往往没我们健康。要是一个移民等到中年以后才搬来，那他看上去就会更老一些。"

地球人避开她的视线，有点尴尬。"双方可以通婚吗？我是说，移民和土生月球人之间。"

"当然。毫无疑问，双方可以结婚。"

"哦，这正是我想问的。"

223

"当然了。移民也有权利留下自己的后代。老天啊，你怎么这么问，我父亲就是个移民，而我母亲则是土生月球人。"

"我想你父亲来月球时，一定还很——噢，上帝啊——"他身子贴在栏杆上，发出一声惊呼，"我还以为他会失手呢。"

"不会的，"赛琳娜说，"那是马克·福尔。他就喜欢玩刺激的，不到最后不伸手。实际上，这不是什么好习惯，真正的冠军从来不这么做。继续往下说，我父亲来月球的时候，大概二十二岁。"

"我猜就是这样。那么年轻，还有足够的时间去适应，也没有对地球那种复杂的情感。从一个地球男人的角度来说，我猜想这种性关系一定相当美妙——跟一个……"

"'性关系'！"赛琳娜吓了一跳，旋即又笑了，"你不会以为，我父亲会跟我母亲做爱吧。要是我妈听到这话，一定马上把你轰走。"

"可是——"

"为了安全起见，还是人工授精的更好。哼哼，跟一个地球人做爱？"

地球人表情凝重："我记得你说过，这里没有歧视。"

"这不是歧视，是自然现象。一个地球人无法完全掌握这里的重力场。不管他经过多少训练，在本能的驱使下，他都会恢复本性。我可不敢冒这个险。搞不好那个男人会折断自己的手脚，要不就更惨，折断我的。基因融合是一回事，性爱是另一回事。"

"对不起……难道人工授精不违法吗？"

她此时又被场内的情况吸引了。"那又是马克·福尔。只要他别要那些没用的花招，水平还是很不错的；他姐姐的水平不比他差。要是他们两个联手，那简直无人可以匹敌了。好好看着。他们要一起上场了，然后就会完成同样的动作，默契得像同一个人一样。他的动作有时候是有点花哨，不过没人敢怀疑他的技巧……对了，人工授精的确违法了地球法律，可是只要医学上确实有需要，也可以破例，当然，有时候破例的也太多了，据说是这样的。"

此时所有的选手都上来了，在栏杆下排成整齐的环形；红的一边，蓝的一边。他们向观众们一齐挥舞手臂，掌声经久不息。此时栏杆边上已经挤满了人。

"你该买坐票的。"地球人说。

"根本没有。这不是演出，只是训练而已。我们不鼓励大家只做观众，每个人都该参与进去。"

"你的意思是，你也可以完成这样的动作吗，赛琳娜？"

"随大流而已，所有的月球人能做到。我做不到他们那么漂亮的动作。我也没加入任何一支队伍——现在要开始混战了，人人都可以参与。这才是真正危险的节目。所有十名选手都会同时跳到空中，双方都要设法把对手击落。"

"真的摔下去吗？"

"千真万确。"

"是不是常有人受伤？"

"经常有。从理论上讲，这个节目也不是完全名正言顺。很多人认为它太嚣张，而且我们的人口本来就不多，万一造成无谓的牺牲就更不值得了。不过，混战还是很受欢迎，公决的时候，我们凑不到足够的票数来废止它。"

"你会把票投给那边呢，赛琳娜？"

赛琳娜脸上一红："哦，无所谓。你看那边。"

鼓声突然间爆发出来，如雷鸣一般。所有选手都如离弦之箭，弹射出去。空中一片混乱，可是当他们再次分开的时候，每个人都稳稳地站在一根横杆上。然后就是令人窒息的等待。一个率先发动，其余人纷纷跟上；空中又一次人影幢幢。如此循环往复，过了许多回合。

赛琳娜说："记分规则很复杂。每次起跳都会得一分；每次触到对手得一分；造成对手扑空得两分；击落对手得十分；还有很多种罚分的情况，分别对应多种犯规。"

"谁在记分？"

"有裁判在一边，他们会根据场上情况做出初步裁决；如果对裁决不满，可以通过电视录像追查上诉。可是这些是非，经常连录像带也给不出明确的答案。"

观众中间突然爆发出一阵欢呼，原来是场内一个蓝队的女孩得分了，她在掠过一个红队男孩身边的时候，响亮地拍了一下他的侧腹。那男孩当时已经在躲闪了，可惜还是没躲过。最后他勉强抓住了墙上一根横杆，不过已经失去了平衡，膝盖很狼狈地撞到墙上。

"他眼睛长哪儿去了？"赛琳娜愤怒地嚷道，"他都没看见她过来。"

场内的气氛越来越火爆，地球人看得眼花缭乱。有时候，有的选手跳起来，触到了横杆，却没有抓住。这时候，所有的观众都俯身在栏杆上，好像都要跳出去救他一样。有一次，马克·福尔的手腕被人打到，有人大喊："犯规！"

福尔失手落下。在地球人的眼里，由于重力的原因，他下落得非常缓慢。福尔的身体在空中挣扎着，努力伸手去够身边的横杆，可是都失败了。所有人都全神贯注地盯着他，大家的心都在随他一起下落。

福尔下坠得越来越快。尽管他有两次差点抓到横杆，并成功地降低了速度。

眼看就要落地了，他忽然疾伸右腿，生生钩住一根横杆。然后他头朝下悬在空中，悠悠荡荡，头顶离地只有十英尺高。他展开双臂，向欢呼的观众们致意；然后他屈身而上，再次跃起。

地球人问道："有人犯规了吗？"

"要是王珍真的拽了马克的手腕，而不是推的话，那她就犯规了。不过裁判却判了合理冲撞，我想马克也不会上诉的。他以前就这么玩过，不过没这次惊险。他就喜欢玩这种千钧一发的游戏，总有一天他会失手伤着自己的……噢，噢。"

地球人抬起头看着她，不过赛琳娜的眼睛却没在他的身上。她说："有个专员公署的人来了，他一定是来找你的。"

"为什么——"

"我想不出他来这儿还能找谁。你毕竟与众不同。"

那信使有一张地球人的脸孔，至少是个地球移民。他好不容易穿过二三十个裸体的观众，在漠然而藐视的目光中，直接朝他走了过来。

"先生。"他开口，"戈特斯坦专员想请你跟我——"

5

巴伦·内维尔的寝室比赛琳娜的简陋得多。他的书四处乱丢，电脑显示器也没罩子，就扔在一个墙角。大号书桌上一片狼藉，墙上的窗户空空如也。

赛琳娜走进屋里，抱起胳膊，说道："巴伦，要是整天住在猪窝里，思想怎么还会干净呢？"

"我会收拾的。"巴伦没好气地回答，"怎么回事？你怎么没把那地球人带来？"

"专员先派人来把他带走了。那个新专员。"

"戈特斯坦？"

"对，就是他。你早干什么去了？"

"我得先查到那地球人的资料。我可不会闭着眼瞎干。"

赛琳娜说："现在好了，你查完了，我们也只能等着。"

内维尔啃了一口大拇指的指甲，然后认真地检查了一下战果。"我真不知道自己是不是该喜欢这儿的环境……你看他这人怎么样？"

"我挺喜欢他的，"赛琳娜明确地说，"作为一个地球人，他已经相当不错了。他让我领他四处逛逛，对周围的东西很感兴趣，不过从不妄下评论。他毫无傲气……当然，我也没有做什么出格的事惹他生气。"

"他后来又问起质子同步加速器了吗？"

"没，他也不用问了。"

"为什么？"

"我告诉他，你会见他，我还说你也是个物理学家。所以我猜等他见到你时，肯定会把脑子里的问题一股脑儿提出来。"

"他不觉得奇怪吗？他面前的女导游碰巧认识个物理学家。"

"有什么奇怪的？我说你是我的性伴侣。职业跟性爱无关吧，一个高贵的物理学家也会跟低贱的导游做爱。"

"闭嘴，赛琳娜。"

"噢——你看，巴伦，我觉得如果他只是想设个圈套，如果他只是想通过我来接近你，他一定会显得有一点迫切。那个圈套越复杂、越神秘，那么就一定越危险，他表现得肯定就越急不可耐。我故意装作毫不在意的样子，我跟他东拉西扯，就是不谈同步器的事。我还把他带去看了一场体育表演。"

"他呢？"

"他表现出很大的兴趣。他很放松，看得很带劲儿。不管他脑子里装着什么，那时候他的表现都非常单纯。"

"你肯定？专员已经抢先一步找到他了，你觉得这样好吗？"

"有什么不好的？再说了，专员的信使当着二三十个月球人的面，公开向他发出邀请，也不会有什么阴谋吧。"

内维尔双手搭在颈背上，身体往后一仰："赛琳娜，我还没问呢，你不要急着下结论，这样只会让我们吵架。首先，那人不是个物理学家，他跟你讲了吗？"

赛琳娜沉默了半晌，努力回忆当时的情景。"我叫他物理学家，他也没反驳，不过他好像自己也从没说过自己就是。不过——不过我感觉他肯定是。"

"他算是撒了个无关紧要的谎吧，赛琳娜。或许他在心里把自己当作了一个物理学家，不过他从来没搞过物理专业。他受过科学训练，我承认这点，可是他从来没做科研方面的工作。他根本就没机会。在地球上，没有一个实验室会接受他。他曾经上过弗里德·哈兰姆的黑名单，而且在很长时间里，都是名单上的榜首人物。"

"你敢肯定？"

"相信我，我查过了。你不是还怪我花了太长时间吗……总算没白干，找着点好东西。"

"什么好东西？我不知道你在说什么。"

"你没想到吗？我们可以信任他。不管怎么说，他对地球方面一定很不满。"

"只要你的资料准确，这么判断倒是没错。"

"噢，我的资料尽可相信，至少这些都是我自己发掘到的，而不是自己送上门来。不过关于这点，我们可能有分歧。"

"巴伦，这不是一回事。你为什么总是觉得事事都有阴谋？本可不像——"

"本？"内维尔讽刺地反问。

"本！"赛琳娜坚定地重复，"本就不像是个满腹牢骚的人，也并没有故意对我表现出很多不满。"

"他是没有，不过他只是为了取悦你。你自己都说过，你喜欢他，是不是？还特别强调了？说不定这正是他的目的。"

"我不是傻子，没那么好骗，你知道的。"

"好吧，等我自己见到他就明白了。"

"你去死吧，巴伦。我每天都在跟各种各样的地球人打交道，那是我的工作。不管怎么说，你都不该怀疑我的判断力。你无论如何都该百分之百相信我。"

"好吧，我们以后再看，你别生气啊。我们再等等就是了……在等待的时间里，"他轻盈地站起来，"猜猜我在想什么？"

"我不猜。"赛琳娜也轻盈地站起身，脚步难以察觉地向外滑动了一点，拉开两人之间的距离，"自己猜，我没心情。"

"你生气了，是不是因为我怀疑你的判断？"

"我生气是因为——噢，见鬼，你怎么就不能把屋里收拾干净呢？"说完，她转身离去。

6

"我本来应该，"戈特斯坦说，"拿一些地球上的好东西来款待你，博士，不过按照规定，我也不允许带任何东西上来。月球上的好人们一直都对这种人为设置的障碍恨之入骨，可是地球上来的人还是要接受特别检查。为了抚慰他们的情绪，我尽量事事都模仿他们的习俗，可是我的步伐还是会露馅。适应他们的重力可太难了。"

地球人说："我也一样。在此我要对您的上任表示祝贺——"

"还没交接完，先生。"

"一样，同样恭喜。不过，我一直想知道，您为什么想要见我。"

"我们曾是旅伴。前不久，我们乘同一艘飞船而来。"

地球人没有说话，很有礼貌地等着他继续说。

戈特斯坦说："但其实，我们很早以前就认识了。我们——大概——在几年前就见过面。"

地球人平静地回答："恐怕我有点记不起来——"

"这没什么奇怪的，你没理由会记得。我曾经做过巴特议员的下属，他曾经主持——现在还在主持——科技与环境委员会。有一阵子，他曾极力想查办哈兰姆——弗里德里克·哈兰姆。"

地球人忽然坐直了身体："你认识哈兰姆？"

"自从我来月球以来，你是第二个这么问的。是的，我认识他，但没什么交情。我还认识他周围的一些人。很奇怪，他们的看法大多跟我相同。作为一个已经被整个世界奉为神明的人，哈兰姆在他周围的人当中，却没多少人缘。"

"没多少？我想是根本就没有。"地球人说。

戈特斯坦没理会他的插话，继续说："在当时，我的工作——或者说议员交给我的任务——就是审查电子通道项目，看看这些设施的建造和运转过程中，有没有不合理的浪费，是不是有人从中牟取私利。作为一个监管部门，这种担心合情合理。不过我们的议员却很有想法，他一直希望能从中查出点对哈兰姆不利的证据。他想证明，哈兰姆在从这些科学设施建设工程中牟利，从而将哈兰姆置于死地。不过，他失败了。"

"很显然，现在哈兰姆的地位如日中天。"

"不过当时有件事引起了我的兴趣，可惜我没能追查下去。我发现在所有指责哈兰姆的人当中，有一个人针对的不是他一手遮天的权势，而是电子通道本身。我当时准备去找他，可是没能成行。如果我没记错的话，那人就是你，对吗？"

地球人谨慎地说："我记得你所说的事，可我对你还是没什么印象。"

"我当时很不理解，怎么还会有人从科学角度，对电子通道提出质疑呢？你给我留下了非常深刻的印象，所以当我在飞船上看到你时，觉得似乎有点印象；最后，我终于把这事完全想起来了。我还没拿到乘客名单，让我从大脑里找找你的名字……你是本杰明·安德雷·狄尼森博士吧？"

地球人叹了口气："是本杰明·阿兰·狄尼森。是我。不过为什么你现在要提这些呢？事实上，专员先生，我不想再纠缠往事。我现在已经来到月球，想过一种新的生活；如果有必要，我会抛弃一切，重新来过。见鬼，我怎么忘了把名字改掉。"

"没用的。我认出的是你的脸孔。狄尼森博士，我不想干涉你的新生活，但是出于一些与你无直接关系的理由，我不得不先问个明白。我有点记不清楚了，你不是提出过对电子通道的质疑吗？能不能再给我讲讲？"

狄尼森偏着头，一直沉默。未来的专员也没有开口，甚至嗓子发痒了，他都没咳一声。

狄尼森终于说："事实上，也没什么。那只不过是我个人的猜测；我只不过是担心，强作用力的强度改变会导致不良后果。其实没什么！"

"没什么？"戈特斯坦终于咳了出来，"希望你不要介意，我还是想把事情弄明白。我说过，当时我就对你的理论很感兴趣。我那时没能持续追踪下去，现在再想从故纸堆里翻检出来，恐怕是不太现实了。整个事件都是机密的——议员当时并未给予太多关注，也不想把此事曝光。还有，我又想起点儿来。你是哈兰姆的同事，你不是物理学家。"

"很对。我是一个放射化学家，他也一样。"

"要是我哪里记错，请你随时打断纠正。我记得你早期的工作记录相当优秀。"

"事实如此。不是我往自己脸上贴金，当时我的确干得非常漂亮。"

"太奇妙了，我都想起来了。哈兰姆当时却好像干得不怎么样，是吧？"

"还不差吧。"

"后来，你的运气就不太好了。我记得，当我们跟你见面的时候——我想是你主动提出要跟我们见面的——你已经转行到玩具业了——"

"化妆品，"狄尼森说，口气压抑，"男性化妆品。听起来的确没那么好听。"

"恐怕是的，很遗憾。你后来一直经商。"

"商务主管，我干得一样出色。在辞职来月球以前，我已经成了公司的副总。"

"在这件事上，是不是哈兰姆的缘故，我指的是你离开科学界这件事。"

"专员，"狄尼森说，"求求你了！事情早就过去了。当哈兰姆第一次发现钨的置换时，我是在场的。那就是电子通道被发现的起点。要是当时我不在场，历史会不会有什么改变，我不敢说。说不定哈兰姆和我，都会在一个月以后死于辐射污染，或者六周以后死于核爆炸什么的。这个没准。但当时我正好在场，而且很大程度上是因为我，哈兰姆才有了今天；而且也正是因为我涉及其中，我也才有了我的今天。管它当时具体发生了什么。你满意了吗？事实已经是这样了。"

"我想我满意了。这么说，你对哈兰姆怀有私怨？"

"当年，我一点都不喜欢他。而现在，我还是不喜欢他。"

"可不可以说，你对电子通道的质疑，出于你对他的仇恨？"

狄尼森说："我不喜欢你这种假设。"

"怎么？我提这些问题不是想反对你。我只是出于自己的兴趣，我很关注电子通道，以及相关的一些事。"

"噢，然后你就无端地随意联想。想到既然我不喜欢哈兰姆，那么我就一定会认为他只是沽名钓誉之徒，成就都是假的。于是我就把眼光投向电子通道，想找出点漏洞。"

"于是，你找到了吗？"

"不，"狄尼森一拳砸在椅背上，身体明显一震，"没有'于是'。我找到了他的漏洞，至少在我看来是漏洞。但我并不是仅仅为了搞垮哈兰姆，凭空捏造了这个漏洞。"

"博士，我相信你没有捏造。"戈特斯坦温和地说，"我从来没这么想过。我们都知道，如果想检验证明任何一种新事物，我们必须要作出某种假设。既然是假设，它就必然有某些部分是没有根据的，那么所有人都可以光明正大地攻击它缺乏根据的部分。这种攻击行为本身是正当的，但其动机可能是出于私怨。你提出自己的假设，对哈兰姆的假设进行攻击，或者动机只是为了私人恩怨。"

"先生，这么说就没意思了。当时，我手里有充足的证据。可是，我不是一个物理学家，而只是一个——放射化学家。"

"当时哈兰姆也只是一个放射化学家，可如今他已经是世界上最著名的物理学家了。"

"他还是个化学家，一个四分之一世纪以前的化学家。"

"而您不是。您至少还努力学习，想成为一个物理学家。"

狄尼森愤愤地说："调查得还很仔细嘛。"

"我告诉过你，你曾给我留下深刻印象，我自己都很惊奇居然还记得你。不过现在，我想谈点别的事。你知道一个叫彼得·拉蒙特的物理学家吗？"

狄尼森语气勉强："我见过他。"

"你是不是也觉得他非常聪明？"

"我对他并不是非常了解，而且我不喜欢妄下评语。"

"尽管有太多对他不利的传言，不过我还是觉得，他十分聪明。"

专员很小心地往后靠了靠。他的椅子纤细轻盈，以地球标准来看，根本不够支撑他的重量。他说："你愿不愿意告诉我，你是怎么认识拉蒙特的？因为他的名声？你们见面了？"

狄尼森说："我们直接交谈过。他本来是要写一写电子通道的发展史，包括它的诞生，以及所有那些与之相关、流传甚广的种种传说之类。我很高兴他能找到我，他好像已经查出了些东西，是与我相关的。见鬼，专员，我居然很高兴他知道我的存在。可是我却不能跟他说太多。有什么用呢？我已经遭到了太多冷眼和嘲笑，已经厌倦了，厌倦了思索，厌倦了自责。"

"你知道就在近几年里，拉蒙特做了些什么吗？"

"什么意思，专员？"狄尼森谨慎地问道。

"大约在一年前，或许还要更早一点的时候，拉蒙特找到巴特那里去了。我那时已经不再是议员的幕僚，不过相互之间还一直保持联系。他把这件事告诉了我，表示他很关心。他觉得拉蒙特手里攥着有力的证据，足以挑战电子通道存在的合理性。可是他不知道如何着手操作。我也很关心——"

"你倒是事事关心。"狄尼森讽刺地说。

"不过现在，我怀疑要是拉蒙特先前见过你，那么——"

"打住！专员，别往下说了。我知道你又要作出什么推断，而我并不赞同你的想法。要是你觉得拉蒙特剽窃了我的想法，而我又一次被出卖了，那么你错了。你听着，我可以明白无误地告诉你，当年我的确曾经有过非常有力的观点，不过那只是一个猜想。我为此深感忧虑，于是就公之于众；但是没人相信我，于是我就气馁了。因为我无法证明那个观点，所以我放弃了。在我跟拉蒙特的交谈中，我没有提及这个问题。我们从来没谈到过电子通道的早期。至于他后来提出了什么，不管跟我的观点如何接近，也是他独立想到的。而且他的论断要比我的更令人信服，有着更严格、更规范的数学基础。在这个问题上，我毫无专利之心。"

"你好像知道拉蒙特的理论。"

"最近它已经流传开来。虽然没人敢公开出版，也没有人当真，但是通过地下途径，它流传甚广。连我都听说了。"

"我也见过，博士，不过我是认真的。这对我来说已经是第二次了，你明白的。你的那份报告是第一次——但它从未到达议员那里。因为他一心想查出些经济问题，根本不会理会别的东西。除了我以外，在那些专职调查人员的脑子里——你的报告——不好意思——简直是异想天开。但我不这么认为，所以当我第二次看到此事时，非常忧虑。我当时就想去找拉蒙特，可是很多物理学家都——"

"包括哈兰姆？"

"没有。我没见哈兰姆。我先咨询过一些物理学家，他们都劝我，说拉蒙特的东西毫无根据。尽管如此，直到我来此任职之前，我还在考虑着什么时候见他一面。后来，我就来了这里，遇到了你。所以，我特别想见见你。在你看来，你和拉蒙特的理论到底价值何在呢？"

"你指的是什么？是我们对电子通道危机的预测？说它可能会导致太阳的爆炸，并最终毁掉整个银河？"

"是，我就是这个意思。"

"那我怎么知道呢？我所有的理论不过是猜测而已，只是猜测。而至于拉蒙特的理论，我也没有进行详细的研究，它根本就没有公开出版。即使我哪天看到了，恐怕其中的数学理论也超出了我的知识范围……再说，这又有什么意义呢？没有人会相信拉蒙特。哈兰姆已经毁掉了他的科研生涯，就像当年毁掉我的一样。就算他比哈兰姆聪明，他的理论更正确，公众也不会相信。公众只会觉得他的理论违背了大家的眼前利益。他们不想放弃电子通道，所以他们只会拒绝细想拉蒙特的理论，这可比承认问题再设法改正容易多了。"

"可是你还在一直考虑保持关注，不是吗？"

"因为我认为这样下去，我们都会灭亡。我可不愿意看到这个结局。"

"所以你现在来到了月球，想有所作为。在这里，你的老对头哈兰姆就不能阻止你了。"

狄尼森慢慢地说："你，真的很喜欢猜测。"

"是吗？"戈特斯坦语气平淡地说，"说不定我也很聪明。我猜对了吗？"

"或许吧。我心中从未放弃科学理想。只要能消除人类灭绝的阴霾，我愿意做任何事。不管我得到什么证明结果，无论是这样的担忧并无必要，还是危险确实存在而且必须解决，都是有价值的。"

"我明白。狄尼森博士。还有一件事，我的前任，即将退休的专员，蒙特兹先生告诉我说，月球的科学发展走在了人类的前头。他觉得月球人的智慧跟他们的人数已经不成比例。"

"他说不定是对的。"狄尼森说，"我不知道。"

"很可能，"戈特斯坦认真地赞同，"这样的话，你不觉得会给你的计划带来麻烦吗？不管你做什么，人们都会以为，你的成功全靠了月球的科学环境和设施。你个人并不会因此而收获多少声誉，尽管你的成就……这个，对你很不公平。"

"戈特斯坦专员，我早就厌倦了追名逐利的生活。我想找到生命的真正乐趣，这种乐趣要远远超过做'超音速迪培尔'的副总裁所能得到的。我想回到科研领域。如果能用自己的双眼和双手，找到一些真正有价值的东西，我就完全满足了。"

"好吧，你个人对声名毫不在意。不管人们给你什么样的评价，你都会接受；但是从我的角度来说，作为地球政府派驻月球专员，我完全可以把你所做的一切传达到地球上去，让你得到那些本属于你的东西。你是再正常不过的人，完全有权要求你应得的一切。"

"多谢你的好意，不过你要什么回报呢？"

"不用这么直接吧。不过你说对了，我的确需要你的帮助。前任专员蒙特兹先生对月球科学研究的现状毫无把握。地球人和月球人之间的关系并不是那么理想，如果双方能合作的话，对两个世界都有好处。我想大家都知道，隔阂的确存在，但是如果你能帮助我们打破双方的猜疑，你的贡献将不仅仅停留在科学领域。"

"我想，专员，你不能指望我是一个大公无私的完人，现在还对'公正严明'的地球科学界无限忠诚，会心甘情愿为他们去监视月球人。"

"狄尼森博士，你不要把一个心胸狭隘的小人，看作整个地球科学界的代表。我们不妨这么想：我个人对你的科学研究抱有浓厚兴趣，希望能随时得知你的研究进展，从而可以助你一臂之力；可是为了能更好地理解你的成果——请记住我个人并不是专业的科学家——最好你能捎带着讲解一下月球目前的科研状况，这样就方便多了。怎么样？"

狄尼森说："恐怕很难做到。我不会过早地下结论，不会发布未成熟的结果。不管是出于粗心还是过分激动，这样的行为都会对下一步的研究带来恶劣影响。在我找到最终的答案以前，我不会对任何人透露任何事。早年跟你们那个委员会的合作经验，也令我不得不慎之又慎。"

"我非常理解。"戈特斯坦热情不减，"你完全可以自己来决定，什么时候通知我最终的成果……不过现在，我已经耽误你太多时间了，你一定也困了吧。"

听到了逐客令，狄尼森起身告辞，戈特斯坦望着他远去的背影，陷入了沉思。

7

狄尼森伸手拉开房门。他知道有个开关可以自动把门打开，不过他睡眼朦胧，摸不到位置。

门外的黑发男子脸色有些难看，好像也没有睡醒："不好意思……我是不是来得有点早？"

狄尼森嘴里重复着他的最后一个字，试图整理自己混沌的思维，"早？……不，我……是我起得晚了，我想。"

"我打过招呼，我们预约过了……"

现在狄尼森终于清醒过来了。"对，你是内维尔博士。"

"是我。可以进去吗？"

一边问着，他就迈步进入了狄尼森的房间。这个房间很小，大部分空间被一张皱巴巴的床占据。空调在轻轻地运行着。

内维尔随口客套："睡得好吗？"

狄尼森低头看看自己的睡衣，伸手梳理了一下乱糟糟的头发。"不，"他生硬地回答，"非常糟糕。请允许我可以暂离片刻，稍微洗漱一下。"

"当然。在你洗漱的时候，不介意我准备一下早餐吧？你大概都不认得那些餐具。"

"非常感谢。"狄尼森说。

二十分钟以后他回来了，梳洗完毕，胡子也刮干净了，穿着一条裤子和一件汗衫。他说："我敢肯定没把淋浴弄坏，可它突然就没水了，然后我怎么也弄不开。"

"水是定量配给的，你已经用完了自己的配额。博士，这里是月球。不知道这些合不合您的口味，我准备了两人份的煎蛋和热汤。"

"这是煎蛋——"

"我们都这么叫。我猜地球人或许会有不同看法。"

狄尼森叫道："噢！"他坐下来，食欲不振。然后他拿起刀叉，尝了尝面前那团糊状黄色物体，也就是所谓的煎蛋。刚一入口，他的脸差点抽筋，不过最终还是强行忍住。他努力把那块东西咽了下去，然后又举起叉子，准备再来一口。

"你会慢慢习惯的，"内维尔说，"它很有营养。不过我得警告你，这东西含高蛋白，再加上低重力环境，以后你很少会感到饿的。"

"没关系。"狄尼森清了清嗓子，说道。

内维尔说："赛琳娜告诉我，你今后想在月球定居？"

狄尼森说："我以前是这么想的。"他揉了揉眼，"可是在经历了一整晚的煎熬以后，我的决心有点动摇。"

"一晚上你从床上掉下来几次？"

"两次……我总是把这里当作正常重力环境。"

"对地球人来说，这不可避免。醒着的时候，你还会一边走路，一边提醒自己这里是月球。可是在睡梦中，你会像在地球上一样翻身。不过话说回来，在低重力环境中，摔一下也并不疼。"

"第二次掉下来以后，我都没醒，一直在地上睡了好一会儿。醒了以后我还一片茫然，根本不记得什么时候掉下来的。你们平时

242

都怎么对付这个？"

"你必须要定期体检，检查你的心率、血压等等，以检验重力的改变是不是给你的身体造成过度损伤。"

"早就有人跟我说过了，"狄尼森不以为然地说，"事实上，我已经预定了下个月的体检。还准备了一些口服药。"

"不错，"内维尔松了口气，或许他本来就不想在这些琐事上纠缠，"再过一周你就没事了……还有，你需要合适的衣着。这儿没人穿这种裤子，这种松松垮垮的上衣也不怎么合适。"

"我觉得肯定有卖衣服的地方吧。"

"当然。让赛琳娜陪你去，要是她不上班，肯定很乐意去，我敢肯定。她还告诉过我，你比较适合正装。"

"我非常高兴她能这么想。"狄尼森努力咽下一匙汤，满脸愁容，看来是不知道如何处理剩下的那些。

"她把你当作一个物理学家，不过毫无疑问，她错了。"

"我曾经的专业是放射化学。"

"博士，放射化学你也没干太久。我们这里信息很闭塞，但是还不至于一无所知。你也是哈兰姆的受害者之一。"

"听你的口气，他的受害者好像还有一大帮人？"

"不是吗？整个月球全都为哈兰姆所害。"

"月球？"

"可以这么说。"

"我不理解。"

"我们月球上没有电子通道站，无论如何也建立不起来，因为平行宇宙那边对我们的努力根本没有回应。我们无法做到钨的置换。"

"这样啊，内维尔博士，你不会认为这是哈兰姆在捣鬼吧。"

"可以说是消极阻碍吧。为什么只有平行宇宙那边的人，才能开通一个电子通道？为什么不是我们呢？"

"就我所知，我们缺乏必要的知识，不知道如何开通电子通道。"

"如果我们永远被禁止研究的话，那么就永远也得不到必要的知识。"

"禁止？"狄尼森问道，明显很惊讶。

"虽然没有明文规定，但事实上就是被禁止了。因为如果在这个方向上深入研究的话，那就不可避免地需要优先使用质子同步加速器或者其他大型科学设施——这些设施都掌握在地球人手里，都在哈兰姆的影响能波及到的范围之内。不提供这些东西，从效果上就制止了研究的开展。"

狄尼森又揉了揉眼，"我想我过一会儿还得再补一觉……对不起，我的意思不是说你打搅了我。不过还是请问，电子通道对月球来说有那么重要吗？目前太阳能电池运转良好，也完全够用了。"

"博士，为了靠近那些电池，我们不敢远离阳光，不得不留在地表附近。"

"也对——可是为什么哈兰姆要从中作梗呢？这点你怎么看，内维尔博士？"

"你应该比我更清楚。认识他的人是你，而不是我。他根本就不愿意让公众知道，我们的电子通道完全来自于那个宇宙，是那边的人一手建立了这个装置，而我们只是在配合，就像他们的仆人。如果我们在月球上开展了进一步的研究，最后找到了开启通道的钥匙，那么这种真正的电子通道，就要记到我们月球人的名下，他只能靠边站了。"

狄尼森说："那你为什么要告诉我这些呢？"

"因为我不想浪费时间。一般来说，我们一直欢迎来自地球的物理学家。在地球政府的孤立主义政策影响下，我们与世隔绝，相当闭塞，如果能有物理学家来访，会对我们有很大的帮助。至少他能让我们觉得，我们与地球世界还有联系。要是物理学家能移民来此，那作用就更大了，我们非常愿意给他介绍我们的环境，并邀请他与我们一起工作。很遗憾，怎么说你都算不上物理学家。"

狄尼森不耐烦地回答："我从来都没说过我是。"

"你当时说想去看质子同步加速器。为什么呢？"

"你就是担心这个吗？亲爱的先生，让我来好好解释一下。我的科学生命早在半辈子之前就毁掉了，我已经决定一切重新开始，重新寻找生命的意义，在一个尽可能远离哈兰姆的地方——就是这里，月球。我曾经的专业是放射化学，但是这并不意味着我要永远受其束缚，远离其他领域。如今，平行空间物理已经是一门大学科，而我一直在努力自学，希望在这个领域内，重新开始我的科学生涯。"

内维尔点点头："我明白了。"话虽如此，可他的口中明显透露出几分怀疑。

"还有，既然你提到了电子通道——那么你有没有听说过一个叫作彼得·拉蒙特的人，以及他的理论？"

内维尔眯着眼睛，看着对面的人："不，我想我从没听说过。"

"对，他并不出名。或许他一辈子都不会出名了，就像当年的我。他也反对哈兰姆……他的名字直到最近才开始为人所知，他的理论也部分得益于我。昨晚上，在我翻来覆去睡不着的时候，脑子里还一直想着这件事。"说着，他打了个哈欠。

内维尔不耐烦地问道："是吗，博士？他是什么人？叫什么名字？"

"彼得·拉蒙特。他对平行宇宙理论，有一些很有意思的看法。他相信电子通道如果继续使用下去，那么太阳系内部的强作用力就会慢慢增强，然后太阳就会越来越热，到了某个临界点以后，就会发生质变，也就是爆炸。"

"一派胡言！人类在自己渺小的世界里，无论怎么滥用那些通道，也不会对广阔的宇宙空间造成什么影响。即使你只自学过一点物理，你也应该清楚地看到，在整个太阳系寿终正寝之前，电子通道对整个宇宙带来的影响根本微不足道。"

"你这么认为？"

"当然，难道你不是吗？"内维尔反问。

"我不敢确定。拉蒙特的观点中确实含有私人情绪。我以前曾跟他有过一面之缘，看上去他是个容易激动、非常情绪化的人。想想哈兰姆对他做的那些事，他的行为很可能完全被怒火左右。"

内维尔皱起眉头，他说："你敢肯定，他也受到哈兰姆的打击吗？"

"他就像从前的我。"

"你有没有想过，他提出的这种怀疑——通道非常危险——只不过是另一种手段，还是为了阻止月球建造自己的通道？"

"仅仅为了这个目的，他们就不惜在全世界散布警告和失望的情绪？绝对不会。这就好像用高射炮打蚊子。肯定不会的，我确信拉蒙特说的都是真心话，其实从前我自己也得出过这个结论。"

"那是因为你也被哈兰姆陷害，你也恨他。"

"我不是拉蒙特。我想我的反应没有他那么激烈。事实上，我还曾想过到月球以后，能摆脱哈兰姆的阻碍，远离拉蒙特的仇恨，从而比较客观公允地调查这件事。"

"在月球上？"

"就在月球上。我想或许可以借助同步加速器。"

"这就是你的兴趣所在？"

狄尼森点点头。

内维尔说："你以为自己会有机会用同步加速器吗？你知道在你之前，排队申请已经堆多高了吗？"

"我想，或许一些月球的科学家可以帮助我。"

内维尔笑着摇摇头："我们的机会并不比你多……但是，我可以告诉你另一个办法。我们建立了自己的实验室；我们还可以为你准备些小型设备。至于有多大用处，我不敢说，但是你可以试试，能否做出点事来。"

"你是说，我能在此继续研究平行宇宙理论，并利用一切可行手段观测平行宇宙？"

"这要看你自己了。你是不是想证明那个人的观点——就是拉蒙特？"

"或者证伪。"

"你一定会证伪，我敢肯定。"

狄尼森说："你很清楚，我不是物理学家。为什么你这么痛快就接受了我的想法，还给我提供个工作？"

"因为你来自地球，我们这里很看重这个。或许你自学的物理知识还会有点作用。赛琳娜也担保你一定行，她的意见有时候或许比我的重要得多。我们都是哈兰姆的受害者，如果你想要重起炉灶，我们会帮你的。"

"不过恕我冒昧，你想从我身上得到什么呢？"

"你的帮助。在地球和月球的科学家之间存在很多误解和猜疑。你来自地球，并且自愿定居月球，你可以成为双方沟通的桥梁，这对大家都好。你已经跟新任专员建立了联系，或许以后的日子里，你在找回自己的同时，可以重建我们的将来。"

"你的意思是，如果我的研究成功地削弱了哈兰姆的影响，也会对月球科学界有所帮助？"

"不管你做什么都有好处……不过现在我该告辞了，你也该再补一觉。过两天再联系我吧，到时候我会给你安排个实验室。而且，"——他左右看了看——"再给你找个好点的住处。"

两人握了握手，内维尔便起身离去。

8

戈特斯坦说："我猜，虽然这个位置你早就待够了。不过今天要告别，心里还是会有点伤感吧。"

蒙特兹耸耸肩："非常伤感，只要我一想到地球的重力。那意味着呼吸艰难、双脚疼痛，还有浑身臭汗。我得坚持洗澡，以免汗臭。"

"早晚有一天，我也会追随你的脚步。"

"千万记住我的经验。至少两个月就得回去一次。我不管医生是怎么跟你说的，也不管他们让你接受了什么样的锻炼——一定要每六十天回一次地球，每次至少待一星期。你不能忘记重力的感觉。"

"我会谨记在心……噢，我已经跟那个朋友联系上了。"

"哪个朋友？"

"就是跟我坐同一艘飞船来的那个。我对他有印象，结果的确认识。他的名字叫狄尼森，是一个放射化学家。我对他印象深刻，可不是平白无故的。"

"哦？"

"我想起了一件非常有意思的怪事，关于他的，于是就想探探他的口风。不过他很滑头，躲闪过去了。听起来他的解释合情合理，不过太合理了，以至于有点不可信。他的那些理论其实很疯狂，凑在一起却又有一种奇异真实的合理感。像是一种心理防御机制，他早就习惯了。"

"噢，先生，"蒙特兹有点头大，"我好像没太听懂。如果你不介意的话，我想在你这里小坐片刻，检查一下我的行李，看看有没有遗落什么东西。一想到地球的重力，我就感到呼吸困难……你说的那是什么怪事？"

"他想给我解释，电子通道的使用存在隐患。他认为那玩意儿会炸掉我们的宇宙。"

"真的？会吗？"

"我希望不会。不过出于一些很遗憾的原因，当年他的研究并没有进行下去。一般来说，当科学家们研究一个事物时，由于条件所限而迟迟没有结果的时候，他们往往会焦躁不安，你懂的。我以前认识一个心理学家，他把这个称为'天知道'现象。如果你竭尽全力，想方设法也得不到你想要的结果，最后你就会放弃，说一句'天知道是怎么回事'，然后你就此放弃科学推理，想象一个结论出来。"

"我理解，可是如果物理学家们都这样，或者哪怕只是有几个这样，那么就……"

"他们不会的，至少不会公开承认。这里涉及有关科学责任感的问题，而且那些学术刊物都很谨慎，不会轻易刊载些无稽之谈……或者他们认为是无稽之谈的东西。事实上你看，我朋友担心的问题又被人重新提了出来。有个叫拉蒙特的物理学家，找到巴特议员那里。他还找了那个自以为是的救世主——陈，以及其他一些人。他还坚持说，宇宙快要爆炸了。没人相信他，不过他的理论倒是流传开来，而且越传影响越大。"

"现在月球上的那个人也相信这个理论？"

戈特斯坦笑了，"我猜他相信。倒霉，我昨晚一直没睡好——我老是掉到床外，对了，还有——我自己也相信。他还想通过测试检验一下，就在这儿。"

"是吗？"

"是的，让他去做吧。我暗示他，我们愿意提供帮助。"

蒙特兹摇摇头，"这很冒险。我不赞同对那些妄想狂提供官方支持。"

"你看，他们也不见得都是疯子，不过这不是重点。问题的关键在于，要是能让他在月球上开展工作，那么通过与他接触，我们就能摸清月球人的底细。他现在急于重新开始科学生涯，而我已经向他暗示，这得靠我们的帮忙……对了，我还要祝你一路旅途愉快。这是作为朋友的祝愿，你知道的。"

"谢谢，"蒙特兹回答一声，"再见了。"

9

内维尔火气十足地说："不，我根本不喜欢他。"

"为什么呢？只因为他是个地球佬？"赛琳娜从制服右胸前揲下一撮绒毛，伸手抓住，打量着说，"这不是我身上的东西。我告诉过你，这里的空气循环器早坏了。"

"这个狄尼森根本没用，他根本就不是平行空间物理学家。他在这个领域只不过自学过点东西，他自己说的，来月球就是为了检验他那些固有的混蛋理论。"

"什么理论？"

"他觉得，电子通道会把宇宙炸掉。"

"他是这么说的？"

"他是这么想的……噢，我早就知道这个争论。我听说的够多了。不过这并不是事实，仅此而已。"

"说不定，"赛琳娜，"只是你不愿意相信而已。"

"你又开始了。"内维尔说。

两人沉默了片刻。赛琳娜先开口说："那么，你要怎么对付他？"

"我准备给他间实验室。作为科学家，他可能一点用处也没有，不过他在其他方面还是有用的。他的地位有点特别，专员都找他谈过了。"

"我知道。"

"他的经历很传奇,一个前途被毁的科学家要重新开始。"

"真的?"

"真的。我保证你一定会喜欢。要是你自己问他,他肯定会讲给你听。这就对了。我们现在手里有个从地球来的传奇人物,他要在月球上开展一项匪夷所思的研究。这事本身就非常传奇,专员已经被吸引住了。他就是我们的烟雾弹,一个骗人的摆设。甚至我们还能通过他,打探一点地球方面的动向,谁知道呢……你还是要跟他保持密切的关系,赛琳娜。"

10

赛琳娜放声大笑,声音传到狄尼森的耳机里,很有金属感。她窈窕的身材掩藏在宽大的太空服里,不见了平时的风韵。

她说:"来啊,本,没什么可怕的。你已经是个老鸟了——你都待了一个月了。"

"二十八天。"狄尼森嘟囔着。在厚厚的太空服里,他感到呼吸困难。

"一个月,"赛琳娜坚持,"自从你来以后,月球已经绕过半个地球了,这可以叫作刚好'半地'。"她的手指向南方的天空,地球优美的弧线在空中无比灿烂。

"好吧好吧，不过还得等等。我一到月面上来，胆子就不像在地下那么大了。我要是摔倒怎么办？"

"摔倒又怎样？以你的标准来说，这里的重力很弱，脚下的月面也很柔软，而你的盔甲够结实。要是摔倒了，你只要顺势倒下，打个滚就行了。其实那也很好玩。"

狄尼森怀疑地望着她。在地球幽冷的光芒中，他记起一周前参观太阳能电池的时候，正是白天。雨海底部一望无际的电池板映照在耀眼的阳光中，丝毫没有温柔的触感。而相比之下，因为没有白天强烈的光线对比，夜晚暗淡的月面看起来非常美丽；地光所到之处，尽是一片柔和而晶莹的白色。而阴影部分更不见了白日里强烈的反差，温和得没有一丝棱角。天空中星光璀璨，而地球——那个迷人的巨大球体——海洋蓝色的基调上白云缭绕，时不时还会有一角褐色的陆地悄悄显露。

"好吧，"他说，"我得抓着你点儿，不介意吧？"

"当然不。我们也不会一直上坡。这个坡面比较合适初学者。看好了，我要慢慢起步了。"

她每一步都迈得很远，动作缓慢，摇摇晃晃。他极力和她保持步调一致。他们脚下的上坡路积满灰尘，他每迈一步，尘土都会四散飞扬，不过马上又在真空中沉淀下来。他努力地跟在她后面，亦步亦趋。

"好，就这样，"赛琳娜一边说，一边抓着他的胳膊，帮他保持平衡，"你做得相当不错，作为一个地球佬——不对，我该叫你新人才合适——"

"谢谢。"

"其实也没好多少。把移民叫作新人，跟把地球人叫作地球佬是一样的。或者我应该说，你干得很漂亮，相对于你的年龄而言。"

"别！这更难听。"狄尼森气喘吁吁地说，他觉得额头上已经冒汗了。

她说："在你的一只脚将要落地的时候，另一只脚也要稍稍用点力，这样你的步子会更稳，走起来更轻松。不，不对——看着我。"

狄尼森松了口气，停下步子，看着赛琳娜。即使在厚厚的太空服包裹之下，她的步态也一样轻盈优美。她慢慢起步，节奏分明地向前跳出。几步走完她便转回来，跪在他的脚边。

"你先慢点，往前迈，本。什么时候该用力，我会推你的脚。"

他们试了几次，狄尼森说："这比在地球上还累，我得歇会儿。"

"好吧。这是因为你的肌肉还不适应这种动作，缺乏协调性。你要知道，你的敌人是你自己，而不是重力……好了，坐下来调整一下呼吸，我们不会再走这么远了。"

狄尼森问道："要是我躺下来，会不会把背包压坏？"

"不会，当然不会，不过最好不要试，至少别直接躺在地面上。这里的绝对温度只有120开氏度，或者说零下150摄氏度。要是你非要躺下的话，尽可能减少与地面的接触面积。如果是我，只要坐下就好。"

"这样啊。"他嘴里咕哝着，也坐了下来。他故意面向北方，背对着地球，"你看，那些星星！"

赛琳娜坐在他对面，身体侧对着他。在地光的照射下，透过面罩，他可以不时看到她的脸庞。

她说："难道你在地球上看不到吗？"

"没这么清楚。即使在晴天，地球的大气层也吸收了很大一部分光线。由于大气温度的不均衡，它们都像在闪烁；还有城市的灯火，即使遥远，也会将星光淹没。"

"听起来好像挺没劲的。"

"你喜欢出来吗，赛琳娜？到月面上来？"

"不算特别喜欢，不过也不反对。其实这是我工作的一部分，我总得带一些游客上来。"

"现在你不得不带我上来了。"

"本，我不是跟你说过了吗？这是两码事。导游要做的只是安排好的项目，非常无聊，一点意思都没有。你总不会以为我还会带他们散步吧？散步是月球人——还有新人的事。其实，主要是新人。"

"好像没多少人喜欢，你看周围只有我们两个人。"

"噢，你不知道，出来也是分日子的。你以后会看到，到了竞赛日那天，这里就大不一样了。不过，那种场景你也不会喜欢的。"

"现在我也不知道要怎么说。从事滑行这项运动的，是不是主要都是新人？"

"应该是。一般的月球人都不太喜欢上来。"

"内维尔呢？"

"你想问，他对地表有什么看法吗？"

"是。"

"说实话，我好像从没见过他上来。他是个真正的都市男孩儿。你为什么这么问？"

"也没什么，只是我向他提出参观太阳能电池的时候，他很爽快地答应了，可是自己却不愿陪我一起去。我还是盛情邀请他，因为得找个懂行的人回答我的问题，不过他怎么都不肯去。"

"我猜你还是找到个人陪你。"

"对，也是个新人。照你的说法，也就不难理解内维尔博士对电子通道的态度了。"

"你的意思是？"

"这么说吧——"狄尼森身体往后仰着，双腿轮流踢起，懒洋洋地看着它们缓缓地起起落落，"你看，挺好玩的，看啊，赛琳娜——我的意思是，在太阳能电池完全够用的情况下，内维尔依然无比执著，一定要在月球上建立电子通道。我们在地球上根本无法如此使用太阳能电池，因为在大气层包裹之下，太阳辐射远没有这么强烈，这么光芒夺目，这么持久不衰。在太阳系的所有天体中，月球是最适合太阳能电池应用的一个。尽管有如此得天独厚的条件，可是这种对太阳能电池的依赖，又把我们紧紧地拴在月表附近，而如果你又讨厌月表的话——"

赛琳娜猛地站起身来，说道："好了，本，我们休息得够多了。起来！起来！"

他挣扎着站起身来，继续说道："如果电子通道一旦建立，那就意味着那些不喜欢月球表面的居民，从此可以远离月表。"

"我们要往上走了，本。我们要走到那上面去。你看见了吗？就是远处明暗交界的地方。"

他们默默地向上走去，爬上最后一道斜坡。在狄尼森眼前的是一个光滑的下坡，宽阔的坡道上没什么灰尘。

"对一个新手来说，这坡有点太光滑了，不利于循序渐进，"赛琳娜说，正回答了他心中的问题，"不要急于冒进，我还是先让你看一个袋鼠跳吧。"

说着，她就马上一个袋鼠跳，向上飞起。快要落地时，她回过头来说："就这样。你坐下来，我会调节一下——"

狄尼森坐了下来，面对下山的方向。他往下看去，心里惴惴不安。"我们真能滑下去吗？"

"当然。月球上的重力比地球上弱得多，所以你对地面的压力也小得多，这就意味着摩擦力也小得多。月球上所有东西都比地球上更滑。这就是为什么，你在月球上的走廊和宿舍里走起路来都很困难。要不要听我的导游课，就是我给游客们讲的那种？"

"不用了，赛琳娜。"

"再说，我们还有必备工具，滑翔器。"她把一个小气筒塞到他手里。上面有个夹子和一对小管。

"这是什么东西？"本问道。

"只是个小储气罐。它会在你的鞋底喷射出一种气体。这种薄薄的气垫会滞留在你鞋底和地面之间，使摩擦力减少到近乎为零。它可以让你几乎飞在空中。"

狄尼森不安地说："我不太赞成。在月球上，这么浪费燃气可不大好。"

"噢，行了吧。你以为这个滑翔器里装的是什么气体？二氧化碳？还是氧气？不，都是废气，是氩气。它来自月球的土壤，用之不竭。它是在亿万年中由钾－40分解而来……本，这其实就是我导游课的部分内容……在月球上，氩气的作用也不大。要是只用来做滑翔器的话，一百万年也用不完……好了，你的滑翔器装好了。等我一会儿，我得装好我自己的。"

"怎么用？"

"都是自动的。你只要开始滑行，就会触发开关，气垫就会喷射出来。你的气罐只有几分钟的储量，不过这也足够你用了。"

她站起身来，又把他拉起来。"面对山下……来吧，本，这是缓坡，看着它，它就像平地一样。"

"不，不对，"狄尼森快快地说，"对我来说，它就像悬崖。"

"胡说。现在听好了，记住我说的话。先是双腿分开，大概六英寸远，一只脚稍稍靠前，哪只都行。然后双膝弯曲。不要怕被风吹歪，这里根本就没风。不要往上或者往后看，要实在忍不住，可以往两边看看。最重要的是，等你最后滑到平地的时候，不要急着刹车——你的速度远比你想象的要快。只要等你的气罐耗尽，摩擦力最终会让你慢慢停下来的。"

"这么多，我怎么记得住？"

"行了，你能记住。我会一直在你身边看着你的。万一你摔倒了，而我又没有抓住你的话，千万不要乱动。只要放松身体，顺势翻滚或者滑行就好。这里没有什么石头，不会撞伤的。"

狄尼森咽了口唾沫，向前看去。斜坡一直向南延伸出去，在地光下闪烁着微冷的光芒。几处微小的崎岖反射出稍稍显眼的亮光，使长长的坡道上平添了几处模糊的斑纹。地球半圆的轮廓划过漆黑的天幕，正悬在头顶。

"准备好了吗？"赛琳娜问道。她的双手交叉在胸前。

"好了。"狄尼森有气无力地回答。

"出发吧。"说完，她一把推在狄尼森背上，他感到自己开始滑动。起初，他动得非常缓慢。他回头望向她，晃晃悠悠的，她说："别怕，我就在你身边。"

　　开始，他还能感到脚下的月面——然后，感觉消失了。滑翔器启动。

　　过了一阵，他觉得自己好像静止住了。耳边没有风声掠过，也看不出身边的景物变化。但是当他回头望向赛琳娜的时候，发现光线和阴影都在向后移动，速度越来越快。

　　"眼睛盯住地面，"赛琳娜的声音又在耳边响起，"直到速度加起来为止。速度越快，身体就越稳定。双膝弯曲……本，干得真不错。"

　　"对一个新人而言。"狄尼森在喘着粗气。

　　"感觉如何？"

　　"像飞一样。"他说。身体两侧光影斑驳，都在急速后退。他先看看一边，再看另一边，想从后退的景物中，找到飞速前进的感觉。还没等他确定找到，就感到一阵头晕，不得不马上向前看，盯住地面，这才又找回身体的平衡，"不过，这个比喻对你而言并不恰当。因为你并不知道在地球上飞是什么感觉。"

　　"现在我知道了。飞一定就像滑行一样——我比较清楚滑行的感觉。"

　　她毫不费力地跟在他身后。

　　狄尼森的速度已经够快了，即使一直向前看，他也能感到飞驰的滋味。月面的景物正向他飞速迫近，又从身体两侧瞬间划过。他说："滑行的时候，你们一般有多快？"

　　"一场高水平的竞速比赛中，"赛琳娜回答，"记录时速可达一百英里——当然，那时的坡道也比这个陡得多。你现在的时速大概有三十五英里左右。"

"我怎么感觉还要快一些。"

"没有，没那么快。我们现在已经到平地了，本，你一直都没摔倒。坚持住，气罐要耗尽了，你马上就能感到摩擦力了。什么都不要做，继续往前滑。"

赛琳娜话音未落，狄尼森的双脚就突然感到一阵压力。这时他猛然体会到了自己的速度。他牢牢攥住拳头，努力控制双臂，不让它下意识地上摆。他知道，只要胳膊一抬起来，他就会不由自主地向后摔倒。

他眯起眼睛，屏住呼吸，直到肺快要憋爆，然后他就听到赛琳娜说："干得漂亮，本，干得漂亮。这是我第一次看到，新人在首次滑行中，居然可以不摔倒。其实你摔倒了也无所谓，大家都会摔跤的。没什么不好意思的。"

"我可不想摔跤。"狄尼森轻轻咕哝着。他长长地呼出了一口气，睁大眼睛。地球还是那样静静地挂在天边。他的速度慢慢地降了下来——慢慢地——慢慢地——

"我现在停下来了吗，赛琳娜？"他问道，"我不敢肯定。"

"你已经停住了。现在别动，在我们返回之前，你得休息一下……见鬼，来的时候，我把东西丢在半路上了。"

狄尼森狐疑地看着她。他们不是一路在一起吗？她跟他一起爬上山，又一起滑下来。不过还没等他从高度紧张中回过神来，她已经几个长距离的袋鼠跳，飞出一百码开外。她的声音在耳边响起："在这儿！"从耳机里听，她的声音很大，好像就在他身边一样。

没多久她就回来了，怀里夹着一个严严实实的塑料包裹。

"记得吗？"她说，"在我们往上爬的时候，你问过我这是什么，我当时告诉你，我们回去的时候用得着。"她揭开包裹，把它放在满是灰尘的月面上。

"它的全名叫月球躺椅，"她说，"不过我们一般都叫它躺椅，因为在这儿，月球两字是理所当然的，不必时时挂在嘴边。"说着，她把一个气筒塞了进去，打开一个阀门。

那东西开始充气。狄尼森心里老觉得应该有"嗞嗞"的声音，不过周围没有空气，当然也就不会有任何声音。

"你不用问了，我直接告诉你吧，"赛琳娜说，"这还是氩气。"

那东西现在已经充足了气，变成一个结实的气垫，有六条腿。"你躺上去，"她说，"它跟地面的接触面积非常小，你躺上去以后，周围都是真空，身体的热量就不容易流失。"

"别告诉我这玩意儿是热的。"狄尼森惊讶地说。

"氩气在注入的时候已经加热了，不过也只是相对比较热而已。大概最后绝对温度能达到270开氏度，差不多能融化冰。足够了，躺在上面，你的太空服热量流失速度就不会超过限度。过来吧，躺下。"

狄尼森照做了，感到非常惬意。

"太棒了！"他长长地出了一口气。

"赛琳娜算无遗漏。"她说。

她从他身边掠过，绕着他轻盈地滑行。她的双腿优美地舞动着，仿佛在滑冰一样。然后她又飘然飞起，双脚在空中划过一道优雅的弧线，最后一肘点地，盘坐着落在他的身边。

狄尼森叫了起来："天哪，你怎么做到的？"

"熟能生巧啊！你可不要这样尝试，会把胳膊摔断的。我先跟你说一声，我要是感到太冷了，就得到垫子上跟你挤挤。"

"没关系，"他说，"这玩意儿很结实，能躺两个人。"

"噢，他们会说我不检点的……你现在感觉怎么样？"

"很好啊，我想。太刺激了。"

"刺激？你刚才一直没摔倒，很了不起的记录啊。你不介意我回去四处宣扬吧。"

"不，我这人就爱听表扬……你不指望我还能再来一次，是吗？"

"现在吗？当然不。我自己都做不到。我们再休息一会儿，等你的心跳恢复正常了，我们就往回走。要是你现在把腿伸给我，我可以把滑翔器给你解下来。下次，我会教你自己操作。"

"谁知道还有没有下一次。"

"当然会有了。难道你玩得不开心吗？"

"不只开心，也很恐怖。"

"下次就没这么可怕了。越往后，恐惧就会越来越少，最后就会完全消失，只剩下乐趣。到那时候，我们来一场比赛吧。"

"不，我不干。我太老了。"

"在月球上，你不算老，你只不过看起来老一点而已。"

狄尼森躺在月面上，无边的寂静一点点渗入体内。现在，他就面对着地球。它悬在半空，岿然不动。刚才滑行的过程中，只有看着它，心里才有足够的安全感，他才能一路平稳地滑下来。对此，他深怀感激。

他开口问道："赛琳娜，你经常到上面来吗？我是说，你自己一个人，或者跟一两个朋友一起，在节日以外。"

"应该一次都没有。除了陪很多人一起，你知道，这是我的工作。不过现在我却跟你一起上来了，想想自己都奇怪。"

"唔。"狄尼森随口应了一声。

"你不感到奇怪吗？"

"有什么奇怪的？我个人以为，每个人做一件事都不外乎两个理由，要么是他愿意做，要么是他不得不做。但是不管出于哪个原因，我认为都是个人选择，别人无权干涉。"

"谢谢你，本。很高兴你也这么想。你知道吗？你的优点之一，作为一个新人，是你从不企图干涉我们的生活方式。我们是生活在地下的种族，我们月球人，是穴居人类。可这有什么错吗？"

"一点没有。"

"但地球佬们可不这么想。我是个导游，天天都得听他们的屁话。他们嘴里的每一句废话，我都听过几万遍了，无非就那几句。不过在所有这些垃圾语言中，我听得最多的就是，"她开始模仿地球人说话，一口标准的地球语，"'可是，亲爱的，你们这些人怎么能永远住在地洞里呢？你难道就不会得幽闭症吗？你们从来就没想过，看看蓝天、绿树和大海吗？没想吹吹风，闻闻花香吗——'

"噢，本，我还能一直说下去。他们还会说，'不过我想你从来没见过蓝天绿树，所以也不会想念'……这么说，好像我们根本收不到地球的电视节目，接触不到地球的文学作品，完全不知道地球的画面和声音，以及味道。"

狄尼森被逗乐了。他说："你们一般的正式回答是什么？"

"也没什么。我们只是说，'我们习惯了，女士。'对方要是个男人，就说'先生'。不过一般都是女人。男人们都在盯着我们的衣服，脑子里想着我们什么时候会脱光。你知道我心里真正想跟那帮白痴说什么吗？"

"告诉我。只要你穿着制服一天，这话都得憋在心里，不过至少你今天可以说出来。"

"有意思，说得好……我想告诉他们，'听着，女士，为什么我要喜欢你们那个狗屁世界？我们不想挂在任何星球的表面，等着刮风下雨。我们不想感受天然的气流，也不想那些天然的脏水溅到身上。一想到你们浑身细菌，我就恶心；我讨厌你们那难闻的青草、无聊的蓝天，还有那什么破白云。只要我们愿意，随时都能从自己的天空中看到地球，不过我们一般都不愿意。月球就是我们的家，是我们一手创造了它；完全是我们。我们拥有这个家园，我们开发了自己的能源，我们有自己的生活方式，根本不需要你们假惺惺的同情。滚回你们的世界，让你们的重力把你们的奶子拽到膝盖底下去吧。'这就是我要说的。"

狄尼森说："真不错。不过要是哪天你实在憋不住了，来找我说一遍，心情一定会好很多。"

"你知道吗？老有一些新人建议，在月球上建个地球公园，从地球上带来点种子树苗之类，种点花花草草，说不定还可以搞点动物，带来一点家的感觉——他们一般都这么说。"

"我知道你一定会反对。"

"当然，我当然反对了。家的感觉？谁的家？月球就是我们的家。要是哪个新人想家了，他最好回去。有时候新人比地球佬还讨厌。"

"我会记住你这句话的。"狄尼森说。

"不是说你——你瞎想什么？"赛琳娜说。

他们沉默了一阵。狄尼森在想，是不是该回城区了？赛琳娜什么时候会叫他回去呢？从一方面来说，他的身体也有点累，他已经开始怀念宿舍的舒适了。但是从另一方面来说，他从来都没感到过如此身心放松。他开始考虑背后的氧气还能撑多久。

这时，赛琳娜开口了："本，我想问你个问题，不介意吧。"

"完全不。如果你对我的私人问题感兴趣，那么我将毫无保留。我身高五尺九寸，在月球上重二十八磅，曾经结过一次婚，已经离了，有一个孩子，女儿，已经长大并结婚了。我读过的大学是——"

"不，本，别开玩笑，我是认真的。我能问问你的工作吗？"

"当然，赛琳娜。尽管我不知道有多少可讲。"

"好吧——你知道巴伦和我是——"

"是，我知道。"狄尼森直接打断。

"我们一起谈过。他告诉我一些事。他说，你认为电子通道会让我们的宇宙爆炸。"

"是宇宙中我们这一部分。它可能把我们银河的一截旋臂轰成类星体。"

"真的吗？你真的这么想？"

狄尼森说："在我刚到月球的时候，我还不敢确定。不过现在我有把握，我个人确信这一定会发生。"

"那你认为，它什么时候会发生呢？"

"我不知道确切时间，或许是几年以后，也可能是几十年。"

两人又短暂地沉默了一阵。赛琳娜突然抬头说道："巴伦不相信你。"

"我知道他不信，我也没想说服他。你不可能通过一次正面进攻就颠倒乾坤，变拒绝为相信。这是拉蒙特的失误。"

"谁是拉蒙特？"

"对不起，赛琳娜，我在自言自语。"

"不，本，告诉我，我很感兴趣，求你了。"

狄尼森转过头来，面对着她。"好吧，"他说，"我没什么可保密的。拉蒙特是个地球上的物理学家，他以自己的方式警告全世界，指出了通道的危险。他失败了。地球人需要那个通道，他们渴望免费的能源。这种渴望极其强烈，已经变成一种依赖，他们现在已经离不开那个通道了。"

"但是如果通道意味着毁灭，那他们为什么还不肯放弃呢？"

"他们只要拒绝相信就行。面对难题，最容易的对策就是拒绝相信它的存在。你的朋友，内维尔博士，就是这样的。他不喜欢月面，所以他就强迫自己相信，太阳能电池不好——即使稍微有点公允之心的人，都能看出太阳能电池就是月球最合适的能源。他想要得到电子通道，这样他就可以永远待在地下，所以他拒绝相信通道的危险。"

赛琳娜说："我不认为巴伦会拒绝相信客观的实验数据。你手里有没有足够的证据？"

"我认为有。赛琳娜，它非常奇妙。我想要的东西，完全都是微观层面的，基于一个一个夸克的交互作用。你能听懂吗？"

"你不用详细解释。我跟巴伦谈了很多，这方面的内容我大致明白。"

"好吧，我开始认为想要达到我的目的必须要借用月球的质子同步加速器，它有二十五英里长，由超导体构成，可以处理两万亿电子伏以上的电流。后来我才明白，你们月球人制造出了一种设备，管它叫介子仪，它的功能不亚于同步加速器，可体积却小得多。月球在高科技方面，的确走在了前头，这是非常了不起的成就。"

"谢谢，"赛琳娜有点得意，"代表月球。"

"好了，然后呢，我用你们的介子仪得出的数据，表明微观领域内强作用力正在增强。这种增强正好印证了拉蒙特的理论，推翻了传统理论。"

"你给巴伦看了吗？"

"没有。即使我拿给他看，我想他也不会接受。他会说这个结果毫不重要，他会说我的实验出错了，他会说我没有把所有因素考虑在内，他会说我的操作程序不对……不管他说什么，他的本意就是不想放弃电子通道。"

"那你的意思是毫无办法了？"

"当然有，不过不能硬来，不能像拉蒙特那样。"

"什么办法？"

"拉蒙特的解决方案是强制放弃通道，但是谁都不愿意倒退。你不能把小鸡赶回蛋里去，也不能把红酒变回葡萄，或者把孩子塞回娘胎。如果你想让孩子听你的话，那么你不必非得强迫他做这做那——你应当给他适当的引导，通过他自己的兴趣来引导。"

"什么意思？"

"啊，具体细节我也说不上来。我只有一个想法，一个简单的想法——或许过于简单了，操作起来很有难度——它基于这样一个事实：为什么会是两个？没道理啊。"

两人都一言不发，还是赛琳娜先开口了，她一字一句地说："让我来猜猜，猜猜你这话的含义。"

"我都不知道自己说的究竟有没有含义。"狄尼森说。

"先别说这个，让我猜猜吧。我们一直生活在自己的宇宙中，也只能直接感受到这么一个，所以我们理所当然地以为，这就是而且也只能是唯一的宇宙。但是，某天我们找到了证据，证明还有另外一个宇宙存在，我们把它称为平行宇宙。这时候我们就会以为有两个，而且也只有两个宇宙。这个想法其实毫无道理。如果存在第二个宇宙，那么第三个、第四个……第无穷个宇宙也可能会存在。宇宙的数目不是一，也不会是二，甚至不会是一到无穷之间的任何一个数字，它超出了我们的理解范围，并非此时的人类可以把握。"

狄尼森说："这正是我的理——"沉默，又是沉默。

狄尼森坐了起来，看着面前在太空服内的姑娘。他说："我想我们该回去了。"

她说："刚才我说的只是猜测而已。"

他回答："不，不只是。不管它是什么，但绝不只是猜测。"

11

巴伦·内维尔直直地盯着她，一时语塞。她平静地回望。她房间里全息景物窗上的图案已经换了。其中一幅是地球，稍稍过了半圆。

最后，还是他忍不住先问："为什么？"

她回答："纯属偶然。我听到那个话题，实在忍不住，就开口说了几句。几天前我就想告诉你的，不过怕你生气，我知道你一旦听到，就会像今天这样。"

"现在他知道了！你真蠢啊！"

她眉头微皱："他知道什么了？这事他迟早会知道的——我本来就不是什么真的导游——我是你的预言师，一个连数学都不会的白痴预言师。他知道了又怎么样？我是有预感天赋，这又怎么样呢？你自己跟我说过多少次了，在通过数学推理或者实验证明之前，我的预言不是毫无价值吗？你不是还说，即使是最强烈的预感也可能出错吗？怎么现在你又这么计较，我的预言什么时候又变得重要了？"

内维尔脸色苍白，不过赛琳娜看不出他是生气，还是害怕。他说："你不一样。只要你心里认定了，你的预言不是常常都对吗？"

"啊，可他不知道，不是吗？"

"他会猜出来的。他会去戈特斯坦那里告密。"

"他能告什么密呢？他根本就不知道我们在想什么，在做什么。"

"他不知道？"

"不知道。"她站起身，走到他近前，对着他的脸喊道，"不！你只会坐在这儿，胡思乱想，觉得我会背叛你，背叛所有人。要是你不相信我的人品，至少该听听我的预言。至少我没必要用这话骗你。我再骗你有什么意义呢？要是我们都快毁灭了的话。"

"噢，别这样，赛琳娜，"内维尔厌烦地摆着手，"你到底想干什么？"

"听着。他跟我谈了很久，给我讲他的工作。而你呢？只会把我藏起来，当作所谓的'秘密武器'，还说我比任何科学仪器或者一般科学家都有用。你只会玩点小阴谋，坚持让我做个普通导游，蒙蔽所有人，然后我的天赋就可以安全地隐藏起来，只为月球人服务。其实我是你的私产，而你究竟得到了什么好处呢？"

"至少我们保护了你的安全，不是吗？你以为自己会有自由吗，要是万一被他们查出——"

"你只会这么说。但这些年来究竟有谁去坐牢了？有人被抓吗？你一直反复强调身边危机四伏，但证据呢？这些年地球人越来越孤立你和你的团队，不让你们接近大型科研设施，但这根本不是他们的阴谋陷害，而是你每天故作神秘搞阴谋刺激他们的结果。不过这样对我们的好处多、坏处少，至少逼我们独立发明了更精密的仪器。"

"也多亏了你卓越的预言能力，赛琳娜。"

赛琳娜笑了笑。"我知道。本对它们的评价非常高。"

"你和你的本。你到底想从那个可怜的地球佬身上得到什么？"

"他现在是新人了。我只想得到信息和知识，你会告诉我吗？你只会害怕我被地球人抓到，甚至不敢让人看见我跟任何一个物理学家说话，除了你，而你是我的——或许这才是你封闭我的真正原因吧。"

"噢，赛琳娜。"他试图作出宽慰的表示，但声音里更多的是压抑不住的不耐烦。

"算了，我也不在乎你到底是什么动机。你交待给我某个任务，我就会集中精神去思考，有时候会得到答案，不管数学上是否精确。我会在脑海中看到画面，就是那种应该去怎样行动的画面——然后画面闪动，消失。但这些都有什么用呢，如果电子通道即将摧毁一切的话……我没有告诉过你吗？我不信任核力的跨宇宙置换。"

内维尔说："那我再问你。你现在做好准备了没有？你能不能预测一下，电子通道会不会毁灭我们？别说可能会，也别说或许会，就说会，或者不会。"

赛琳娜气恼地摇摇头。"我说不出来，现在还是一片空白。我不能说会。但这种事情上，说可能会还不够吗？"

"噢，老天啊。"

"别翻白眼，别不屑一顾！我告诉过你怎么测试。"

"在听你的地球佬废话之前，你从来没这么担心过。"

"他是个新人了。你不愿意测试吗？"

"不！我告诉过你，你的实验方法没有操作性！你又不是专业的实验技师。就算你的实验计划在你的脑袋里完美无缺，但到了真实世界不见得可行。我们要考虑到仪器设备、随机性，还有不确定性。"

"你所谓的真实世界，就是指你自己的实验室吧。"她脸色涨红，怒气勃发，拳头攥紧搁到下巴边上，"你浪费了太多时间去制造完美的真空实验环境——但上面就有真空啊，就在我手指的方向，月球的表面。而且那里温度适宜，逼近绝对零度的一半。为什么你就不肯在月面上做实验呢？"

"在上面做也没用。"

"你又怎么知道？你就是不肯试！本·狄尼森试过了，他不辞辛苦，设计出一套能在月面使用的仪器，然后在去参观太阳能电池的时候把它们架了起来。他想要约你一起去，但你不肯。你还记得吗？那实验太简单了，别人给我讲过一遍，我现在都能完整复述给你。他在白天的温度下做了一次，夜间温度下又做了一次。现在他已经找到应用介子仪的新思路。"

"哪有你说的这么简单？"

"就是这么简单。发现我是预言者之后，他就告诉了我许多你从来不会讲的东西。他把自己的理由解释给我听，告诉我地球附近的微观核力正在灾难性地加速增强。过不了几年，太阳就会爆炸，掀起核力的波澜——"

"别，别，别说了，"内维尔喊道，"这个结论我也看过，我根本瞧不上。"

"你看过？"

"当然看过。难道我会让他随便使用我们的实验仪器，同时还不知道他在研究什么吗？我见过他的研究结果，一点意义都没有。他依赖的数据，都是实验中允许的误差。如果他非要相信那些微不足道的误差有意义，而你又非要相信他，随便你们。但不管你们多相信，也改变不了事实，那些数据根本没意义。"

"那你想相信什么呢，巴伦？"

"我只要事实。"

"但你难道不是在作研究之前，心里就已经预先确定了结论吗？你想在月球上建立一座通道站，不是吗？所以你根本不想跟月面发生任何关系；任何与你的美梦相抵触的东西，都不是事实——你早就咬定了。"

"我不跟你争。我只想建立一个电子通道，甚至——不止一个以上。只有一个是不够的。你敢保证你没有——"

"我没有。"

"将来会吗？"

她又转到他跟前，脚急促而沉重，显露了她心中压抑的怒火。

"我什么都不会对他泄露。"她说，"但是我要得到更多信息。你从来都跟我只字不提，但是他会；他还会把想法付诸实验，而你不会。我已经跟他谈过许多，也知道他在寻找什么。如果你敢介入我和他之间，那你永远也不会得到想要的东西。而且，你也不用害怕他会抢先一步，在我之前找到答案。他的思维还是拘泥于地球模式，很难迈出最后一步。而我会。"

"好吧。你也别忘了，你是月球人，而他是地球人，你们是不同的。这里是你的世界，除此之外你无处可去。那个人，狄尼森，或者说你的本，那个移民，是从地球来到月球的。只要他愿意，随时都可以回去。可你却永远都不可能到地球去，永远不能。你是一个月球人，永远都是。"

"我是月亮姑娘。"赛琳娜自嘲说。

"不是姑娘了，"内维尔说，"不过想要证明这点，还得过一阵子，等我有时间了一定要再好好研究。"

她对这个笑话无动于衷。

他说："还有，关于他那个宇宙爆炸的理论。要是改变宇宙原始物质有这么大的风险，那么另一头的外星人，那些比我们先进很多的外星人，为什么不关掉通道呢？"

说完他就离开了。

她看着那扇紧闭的门，咬牙切齿地说道："因为他们与我们处境不同，你这蠢货。"这只是自言自语，他已经走远了。

她搬动摇杆，把床放下来，把自己摔在上面，发泄似的腾空踢了一阵子。要知道，巴伦和其他所有人追寻多年的那个梦，她已经触手可及了。

如在眼前。

能量！所有人都在寻找能量！如魔法般的东西！科纽科皮亚之

角……可能量却不是生命的全部。

如果有人发现了能量，那他也就找到了秘藏。手里有了通向能量的钥匙，通向秘藏的钥匙也就显而易见。她心里明白，在结果出现的那一瞬间，只要她牢牢抓住，抓住其中那一点点微妙的蛛丝马迹，那么一切奥秘都将在她眼前显现。（天哪，巴伦那与生俱来的多疑多多少少也传染到了她身上，在她脑海里，还称之为"秘藏"。）

没有一个地球人能找到它的踪迹，因为没有一个地球人真正想去寻找。

本·狄尼森会为她找到的，不是为了自己。

除非——要是宇宙爆炸了，那一切还有什么意义呢？

12

狄尼森很难受，他正跟脑海中的羞怯拼命斗争。好几次，他的手不自觉地往腰间去，想把不存在的裤子向上拉一拉。他现在只穿着凉鞋和一条小到不能再小的短裤，那玩意还很不舒服，勒得太紧了。当然，他披了条毯子。

赛琳娜穿的并不比他多多少，一直在旁边笑。"本，现在你身上的穿着没什么不对的，不过你看起来有点虚弱。我们这儿人都这么穿。其实，要是你觉得短裤勒得太紧，干脆全脱掉算了。"

"绝不！"狄尼森嘀咕着。他拉了拉毯子，盖住腹部，结果被她一把扯下，拽在手里。

她说："把这个给我。要是你一直不放弃地球上那套死板做派，怎么做一个月球人呢？你知道吗，假正经一般也就意味着内心好色。"

"赛琳娜，我得慢慢适应。"

"那好，就先从我开始，你先盯着我看上一会儿，目光要集中，不要四处乱瞄。怎么回事？我发现你更喜欢看其他女人嘛。"

"要是我一直看着你——"

"你就会过于兴奋，然后就很尴尬。不过看得越多，你就越习惯，然后你就不会那么注意了。看着，我就站这儿，看好了，我要把内衣脱了。"

狄尼森痛苦不堪地说："赛琳娜，周围都是人啊，别玩了，我已经受不了了。咱们继续往前走好吗？让我自己先慢慢适应行不行？"

"好吧，不过你看，周围经过的人根本都不看我们。"

"他们不看你。因为他们都在看我。大概他们从来没见过这么老、体形又这么差的人。"

"或许是吧，"赛琳娜居然表示同意，"不过他们慢慢会习惯的。"

狄尼森每一步走得都无比艰难，脑子里全在惦记着头上的每一根白发，和自己与众不同的大肚腩。直到他们面前的走廊越来越窄，周围的行人越来越少以后，他才真正松了一口气。

他好奇地看着自己，赛琳娜高耸的酥胸和光洁的大腿也仍近在眼前，不过自己已经不像先前那么敏感了。前面的通道一直延伸到视野之外，好像无穷无尽。

"我们走了多远？"他问。

"你累了？"赛琳娜忽然明白过来，"我们应该带个滑车来的，我忘了你刚从地球来。"

"忘了最好。新人都盼着别人忘了自己的身份吧？我一点都不累，或者说还没感到累。我只是有点冷。"

"冷？纯粹是想象，本，"赛琳娜肯定地说，"你只是看到自己穿得这么少，觉得自己应该感到冷。忘了这回事吧。"

"说起来容易，"他叹了口气，"我希望，自己这段路可以走得不错。"

"相当不错。再往下我就得教你袋鼠跳了。"

"然后再到月面的坡道上，来一场竞速赛是吧？我说，是不是早了几年？对了，你还没告诉我，我们走了多远了？"

"我估计，有两英里了吧。"

"我的天！这里的隧道一共有多长啊？"

"恐怕我也说不上来。住宅区的通道只占通道总数的一小部分。这里还有矿道、地质探测隧道、工业通道、真菌……我敢肯定，总长度加起来应该有几百英里。"

"有地图吗？"

"当然有地图。我们总不能盲目乱闯吧。"

"我问你，你身上有吗？"

"哦，没有，我身上没带，在这一带活动不用地图，我太熟悉了，从小我就在这附近游荡。这些都是很老的通道。大多数新的通道——我们平均每年开凿两到三英里的隧道——都在北部地区。要是没地图的话，我也不敢在那里乱转。即使有地图，也不太保险。"

"我们这是要去哪儿？"

"我不是向你保证过了吗？要带你去看个非凡的景观——不，不，不是说我自己，千万别这么说——一会儿你就看见了。这是月球上最神奇的宝藏，从来不会有游客来打扰。"

"别告诉我你们在月球上找到了钻石。"

"比钻石好多了。"

他们现在所在的地方，通道两边的墙壁都还没完工——裸露的灰色岩石，虽然本身颜色暗淡，却被电荧光照得一片雪亮。温度很舒适，通风装置运行得非常轻柔，让人丝毫感觉不到风的存在。走在这里，很难想象两百英尺以上的头顶，就是荒凉的月面，那里除了灼热就只有严寒。太阳每半个月升起一次，又用半个月的时间划过天幕，然后落下，半月后再升起——循环往复。

"这里气密性还好吧？"狄尼森问道，他突然想起，他头上就是死寂而漫无边际的真空。

"噢，当然了。墙壁都是密封的，而且报警系统也非常完备。不管在通道何处，气压如果降低了十个百分点，报警器马上就会响起刺耳的警铃，还会有箭头不停闪烁，加上闪光的标志，足以把你领到安全地带。"

"这样的事多久发生一次？"

"不常有。至少在五年之内，我不记得有人死于空气泄漏。"说到这儿，她忽然有点辩护似的，"你们地球上的自然灾害更多吧，一次地震或海啸可以杀死几千人。"

"我不争，赛琳娜。"他举起双手，"我投降。"

"好吧，"她说，"其实我也不想抬杠……等等，你听到了吗？"

她停住脚步，侧耳倾听。

狄尼森也跟着她听了一阵，却摇摇头，突然，他扫视四周，"怎么这么安静，人都哪儿去了？你敢肯定我们没迷路吗？"

"这儿可不是天然岩洞，没有什么未知的岔路。你们地球上有，是吗？我记得看过图片来着。"

"对，大多数都是石灰岩溶洞，由流水冲刷而成。月球上肯定不会有这种事，是吧？"

"所以我们就不会迷路，"赛琳娜微笑着说，"要是周围没人，那也是因为迷信。"

"因为什么？"狄尼森看上去颇为震惊，眉头一皱，明显不大相信。

"别这样，"她说，"看你脸上都起皱纹了。对了，就这样，放松一点。你现在看起来比刚来的时候好多了，你自己能感觉到。一方面是低重力的原因，再者你也做了不少锻炼。"

"还得时时面对裸体的女士们，特别是某位特别空闲、生活无聊到只能跟我混在一起的导游小姐。"

"你怎么又把我当导游了，而且我也不是一丝不挂。"

"至于这两个问题，我认为即使一个几乎全裸的姑娘，也并不比预言能力更可怕……对了，你刚才不是说什么迷信吗？"

"我想，其实也不是真的迷信，不过这个城市里的人都尽量避免到这个区域来。"

"可是为什么呢？"

"你马上就会明白了。"他们又继续前行。"现在听到了吗？"

她停了下来，狄尼森支棱着耳朵，努力分辨空气中的细微颤动。他说："你是说，那种轻微的滴答声？嗒——嗒——就是这个吗？"

她向前几步，步子迈得缓慢而节奏分明，就像慢动作一样，月球人都是这种从容不迫的步伐。他跟在身后，试着模仿她的样子。

"那儿——看那儿——"

狄尼森的目光随着赛琳娜兴奋的指尖向前移动。"我的天，"他说，"这是哪儿来的？"

那是水，正在他面前一滴滴落下。滴得非常缓慢，每一滴都落到一个陶瓷水槽中，引入墙内。

"从岩石中来。我们月球上自己有水，你知道的。大部分都是从石膏矿里分离出来的，总量完全够用了，我们毕竟用得很节省。"

"我知道，知道。来了以后，我还没有痛痛快快洗过一次澡呢。我真不知道你们平时都是怎么洗的。"

"我告诉你吧。第一步，先打开水龙头，把自己淋湿。然后马上关掉龙头，往身上涂一点浴液。搓一搓——噢，本，我懒得往下讲了。其实在月球上，你根本就脏不到哪儿去……不过这不是我们目前要讨论的。我们在月球上也发现了一两处天然水源，一般都藏在山脉阴影下的冰层里。每当我们发现一处水源以后，它很快就会流尽。而我们面前的水源，自从这个通道开掘以来，就一直在滴水，那已经是八年前的事了。"

"可这跟迷信有什么关系呢？"

"很明显嘛，水是月球上最宝贵的资源。无论是饮用、清洁，以及种植作物、分离氧气，所有的事都离不开它。这种天然的水源其实并没有多大实际作用，可是人们都对它心怀敬意。开掘隧道的时候，一发现水源，我们马上就会停止工程，直到水源耗尽为止。你看两边，这条通道的墙壁还没完工呢。"

"这听起来还真像迷信了。"

"其实——应该是一种敬畏吧。这种水源最多不过持续几个月的时间，不会更久了。可是，自从我们面前的这个水源度过了它的周岁生日以后，还毫无停止迹象，就像永不枯竭一样。事实上，我们已经把它称作'永恒之泉'。你甚至能在地图上找到它。人们很自然地就把它供奉了起来，心里都暗暗觉得，哪天它一旦枯竭，一定预示着什么不好的事情。"

狄尼森笑了。

赛琳娜温和地说："其实，大家也并不见得都相信，可是心里都会有点隐隐的担忧。你也明白，其实它并不是永恒的，在将来的某天，它一定会枯竭。其实，它此时的流速，比起刚被发现的时候，已经减缓了三分之二，水正在慢慢流尽。我猜，人们大概觉得，如果水流枯竭的时候，他们正好在旁边的话，一定很不吉利。我想这个理由还能讲得通，可以解释为什么大家都不愿意来这里。"

"看来你自己并不相信。"

"不是我信不信的问题。我不认为它会突然断流，而恰巧某个倒霉蛋正好在旁边，赶上这桩事。它只会越滴越慢，越滴越慢，最后直到断流，也没人能指出它究竟是何时枯竭的。所以说，这还有什么可担心的呢？"

"我同意。"

"其实，"她马上跳转了话题，却不显得突兀，"我心里还有其他担忧，想跟你单独谈谈。"她把毯子在地上铺开，盘着腿坐在上面。

"这才是你带我来这儿的真实原因吗？"他也坐了下来，面对着她。

　　她说："你看，现在你可以轻松地看着我了，你已经习惯了……在地球上，肯定也有些时代，人们对裸体熟视无睹。"

　　"不少时代，不少地方都是，"狄尼森表示同意，"不过自从大战之后就没有了。在我有生以来……"

　　"那么，在月球上，你就得按照月球人的样子做事。"

　　"你不是要告诉我些事情吗？不会是想色诱我吧？"

　　"想要引诱你的话，待在城里方便多了。不是这回事。本来我们可以去月面上谈，那儿可能更合适。不过要出去的话，光是准备就得好长一阵子，还会引起他人的注意，而来这儿就不会。这里是地下设施中唯一一个清净的地方，我们非常安全，丝毫不会受到打扰。"她语气有点踌躇。

　　"不错。"狄尼森评价。

　　"巴伦生气了。真的，非常生气。"

　　"没什么奇怪的。我早就提醒过你，对于你的预言能力，他不想让任何人知道。要是你告诉他我已经知道了，他肯定会生气。对了，你为什么非得告诉他不可呢？"

　　"因为他是我的——伴侣，我很难一直对他隐瞒下去。尽管，说不定以后，他不会再把我当作伴侣了。"

　　"对不起。"

　　"我们俩的关系本来也快崩溃了。已经拖了太长时间。不过更让我烦躁的是——这才是最麻烦的——他根本就不相信你的实验数据，就是你的介子仪实验，在经过月面实际观测之后得到的那个结果。"

"我早就告诉过你，他不会信的。"

"他说他看过你的结果。"

"对啊，他随便扫了一眼，还哼了一声。"

"我这次算是明白了。是不是世上的每个人都只会相信那些对自己有利的东西。"

"凡是对自己有一点利益就会选择相信。有时候即使毫无可能，人们也会顽冥不化。"

"你呢？"

"你是在问，我是不是普通人类？当然。我也不相信自己已经这么老。我一直都以为自己魅力超凡。我一直都相信你来找我，是因为我相貌英俊——即使你把话题转向物理以后，我还是执迷不悟。"

"什么啊！我就是那么想的！"

"行了。我猜，内维尔告诉你，我收集的数据都在实验的正常误差之内，所以没什么说服力，这倒是实话……不过我还是相信，这些数据是证明我理论的第一步。"

"只是因为你这么希望吗？"

"没有那么多'只是因为'。我们不妨这么看：假如电子通道没有任何危害，但是我却坚持认为它有。这样的话，我迟早会被证明是个白痴，我的科学声望也就毁掉了。不过即使在今天，在那些人眼里我也已经是个白痴，而且已经毫无科学声望可言了。"

"本，到底是怎么回事？好几次了，你都会提及当年那个故事。你能不能把它完整地告诉我？"

"你要是听了，会很吃惊的，因为根本就没有什么可说的。在二十五岁的时候，我还算少不更事，没想到自己某天会激怒一个白痴，不为别的原因，只因为他蠢。其实蠢也不是他的错，我当时的行为才真正蠢到家了。正是我的无心冒犯，把他推上了高不可及的巅峰，要是他那时知道了自己后来的地位，一定会吓死的——"

"你指的是哈兰姆？"

"是，当然是他。他发达了，于是我就毁了。最后，我甚至不得不逃到月球上来。"

"这儿很糟糕吗？"

"当然不，这里相当好。可以说，以长远的眼光来看，他反倒帮了我的忙……回到刚才的话题上。我刚说到，要是我一直坚信通道有危险，而这其实是错的，那么我毫无损失。但是如果情况相反，我认为通道很安全，而其实却并非如此，那么我的行为等同于在帮助毁灭这个世界。说实话，我已经度过了大半辈子，而且我有足够的理由相信，自己对全人类并不抱有什么好感。但是，真正伤害过我的人毕竟是少数，如果我因此而向整个世界复仇的话，那也有点太过分了。

"而且，如果一定要找个不那么冠冕堂皇的理由，那么赛琳娜，我会想到我的女儿。在我动身来月球的时候，她刚刚得到许可，可以生一个孩子。用不了多久，她的孩子就会出世，而我——要是你不介意用词的话——就会成为一个外祖父。不算怎么说，我总会希望我的外孙能健康成长。所以我会坚持自己的信念，通道是危险的，而且我也会在这个信念的指引下行动。"

赛琳娜的情绪也激动起来："可我想知道的是，通道到底危不危险？我指的是，真相是什么？我不想听你的信念。"

"这该由我来问你才对。你才是预言师。你的直觉告诉你的是什么？"

"我正在为此苦恼，本。我自己都无法确定。我个人倾向于相信通道是危险的，可我又害怕，这只不过是自己的感情倾向而已。"

"好吧，或许如此，可你为什么会有这种倾向呢？"

赛琳娜悲哀地笑笑，耸耸肩："要是能证明巴伦错了，一定很好玩。他这个人刚愎自用，认定了什么就绝不肯回头。"

"我明白了。你很想看看他失败的表情。我完全能理解这种渴望会有多强烈。比如，要是通道真的有危险，而我亲自证明了它，我一定会成为人类的救星，我敢发誓，那时我最大的愿望就是看看哈兰姆的表情。不过这种想法不算太高尚，到时候我真正会做的，恐怕是坚持要跟拉蒙特分享这一成果，他的确堪当此殊荣，然后我的乐趣就限于看看拉蒙特的表情，不过，还要先把他跟哈兰姆放在一起。那时候他应该就不会那么暴躁了……我怎么开始说废话了……赛琳娜？"

"我听着呢，本。"

"你什么时候发现自己是预言师的？"

"到现在我也没怎么弄清楚。"

"我想，你在大学学过物理吧。"

"嗯，是的。还有点数学，不过我从来学不好。想想就知道了，我的物理也不会好到哪儿去。一旦搞不懂问题，我就会直接猜出最后的答案；这么说吧，考试的时候，我只要好好预测一下，如何才能得到正确答案，然后一切答案就都出来了。基本上这招回回都管用，但每次他们都会问我，这些题是怎么做出来的，而我却怎么也回答不好。所以他们每次都怀疑我作弊，又从来都找不到证据。"

"他们从来没怀疑过，你这是心灵预测力吗？"

"他们可不这么想。不过当时我也不知道。后来——我的一个早先的性伴侣是个物理学家，其实他就是我孩子的父亲，精子毕竟是他提供的。当时他有个物理难题，有一次躺在床上的时候，他讲给我听，或许也只是做完爱随便找点话题吧。我当时说：'你知道我听了以后有什么感觉吗？'后来我就告诉他。纯粹出于胡闹，他试了试我说的方法，然后他就告诉我，成功了。实际上，那就是发明介子仪的第一步，你不是说，那玩意儿比质子同步加速器还好吗？"

"你说那是你的主意？"狄尼森正把手放在水滴之下，一边听到赛琳娜的话，一边把指头放在嘴边，"这水干净吗？"

"绝对纯净，"赛琳娜回答，"它会流向大蓄水池，作进一步处理。但是它含有硫酸盐、碳酸盐和其他一些矿物质。你肯定不会喜欢它的味道。"

狄尼森把手指在内衣上蹭了蹭，问道："是你发明了介子仪？"

"不是发明。我只是提出了最初的概念，最终完成还需要做很多很多工作，大多数都是巴伦的功劳。"

狄尼森摇摇头："赛琳娜，你知道吗，你的天赋真的太了不起了。你的头脑真该交给分子生物学家，让他们好好研究一下。"

"是吗？我可一点都不愿意。"

"大概在半个世纪以前，人类关于遗传工程的研究浪潮达到了顶峰——"

"我知道。不过后来失败了，而且还被立法禁止。现在它是非法的——所有此类研究都是——只要人们能想到的，都成了非法的。不过，我听说还是有人暗地里在搞。"

"我不太清楚，搞什么？关于心灵预测能力？"

"不，我想不是。"

"嗯。不过这是我所想到的。在遗传工程的推动之下，肯定会有人想到研究心灵预测。显而易见，几乎所有伟大的科学家都有类似能力，由此可以联想到，这种能力就是创造力的唯一来源。有人或许会说，这种非凡的创造力源自个人特定的基因排列，而每个人的基因排列肯定都是不同的。"

"我想，或许有很多种排列组合，可以达到同样的效果。"

"如果这是你心灵预测的结论，那就肯定是对的。不过还有些人，坚持认为只有一个基因，或者一小段基因，才是构成这种能力的唯一关键因素，你可以叫它预测基因……后来他们就失败了。"

"我知道。"

"但是在他们失败之前，"狄尼森继续说，"还做过一些尝试，他们筛选出一些似乎可以增强预测能力的基因段，还声称取得了一些成果。这些挑选出来的基因段被放进了基因库，我敢肯定，你是恰巧继承到了这些基因——你的祖父母中有人参与过这项工程吗？"

"据我所知没有，"赛琳娜说，"不过我也查不出来。说不定他们中的哪个参与过，不过我只能说……要是你不介意的话，我也不想仔细调查这件事。我根本就不想弄清。"

"或许并没这回事。后来公众对遗传工程非常抵触，要是哪个人被大家看作遗传工程的作品，那他的日子一定不会好过……人们都说，心灵预测力跟那些惹人讨厌的研究都是一回事。"

"嗯，谢谢。"

"话是这么说。要是谁有了预测力，不管他自身品行有多端正，也难免引起别人的嫉妒和敌意。即使是米歇尔·法拉第那样的圣人，也一样遭到了汉弗莱·戴维的嫉妒和仇恨。早就有过这样的箴言——想要引起他人的嫉恨，并不需要你真正做错什么。至于你的这件事——"

赛琳娜说："不过，我肯定没有引起你的嫉妒吧？"

"我想不至于。不过内维尔呢？"

赛琳娜沉默了。

狄尼森说："我猜，在跟内维尔结交之前，你的预言天赋就已经出名了吧。"

"应该说不太出名。不过，可以肯定的是，有些物理学家是这么怀疑的。但是，像地球上一样，这里的科学家也把自己的名誉看得很重。我想他们都或多或少地说服自己，让自己相信我的预测都只不过是毫无根据的猜想。不过，巴伦心里当然明白。"

"我懂。"狄尼森没往下说。

赛琳娜的嘴唇在颤抖。"我怎么觉得你其实想说：'所以他才会接近你'？"

"不，当然不是，赛琳娜。你已经魅力超群，根本无关任何东西。"

"我也相信。可是从我们生活的每个细节来看，他对我的预言能力都更感兴趣。不是吗？只有他坚持让我隐藏身份，做一个普通导游。他说我是月球的珍贵财产，万一被地球政府发现了，他们一定会垄断我的能力，就像垄断同步加速器一样。"

"奇怪的想法。不过知道你能力的人越少，他那些科研成就的含金量就越高，其中你的贡献都会被他一人独享。"

"现在你的口气可真像巴伦！"

"是吗？是不是每当你的预测非常准确的时候，他就很生气？"

赛琳娜耸耸肩，"巴伦生性多疑。这没什么，每个人都有自己的缺点。"

"那你跟我单独出来合适吗？"

赛琳娜马上回敬一句："我就为他说了一句好话，你没必要生气。他不会怀疑我们偷情的。你毕竟来自地球。实际上，我可以告诉你，他甚至鼓励我跟你交往。他认为我可以从你身上得到些启发。"

"得到了吗？"狄尼森冷冷地问道。

"得到了……尽管这是他鼓励我们交往的主要理由，但并不是我的理由。"

"那你的理由呢？"

"你自己心里清楚，"赛琳娜说，"你只是想听到我亲口说出来罢了。我喜欢跟你在一起。否则的话，只为了那点东西，我完全可以用别的方式，花更少的时间。"

"好吧，赛琳娜，我们是朋友吗？"

"朋友！当然是朋友！"

"那你从我身上到底学到了什么呢？可以说说吗？"

"说来话长。你曾告诉过我，我们不能随心所欲地建造电子通道，是因为我们探测不到那个平行宇宙，尽管他们可以探测到我们。这可能是因为他们智力更高，或者科技更发达——"

"两者不见得是一回事。"狄尼森咕哝了一句。

"我知道，所以我说'或者'。但你想过没有，我们不见得比他们傻多少，或者落后多少。原因可能只是，他们更难探测而已。既然那个宇宙的强作用力比我们更强，那么他们的太阳肯定比我们的要小，依此推断，他们的行星极有可能也很小。所以，他们的世界整体上看会极其微小，从我们这边很难探测到。"

"然后，"她说，"我想，他们探测的目标可能是我们的电磁场。因为一个行星的电磁场要远远大于自身的体积，也更容易探测得到。这就可以解释，为什么他们能探测到地球，看不到月球。月球本身几乎没有电磁场可言。所以，我们不可能在月球上建立电子通道。而且，要是他们那个行星体积极小而电磁场微弱的话，我们就无法探测出来。"

狄尼森说："这个想法很有意思。"

"然后，我们已经想到，跨空间的物质交换可以弱化他们那边的强作用力，使他们的太阳冷却；同时，这一过程又会强化我们这边的强作用力，使我们的太阳加热并爆炸。而这又说明什么呢？想想没有我们，他们可以单方面操作，但是收集能量的效率会低到不可想象。在通常条件下，单方面行为毫无价值。他们需要我们的帮助，给他们发送钨-186，然后得到铼-186。但是如果银河的这条旋臂整体被炸成一团类星体，那就会在我们的太阳系附近产生一道极强的能量流，它的量级远超目前我们的供给规模，而且会持续百万年以上。

"一旦爆炸形成了类星体，他们单方面操作的效率再低，只要能收集到能量流的一点零头，就完全够用了。到那个时候，我们的存在失去了价值，不管是毁灭了还是怎么样，他们都不会放在心上。说实话，我们这边要是爆炸了，对他们而言更安全一些。只要我们存在一天，就可以随时把通道关掉，那时他们就彻底绝望；而只要一爆炸，他们就万事大吉了，再没有什么人可以关上能量的大门……所以，那些白痴还嚷嚷：'要是通道这么危险，那些聪明绝顶的外星人为什么不关上呢？'这些人根本就不知道自己在说什么。"

"是不是内维尔这么说的？"

"对，就是他。"

"可这样的话，平行宇宙的太阳还会持续冷却，不是吗？"

"那又怎么样？"赛琳娜不耐烦地回答，"只要有通道在，他们就根本用不着太阳。"

狄尼森长长地出了一口气。"你不知道，赛琳娜，在地球上有一种传言，说拉蒙特从平行宇宙那边收到过信息，警告过我们通道隐藏的危险。可他们还是没有关掉它。显然，没人把这事当真，但让我们假设这是真的，假设拉蒙特的确收到了这样的信息。会不会是那边有人良心未泯，不愿意摧毁我们的世界，杀掉亿万生灵，可这人的意见最后却敌不过自私的公众呢？"

赛琳娜点点头："我想很有这种可能……好像在你分析之前，我就想到了这点，或者说，预测出了。不过你还记得吗，上次你说过，从一到正无穷，任何数字都没有实际的区别。"

"当然。"

"好吧。那么我们再来看，我们的宇宙和平行宇宙相比，强作用力的差异非常明显，其实，我们所知的也仅限于此。可是在物质之间的相互作用力不止一种，而是四种。除了强作用力，我们还知道有电磁力、弱作用力，以及引力，它们之间的强度之比是：$130:1:10^{-10}:10^{-42}$。不过我们已经发现了这四种，那么谁又能肯定只有这四种呢？为什么不是有无数种相互作用力存在，只是因为它的强度太弱，或者对我们的宇宙影响太小，以至于被我们忽略了呢？"

狄尼森说："如果一种相互作用力过于微弱，根本探测不到，或者根本造不成任何影响，那么从科学定义上讲，可以认为它不存在。"

"只是在这个宇宙不存在，"赛琳娜断然反驳，"谁敢说它在平行宇宙中不存在呢？如果有无数种相互作用力存在，强度千差万别，那么也就可以说，我们的世界之外有无数个宇宙存在。"

"或者是个无限的连续体；$\alpha - 1$，而不是 $\alpha - 0$。"

赛琳娜皱皱眉："什么意思？"

"没什么，你往下说吧。"

她继续说道："既然如此，何必还要紧抱着那个主动搭桥的平行宇宙不放？既然已经知道了它根本不适合我们，那么为什么不能采取主动，在那无数宇宙中，寻找一个既合适又容易联系的平行世界呢？我们不妨先设想一个宇宙的类型，反正不管我们怎么设想，它一定存在，然后再把它找出来。"

狄尼森笑了："赛琳娜，你跟我想的完全一样。没人能说我的想法完全错误，而且现在，像你我这么聪明的人，都分别独立得出相同的结论以后，这个结论就更不可能出错了……你明白吗？"

"什么？"赛琳娜问道。

"我已经开始喜欢你们那些可恶的月球食品了。总之，还是适应了吧。我们现在就回家，吃点东西，然后我们就可以指定下一步的计划……你还想来点儿别的吗？"

"什么？"

"既然我们要一起工作了，来个吻如何——实验者和导游的吻。"

赛琳娜沉吟片刻，然后抬起头来，说道："我想，我们以前都不缺接吻经验。这次为什么不来个男人和女人之间的那种？"

"我没意见。不过我对你们这儿的风俗还不太懂。月球人是怎么接吻的？"

"全靠本能。"赛琳娜随意答道。

狄尼森小心翼翼地把手背在自己身后，身体倾向赛琳娜。不一会儿，他的双手已经悄悄放在她的背后。

13

"我当时的确回吻了。"赛琳娜认真地说。

"哦，是吗？"巴伦话中带刺，"算不算是假戏真做？"

"我不知道。不过感觉不错。"她的嘴角浮现出一丝微笑，"他还挺体贴的。开始他心里没底，还背着手，生怕一不小心把我捏扁了。"

"好啊，再详细点。"

"干吗？关你屁事。"她有点冒火，"难道你是柏拉图主义者吗？"

"你希望我是吗，啊？"

"用不着发号施令。"

"那你也得检点一点。你什么时候才能拿到我们想要的东西？"

"尽快吧。"她语气冷漠地回答。

"不会让他发觉吧？"

"他的兴趣只在于能量。"

"还有拯救世界，"内维尔嘲笑道，"成为英雄。还有四处夸夸其谈，还有吻你。"

"这些他都承认，你呢？你敢承认吗？"

"算了吧，"内维尔气冲冲地说，"我早就失去耐心了。"

14

"我很庆幸，"狄尼森刻意强调，"白天终于结束了。"他伸出右臂，仔细端详外面那层厚重的保护层，"恐怕我永远也适应不了月球上的太阳，也根本就不想适应。相比而言，多穿这么一层盔甲，倒不算有多难受。"

"太阳怎么了？"赛琳娜问道。

"赛琳娜，可别说你喜欢太阳！"

"不，当然不喜欢。我也痛恨它，不过我从来不去看它。可你是个——你应该对阳光比较适应才对啊。"

"我适应的阳光可不是月球上这样的。这儿的太阳在漆黑的天幕中闪耀，光芒夺目，却遮不住星光，只能晃我们的眼睛，让我们看不到星星。它就像一个敌人。只要它挂在天上，我心里就不由得感到，我们手里这些降低力场强度的实验永远都不可能成功。"

"你这是迷信，本。"赛琳娜略略有点不快，"太阳只是太阳，并没什么预兆。再说我们一直都在陨坑的阴影里，周围就像夜里一样，满天都是星光。"

"也不全是，"狄尼森说，"只要你往北看，赛琳娜，你随时会看到阳光将月面照得发亮。我很讨厌往北看，可那面的景象时时都停留在我脑海中。只要我一看到它，就觉得强烈的紫外线正灼蚀我的眼睛。"

"想象而已。首先，月面反射的光线里根本没有紫外线；其次，你的太空服完全可以抵御所有辐射。"

"可它抵御不了热量，至少效果不是太好。"

"可现在已经是晚上了。"

"对，"狄尼森满意地回答，"这我喜欢。"他好奇地四处张望。地球像往常一样高悬空中，显出一个丰满的弧形，缺口正对西南。猎户座在它上方，远远看去，就像一个猎人正从一张明亮的圈椅中坐起身来。在地球的映照下，满眼都是闪烁的微光。

"太美了，"他说，转而又问，"赛琳娜，介子仪有什么反应吗？"

赛琳娜也在默默地望着苍穹，一言不发。听到此话，她转身走到介子仪的仪器群中，这堆仪器已经在陨坑的阴影中待了三个昼夜。

"没有，"她说，"不过还是有点好消息。力场强度已经稳定下来了，数值一直在50出头一点。"

"还不够低。"狄尼森说。

赛琳娜说："还会往下降的。我确定，所有参数都一切正常。"

"磁场也正常？"

"这我不敢确定。"

"要是我们把磁场增强，整个装置就会马上失去稳定。"

"不应该。我知道不会这样。"

"赛琳娜，我非常相信你的直觉，可是事实如此啊。它的确失去稳定了，我们以前试过。"

"我知道，本。不过当时的装置排列跟现在有点出入。你看力场强度维持在52上，已经有相当长一阵子了。我敢肯定，如果我们能把这个状态维持几小时，而不是几分钟的话，那么我们就有把握让磁场增强十倍，而且保持几分钟，而不是几秒……我们试试吧。"

"不。"狄尼森说。

赛琳娜踌躇了一下，后退几步，转过身去，幽幽说道："你还没开始思念地球，是吗，本？"

"没有。我自己也感到奇怪，但的确没有。我应该不由自主地想起它，想起蓝天绿草，还有河流——所有那些陈词滥调中描述的地球场景。可是我一点都没有，一点都不怀念，甚至连梦里都没有出现过。"

赛琳娜说："有时候是会有这种事。至少，有些新人就会说丝毫不想念故乡。当然，他们毕竟是少数，也从来没人能说出这些人身上有什么共性。有人猜他们是先天情感冷漠，内心麻木，缺乏感情；还有人说他们是情感太过强烈，不敢承认思念故土，害怕自己会崩溃。"

"在我的问题上，事情非常简单。我的地球生活在近二十几年来，过得非常不如意，自从来了这里以后，我终于能做自己选择的事了……除此以外，赛琳娜，还有你陪在身边。"

"我是好人，"赛琳娜诚挚地说，"把陪伴和帮助看得一样重要。你其实并不需要别人多少帮助。你是不是为了能让我陪你，才装作缺人帮忙的样子？"

狄尼森温柔一笑："我不知道该怎么说，你更喜欢哪个答案呢？"

"说实话就好。"

"实情就是，你的帮助和陪伴对我而言都极其珍贵，很难说哪个更重要。"说罢，他转回身去，看着介子仪，"力场依然保持稳定，赛琳娜。"

赛琳娜的面庞在地球光的映照下熠熠生辉。她说："巴伦说，没有思乡病很正常，也是思想健康的表现。他说，虽然人类的身体已经适应了地球的表面，到了月球以后要重新调整，但是人类的大脑却是特例，它跟各种动物的大脑都有本质区别，可以看作是一种全新的事物。它还没来得及适应地球的环境，一旦到了新环境中以后，完全不用重新调整。他还说，月球地下设施的密闭环境，或许对它最适合不过，因为它本身就处在一个密闭的头骨中，而月球城市就像一个放大版的头骨。"

"你相信吗？"狄尼森忍不住笑出声来。

"每当巴伦讲述某件事情的时候，总是非常雄辩，听起来很让人信服。"

"要是这么说的话，我也可以宣称，这种对月球密闭环境的依恋，更像是人类回归子宫的梦想的一种体现。其实，"他一本正经地补充道，"想想这里的环境吧，温度和气压都严格控制，食物易于消化。这么看来，整个月球殖民地——不好意思，赛琳娜——月球城就是胎儿环境的放大重建。"

赛琳娜说："巴伦恐怕不会同意你的观点。"

"我知道他不会。"狄尼森说。他看着天空中那一弯地球，看着缠绕地球边缘那遥远的云堤，不禁深深为之沉醉，忘记了言语。即使当赛琳娜走回介子仪旁边，他都一动不动。

他望着满天繁星中的地球，望着远处锯齿般的地平线，忽然，他好像看到空中有一道烟尘划过，似乎有颗小小的流星正在坠落。

昨天晚上，也是在月面上的时候，一颗陨石落了下来，他还指给赛琳娜看。可是赛琳娜却显得漠不关心。

她说:"地球在天空中的位置会有小小的变化,这是因为月球引力的关系。而且它的光亮有时候也会变化,要是面对我们的是陆地,那么它就显得暗一点。你无非是看到了一点光影变化,很正常。我们从来都不在乎。"

狄尼森说:"但那很可能是一颗陨石。不会有陨石砸到我们吗?"

"当然有了,你出来以后可能都挨了好几下了,只不过太空服替你挡住了而已。"

"我不是指那些微小的颗粒,我说的是那种大颗的,可以溅起尘土来的。要是砸到人,一定会死的。"

"对,有这种东西,不过数量太少了,而月球又这么大。从来没人被砸到过。"

狄尼森看着天空,脑子里想着昨天的事,就在这时,他发现了那个从天而降的东西,像是一颗流星。但是只有在地球上,陨石进入大气层,才能划破天空,发出瞬间的光芒,成为流星;而月球上全无空气,永远不会有这样的景象。

天空中的那点光亮明显是人造物体,狄尼森一时也没有辨认出它的身份。不过它越来越近,渐渐显出形状,那是一艘小型火箭飞艇,正在他们旁边降落。

门开了,驾驶员还在里面,一个穿太空服的人走了出来,在雪亮的灯光中只能看到他的剪影。

狄尼森站在原地不动。在室外空间穿太空服的环境中,按照正常的礼节,后来的人应该先作自我介绍。

"我是戈特斯坦专员,"那人说道,"看我摇摇晃晃的步子,你们也该猜得出来。"

"我是本·狄尼森。"狄尼森说。

"我知道。"

"你是来找我的吗？"

"当然。"

"还要专门坐太空穿梭机？你该——"

"我知道，"戈特斯坦说，"我该从P-4出口出来的，离这里不到一千码。不过，实际上我也不只是为了找你。"

"好吧，我不会追问的。"

"我不想遮遮掩掩。你应该知道，我对你的活动一直很感兴趣，特别是当你在月面上开展实验以后。"

"这并没有任何秘密可言，谁感兴趣都可以。"

"不过也没人知道实验的内容。除非，你在做一些跟电子通道相关的事。"

"猜得很有道理。"

"是吗？我一直以为做这个课题的实验，如果想出成果的话，必须要用到非常大型的科研设施。这不是我个人的看法，你知道的。我曾咨询过相关人士。不过，就我目前所见，你身边并没有什么大型设施。这就让我联想到，你的实验或许不该成为我关注的焦点。当我的注意力集中在你身上时，或许别人已经搞出了更有价值的东西。"

"为什么我会成为别人的烟雾弹呢？"

"我不知道。要是我知道的话，也就不用这么担心了。"

"所以我的行动就一直受到监控。"

戈特斯坦咯咯地笑着："对啊，从你到达月球的第一天开始。不过每当你来到月面上工作的时候，我们就会监视整个地区，大概几英里以内，毫无遗漏。很奇怪，好像除了那些长期在月面执行日常任务的人员之外，你，狄尼森博士，还有你的同伴，是整个月面上仅有的人。"

"这有什么奇怪的？"

"因为这样的现象说明，你坚信自己正在进行某种事业，仅仅就靠面前那些小巧漂亮的装置，不管它到底是什么。我不认为你会盲目行动，所以如果你愿意告诉我你目前在做什么的话，我将非常荣幸。"

"我在做关于平行空间的实验，专员，就像传言中说的那样。不过我得说，我的实验并没有取得太大成果。"

"我想，你的这位同伴就是赛琳娜·琳德斯托姆，那位导游小姐吧。"

"是的。"

"你选择助手的思路很奇特。"

"她很聪明，饱含热情，有科学兴趣，而且非常迷人。"

"而且还喜欢跟地球人一起工作。"

"喜欢跟移民一起工作，而这个移民马上就要通过审核，成为一名月球公民。"

赛琳娜现在插了进来，她的声音在他们耳边响起。"你好，专员。我完全没有偷听的意思，也不想介入你们的私人谈话，可是在太空服里，只要你们在视野之内，这种情况不可避免。"

戈特斯坦转过身来："你好，琳德斯托姆小姐。我根本没有想密谈的意思。你对平行空间感兴趣吗？"

"哦，当然。"

"那你不为实验的失败而难过吗？"

"我们并没有完全失败，"她说，"至少不像狄尼森博士想的那么失败。"

"什么？"狄尼森猛然转身，差一点失去平衡，还带起一小片尘土。

现在他们三个都面对介子仪了。而就在仪器之上，大约五英尺的距离，有一点光芒亮起，如同远方的恒星。

赛琳娜说："我刚才增强了磁力的强度，而核力场还保持稳定了一会儿——然后就越来越弱，还——"

"溢出！"狄尼森说，"见鬼。我都没看见。"

赛琳娜说："对不起，本。刚才你一直在出神，后来专员就来了，我一个人在旁边，忍不住就把我的想法付诸实施了。"

戈特斯坦插话："我刚才看见的是什么？"

狄尼森说："刚才有一点物质从另一个宇宙溢出到我们这里，那是它自然散发的能量。"

就在他说话的时候，那光亮却一闪而没，而与此同时，远处忽然又亮起一点微弱模糊的星光。

狄尼森迈步向介子仪走去，不过赛琳娜动作更快，几步之间，她就超过狄尼森，抢先来到介子仪跟前，伸手把力场装置关掉了。那点星光马上就暗淡了下去。

她说："你看，溢出点还很不稳定。"

"因为规模太小了，"狄尼森说，"不过我们要考虑到，从理论上讲，位移一光年或者一百码都有可能，这次它只偏了一百码，已经算是出奇的稳定了。"

"还不够理想。"赛琳娜语气平淡。

戈特斯坦插进话来，"让我来猜猜你们说的是什么。你们的意思是，物质可以从那个宇宙泄漏过来，到这里或者那里，或者是我们宇宙中任意一处——完全随机。”

“也不是完全随机，专员。”狄尼森说，“距离介子仪越远，溢出的几率越低。我得说，降低的幅度非常之大。而降低的具体程度会受很多种因素的制约。我们已经尽可能地严格约束实验条件了，尽管如此，溢出点还是发生了几百码的偏移，你刚才已经看见了。”

“说不定它会偏移到我们的城区，或者到我们的头盔里。”

狄尼森不耐烦地摆摆手：“不，不会。这种溢出，至少以我们目前的技术手段可以造成的溢出，很大程度上依赖于我们宇宙环境中本身物质的密度。你所说的情况，可能性基本为零。溢出点不会从真空的环境里，偏移到有丝毫空气存在的地方，哪怕那个地点的空气密度只有我们城区或者头盔内部的百分之一。我们现在还无法随意操控溢出点的位置，但任何溢出点都必须是真空环境，这就是为什么我们要到外面来做这个实验。”

“这个东西跟电子通道不一样吗？”

“完全不同，”狄尼森说，“电子通道需要双向物质传输，而这里只有单向溢出。对象宇宙也不是同一个。”

戈特斯坦说：“我想，您是否愿意今晚与我共进晚餐，狄尼森博士？”

狄尼森有点犹豫：“只邀请我一个？”

戈特斯坦向赛琳娜的方向微微鞠了一躬，厚重的太空服使他的动作看起来非常别扭。“如果哪天能邀请到琳德斯托姆小姐同去，我将不胜荣幸，不过今晚我希望能跟你单独谈谈，狄尼森博士。”

“哦，去吧，”赛琳娜看到狄尼森还在犹豫，便干脆地说，“我明天还有很多事要忙，而你还要花点时间，好好琢磨一下溢出点的稳定性问题。"

狄尼森还是有点拿不定主意，"好吧，还有——赛琳娜，什么时候你再有空了，能通知我吗？"

"我经常都闲着，你不知道吗？再说我们可以一直保持联系啊……你们现在就去吧，我还要照看一下设备。"

15

巴伦·内维尔不停地在原地跳来跳去，这是月球人特有的行为，狭小的空间和月球的重力造就了这个动作。要是在一个重力更大、空间也更宽敞的房间里，他一定会焦灼地走来走去。在这里，他只能停在原地，来回蹦跶。

"你确定当时正在工作，是吗，赛琳娜？你确定？"

"我确定，"赛琳娜说，"我都告诉你整整五次了，确定无疑。"

内维尔好像并没有在听。他声音低沉，语速飞快："当戈特斯坦来了以后，他没打算制止你们的实验？"

"没有，当然没有。"

"那专员有没有表现出来，准备动用强制——"

"听着，巴伦，他有什么可动用的强制手段？难道会让地球派一支军队来？再说——噢，你知道，他们不可能阻止我们。"

内维尔停住脚步，毫无声息地站了一会儿。"他们还不知道？难道他们不知道？"

"他们当然不知道。戈特斯坦来的时候，本正抬头望着天空。所以我在一边试了试力场溢出，得到了结果，后来还得到了第二个本的设备——"

"别说是他的设备。那是你的主意，不是吗？"

赛琳娜摇摇头，"我只是给了个模糊的建议。所有计划和细节都是本安排的。"

"可你自己现在已经学会了。不管怎么说，我们都再也不用找那个地球佬了，是吗？"

"我想我自己的确可以独立完成，以后的工作可以完全由我们的人来做。"

"太好了，那我们就开始吧。"

"不行。噢，见鬼，巴伦，我们还不能。"

"为什么不能？"

"启动这个需要能量。"

"但是我们有啊。"

"还不够。溢出点还不够稳定，非常非常不稳定。"

"但我们可以改进啊，你说过可以的。"

"我说过，我想可以。"

"这就够了。"

"但最好还是先让本把细节都确定下来，稳定这个系统。"

两人沉默了一阵。内维尔瘦削的脸庞渐渐扭曲了起来，阴暗得像一团乌云，"难道你觉得我做不到吗？是不是？"

赛琳娜说，"那么你愿不愿意跟我一起到月面上去，一起做这个实验呢？"

又是沉默。内维尔的口气变得闪烁起来，"说话不要这么刻薄。而且我等不及了。"

"我们不能违背自然规律。不过我想用不了太久了……现在，要是你不介意的话，我想休息了。我明天还要带游客呢。"

过了好一阵，内维尔一直像是要抬起手来，指指自己的床柜，做个挽留的表示，不过这个动作最后还是胎死腹中，而赛琳娜看上去根本没有领会他的意思，甚至根本没往这方面想。她疲倦地向他点点头，转身走了。

16

"老实说，我曾希望，"戈特斯坦说，眼睛望着桌上刚刚端来的甜品——一堆又甜又黏的东西，"我们可以常常见面。"

狄尼森说："非常感谢，您对我的工作这么关心。如果溢出的稳定性问题能够解决的话，那么我的最终成果——也有琳德斯托姆小姐一份功劳——将举世瞩目。"

"你说得可真谨慎，完全是科学家的口气……我就不上那种月球利口酒了，省得让你难受。那东西据说也是仿照地球口味做的，不过我早就下定决心，一滴也不沾。你能不能用尽可能简单的语言给我讲讲，你的成果怎么会得到举世瞩目的？"

"我试试吧，"狄尼森谨慎地说，"我们先从所知的那个平行宇宙讲起。在那个宇宙里，物质内部的强作用力要远远大于我们宇宙的，所以在那里，只需要相对而言很少的质子，就足以提供极大的聚变能量，从而构成一个恒星。如果他们的恒星像我们的一样大，那么一定会导致非常剧烈的爆炸，所以在他们的宇宙中，遍布着数量众多但体积微小的恒星。

"现在，我们假设还有一个宇宙，那里的强作用力要比我们的弱很多。在这种情况下，大量的质子都相互远离，很难接近融合，所以要形成一颗恒星的话，需要聚集极大规模的氢原子。这样一个反平行宇宙中——换句话说，它就是那个平行宇宙的对立面——将会包含数量很少但是体积庞大的恒星。事实上，只要强作用力足够弱，就足以形成这样一个宇宙——它只有一颗恒星，而这颗恒星就包涵了宇宙所有的物质。这将是一颗高度浓缩的恒星，但是物质之间几乎没有相互作用力，而且它所释放出的辐射量，或许还没有我们的太阳辐射强。"

戈特斯坦说："这么说的话，我倒有个联想，也不见得对。你所说的这个宇宙，很像我们的宇宙在大爆炸之前的状态——一个庞大的个体，包涵了整个宇宙所有的物质。"

"对，"狄尼森说，"就是这样的，我所描述的这个反平行宇宙，正是由所谓的宇宙原生蛋构成，简单点就叫'宇宙蛋'。如果想要探测单向能量溢出的话，那么我们的目标，就只能是这样一个蛋型宇宙。而我们已经建立联系的平行宇宙中，恒星微小，基本上到处都是空旷的空间。你找来找去，也很难探测到具体的物质。"

"但平行人类就可以探测到我们。"

"对，平行人类很可能通过探测我们的电磁场进而探测到我们。我们有理由认为，那个平行宇宙中没有行星级的电磁场，所以我们就无法找到他们的踪迹。但如果从相反的方向去探测蛋形宇宙，我们就不可能失败。那个宇宙蛋，就是宇宙本身，物质无处不在。我们无论探测到哪一个点，都有充足的物质体现。"

"但是你怎么才能探测到呢？"

狄尼森有点踌躇："这正是我感到最难解释的地方。物质之间的强作用力，都是通过介子来发挥作用。力场的强度在于介子的数目，而这介子的数目，在某种特定的环境中，是可调的。月球的物理学家们建造了这样一种装置，叫作介子仪，正好可以完成这个任务。一旦介子的数目减少了，或者增加了，那么那个地点就成了另一个宇宙的一部分；它就像另一个宇宙的大门，或者两个宇宙的交叉点。如果介子数目能够降低到一定程度，那么那里就成了一个蛋型宇宙的一部分，而这就是我们想要的结果。"

戈特斯坦说："这样我们就能从那个——蛋型宇宙里吸取物质了？"

"这部分就比较容易了。一旦门户建立起来，物质就会自动流入。那些物质流入时，都会保持本身属性，而且非常稳定。渐渐的，我们宇宙的规律就会对它们产生影响，它们内部的强作用力就会增强，然后它们开始融合聚变，散发出巨大的能量。"

"可是如果它们聚变过度，不会产生核爆吗？"

"那一样会产生能量，不过核爆更取决于电磁力的强弱，而在我们这个装置中，强作用力更重要，因为电磁场已经受到控制。要说清楚这件事，得花很长时间。"

"哦，那我上次在月面上看见的那点光亮，就是蛋型宇宙溢出的物质在融合吗？"

"是的，专员。"

"而这种能量可以为我们所利用吗？"

"当然可以，怎么用都可以。上次你看到的，只是那个宇宙蛋中最最微不足道的一粒尘埃。从理论上讲，我们完全可以从那边得到成吨的物质。"

"然后，就可以代替电子通道了是吧。"

狄尼森摇摇头，"不。使用宇宙蛋的能量，也会改变我们宇宙的结构，带来些问题。在交互作用下，那个蛋型宇宙中的强作用力会慢慢增强，而我们的则会慢慢减弱。这就意味着，蛋型宇宙中的物质融合聚变会慢慢加速，温度慢慢升高。最后——"

"最后，"戈特斯坦双臂抱在胸前，眯着眼睛，肯定地说，"它就会发生大爆炸。"

"这正是我的想法。"

"你是不是觉得，我们的宇宙在几百亿年以前就是这样形成的？"

"或许吧。专门研究宇宙蛋的科学家早就提出疑问，为什么当初我们的宇宙蛋，会在某一特定的时间点上爆炸？有一种解释曾设想了一种周期性宇宙模型，宇宙蛋就在其中形成，然后自然爆炸。这个周期性宇宙理论后来被学术界推翻了，他们的结论是，宇宙蛋必须要经过很长时间的孕育，而且在爆炸之前还要经过一场原因不明的危机，最终导致状态失衡，然后爆炸。"

"可是这个危机，很可能就是跨宇宙能量流动的结果。"

"有这个可能，但也不一定就是智慧生命造成的。或许在宇宙之间，也有偶发的自然能量溢出。"

"当那个宇宙蛋发生大爆炸以后，"戈特斯坦说，"我们还能从那里得到能量吗？"

"我不敢肯定。不过这不是我们眼下需要担心的事。我们宇宙的力场会渐渐向蛋型宇宙溢出，但这个过程至少要持续几百万年，才会导致宇宙蛋突破临界点。再说，蛋型宇宙也肯定不只一个，真正的数量可能是无限的。"

"那么在这一过程中，我们的宇宙会有什么改变呢？"

"强作用力会渐渐弱化，然后我们的太阳，会非常非常缓慢地，冷却下来。"

"我们能不能用宇宙蛋通道带来的能量，对此作出弥补？"

"完全不用，专员。"狄尼森认真地说，"由于宇宙蛋通道的缘故，我们宇宙的强作用力会渐渐减弱；与此同时，原本那个电子通道的运转，又会把它逐渐增强。只要我们能合理调节二者之间的关系，达到平衡状态的话，那么虽然两端的宇宙结构都会发生变化，但是我们的宇宙却可以保持原状。我们这里将成为中转站，而不是终点。

"而且我们也不必为两端的宇宙担心。平行宇宙那边的人，将会慢慢适应太阳冷却的生活；其实没有我们，他们的太阳也早就衰退得相当厉害了。至于蛋型宇宙那边，我们完全可以肯定，那里面没有任何生命存在。其实，我们的行为正在加速催化大爆炸的发生，我们正在缔造一个宇宙，而这个宇宙终将孕育出生命来。"

听了这番话，戈特斯坦沉默了许久，宽大的脸盘上没有丝毫表情。沉默中，他还点了点头，好像确信了什么东西。

最后，他说道："这么说吧，狄尼森，我认为你的成果将会震惊世界。想要让主流科学界承认电子通道的危害一直很难，不过现在，困难已经不复存在了。"

狄尼森说："对，至少感情上的障碍已经不存在了。我们现在不单指出了问题，连解决方案也一并奉上。"

"如果我保证可以公开发表的话，你什么时候可以拿出一份报告，全面阐述你的发现？"

"你真的可以保证？"

"即使没别的办法，我也可以出版一本官方发行的册子。"

"那好，不过在写报告之前，我得先解决溢出稳定性的问题。"

"当然。"

"还有，我想这份报告最好——"狄尼森说，"把彼得·拉蒙特列为作者之一。他可以从数学上严格地描述这一过程，我做不到。再说，我的工作很大程度上也得益于他的启发。还有一点，专员——"

"嗯？"

"我想还应该把月球科学家的名字也列在其中。特别是巴伦·内维尔博士，应当列为第三作者。"

"为什么？把事情搞得这么复杂，有必要吗？"

"没有他们的介子仪，一切成果都无从谈起。"

"肯定要提到他们的……不过巴伦博士参与了你的实验吗？"

"没有直接参与。"

"那为什么要加他？"

狄尼森低下头，伸手掸了掸裤腿，"这算是个外交手腕吧。我们以后还要在月球上建立宇宙蛋通道。"

"在地球上不行吗？"

"首先，我们需要真空环境。我们要建立的是单向溢出通道，这跟原先那个双向操作的电子通道不同，运转所需的必备条件也完全是两码事。月球上有现成的真空环境，面积广大；要是我们非要在地球上制造真空环境的话，费时费力，很不经济。"

"但毕竟能做到，不是吗？"

"其次，"狄尼森说，"将来我们会有两个巨大的能量源，二者之间还是完全反向的，把我们夹在中间。如果二者离得过近，就很可能会产生类似于短路的现象。如果电子通道在地球上运行，而宇宙蛋通道只建在月球上，那么二者之间就隔了二十五万英里的真空，这样比较妥当——其实，也可以说是必须如此。而如果我们要在月球上开展工作，最好能考虑到月球科学家的感情。我们应该让他们分享这一荣誉。"

戈特斯坦笑了："这是不是琳德斯托姆小姐的建议？"

"我相信如果是她也会这么做的。不过这个道理显而易见，不用别人提醒，我自己就想得到。"

戈特斯坦站起身来，舒展了一下筋骨，原地跳了两三下，因为重力的原因，看起来就像慢动作一样。接着他又活动了一下膝盖，然后再次坐了下来。"你试过吗，狄尼森博士？"

狄尼森摇摇头。

"这可以促进血液循环，特别是下肢末端。每次我觉得双腿麻木的时候，都要做几遍。我还要经常回到地球，做短期停留，以免身体过于依赖月球的重力……我们能谈谈琳德斯托姆小姐吗，狄尼森博士？"

狄尼森脸色一变："她怎么了？"

"她是个导游吧。"

"对，你上次就说过。"

"我当时还说，她能做一个物理学家的助手，这很奇怪。"

"说实话，我只能算是个刚入门的物理学家，而她大概也是个菜鸟助手吧。"

戈特斯坦收起笑脸："别跟我绕圈子了，博士。我花了不少力气，了解了不少她的底细。她的档案里泄漏出不少东西，其实过去只要有人想到去查，一定也能看到很有意思的内容。我相信她是个预言师。"

狄尼森说："很多人都是。我敢说你在某些精通的领域也有预言的特长，虽然有点勉强。而我自己，马马虎虎也算是一个。"

"这不一样，博士。你是个专业的科学家，而我，至少我希望，是个专业的政府官员……但是琳德斯托姆小姐的天赋，明显对你的前沿物理研究大有帮助，但她的职业却只是个导游。"

狄尼森有些犹豫地说："专员，她只懂一点点专业知识。而她的预言能力虽然很强，却不能随心所欲地使用。"

"她的能力，是不是当年遗传工程研究的产物？"

"我不知道，但如果真的是，我并不会感到意外。"

"你信任她吗？"

"为什么这么问？她一直在帮我啊。"

"你知不知道她是巴伦·内维尔博士的妻子？"

"我记得他们是在一起，但是两人之间好像并没有法律关系约束。"

"在月球上，没有法律关系这回事。这个内维尔，跟你想加为第三作者的内维尔，是一个人吗？"

"是的。"

"难道这只是巧合？"

"不是。我一来月球，内维尔就表现出浓厚的兴趣，我也知道是他让赛琳娜过来帮我的忙。"

"这是她说的？"

"她说过，他对我感兴趣。至于帮忙的事，我想就很自然了。"

"你有没有想过，狄尼森博士，她来帮你是出于自己的利益，以及内维尔的授意？"

"他们的利益难道跟我们的不一致吗？事实在于，她已经在毫无保留地帮我了。"

戈特斯坦挪了一下身体，活动活动肩膀，好像在做肌肉拉伸练习。他说："内维尔博士一定知道他身边的这个女人是预言师。他有没有在利用她呢？为什么她要一直做导游，原因只能有一个——为了掩盖她的能力。"

"如果内维尔博士有这类想法的话，我能理解。不过我看不出来他有什么搞阴谋的必要。"

"你怎么知道没必要……你知道吗，就在今天你们的介子仪做出那个能量球之前，我的太空穿梭机一直在月面上空盘旋，当时我一直在观察你。而你当时却没在介子仪跟前。"

狄尼森回想了一下，"对，我的确不在。我正仰望星空，每次我到月面上去，都会这样，已经成了习惯。"

"当时琳德斯托姆小姐在做什么呢？"

"我没看见。她说她把磁力场的强度调高了，然后我们就看见了溢出。"

"她是不是常常独自操控机器，不需要你的指导？"

"不是。但有这种想法也很正常。"

"还有，现场是不是会有什么放射状的东西？"

"我不明白你的意思。"

"我自己也不太明白。当时在地球光的照耀下，好像还闪过一点模糊的光亮，好像有什么东西从空中飞过。我不知道那是什么。"

"我也不知道。"狄尼森说。

"你好好想想，是不是跟实验本身有关的东西——"

"不可能。"

"当时琳德斯托姆小姐在做什么？"

"我还是不知道。"

过了许久，两人都没说话，四周的空气也凝重起来。最后专员说："在我看来，你目前的任务是，努力解决溢出稳定性的问题，然后开始准备你那份报告。我这边也会马上开始行动，最近我会回到地球，着手准备出版你那份报告，再向政府提出警告。"

主人已经下了逐客令。狄尼森站起身来，专员又加了一句："还得当心内维尔博士，以及琳德斯托姆小姐。"

17

他们面前是一颗更大的星星，也更厚重，更光芒四射。狄尼森能感觉到面罩上的灼热，禁不住后退了几步。耀眼的星光中明显含有强烈的X光辐射，尽管置身于太空服的保护之下，他还是感到难以忍受。

"我想没人能质疑了，"他喃喃说道，"溢出已经相当稳定。"

"我也确信。"赛琳娜表情却很平淡。

"那我们关了它,回城里去吧。"

他们缓慢移动着,狄尼森感到心中有些沮丧。一切都水落石出;此时却心如止水。从现在的实验结果看,已经不可能有半点闪失了。政府也表现出了越来越浓厚的兴趣,很快就会有人来接手。

他说:"我想现在可以准备那份报告了。"

"我想也是。"赛琳娜谨慎地回答。

"你有没有再跟巴伦谈谈?"

"有,谈过了。"

"他的态度有什么改变吗?"

"丝毫没有,他不会加入的。本——"

"怎么了?"

"我始终觉得跟他谈,一点价值都没有。他永远不会让自己跟地球政府沾一点点边。"

"可你不是把事情都解释清楚了吗?"

"一清二楚。"

"他还是不同意吧?"

"他说要见见戈特斯坦,而专员也答应了,说等他从地球回来就安排一次会面。我们得等一阵子。或许戈特斯坦有自己的办法,说不定能说服他。"

狄尼森耸耸肩,虽然在厚厚的太空服地下,没人能看得到。"我根本搞不懂他。"

"我能。"赛琳娜轻声说。

狄尼森没有继续说话。他用力推动介子仪的机身和控制台,把它们塞进岩石下的阴影里,接着回头问:"准备好了?"

"好了。"

他们无声地滑到P-4出口的外层通道口，狄尼森一步步爬下，而赛琳娜则一步跳下，从他身边滑过，最后一个漂亮的急刹车，抓住门口的扶手。其实狄尼森也已经学会了这个动作，不过此时他的心情很差，一步一步爬下来也算是对周围环境无声的反抗，算是一种宣泄吧。

他们在隔离区脱下太空服，放到自己的柜子里。狄尼森说："能跟我一起吃午饭吗，赛琳娜？"

赛琳娜不安地问道："你看上去很烦躁，出什么事了吗？"

"我想大概是月球反应吧。吃午饭吗？"

"当然。"

他们最终在赛琳娜的宿舍里共进午餐，因为赛琳娜一直坚持说："我有些话要跟你讲，在自助餐厅没法开口。"

狄尼森正嚼着一块东西，形状类似于花生酱牛肉，赛琳娜看着他说："本，你怎么一句话也不说？一星期了，你一直这样，没事吧？"

"没事。"狄尼森皱着眉回答。

"不，你有事，"赛琳娜关切地望着他的眼睛，"我不敢确定自己对物理的预测准不准，但是我现在可以肯定，你有事瞒着我。"

狄尼森耸耸肩："我们的成果，在地球上已经引起很大轰动。戈特斯坦在回到地球之前，已经将其大肆渲染。拉蒙特博士如今被奉若神明，他们还想在报告出来以后，请我回到地球去。"

"回地球？"

"是的。好像我也成了英雄。"

"你本来就是。"

"我的科学事业可以完全恢复，"狄尼森认真地说，"他们已经许诺了。很明显，只要我愿意，随时可以在地球上任何一所大学，或者任何一家政府机构中找到位置。"

"这不正是你想要的吗？"

"我想这是拉蒙特的梦想吧，他一定会很满意，也马上就要实现了。不过，我却不感兴趣。"

赛琳娜问道："那你想要什么呢？"

"我想留在月球。"

"为什么？"

"因为这里汇聚了人类的明天，而我也想成为明天的一部分。我想一直工作下去，就搞宇宙蛋通道，这也只能在月球上做。你能够构思出奇妙的设备，我就可以用它来工作，继续开发我们的平行宇宙理论，赛琳娜……我想跟你一起工作，赛琳娜。你愿意吗？"

"对平行宇宙的兴趣，我不比你小。"

狄尼森说："现在内维尔不会把你带走吗？"

"巴伦把我带走？"赛琳娜语气硬邦邦地反问，"你是存心惹我生气吗，本？"

"绝对不是。"

"那好，你好像一直误会了。你是不是一直都以为，我来跟你一起工作，是出于巴伦的意思？"

"他没让你来吗？"

"也是，他的确有这个意思。不过这不是理由。你记住，是我自己要来的。他可能以为自己能控制到我，不过他的那些命令，除非跟我的意愿一致，否则是绝对不可能生效的。在你的问题上，我们的意见碰巧一致。其实我知道，他一直觉得自己总能指挥我，看来你也是这么想的。"

"你们是伴侣啊。"

"我们曾经是。不过这有什么关系吗？要这么说的话，我不是一样能指挥他吗？"

"这么说，你可以跟我一起工作了，赛琳娜？"

"当然，"她冷冷地说，"只要我愿意的话。"

"那你愿意吗？"

"要说现在的话，愿意。"

狄尼森笑了："这一周来，我一直都非常苦恼，害怕你会选择离开，或者被迫离开。我害怕我们的实验完成之时，你就会离我而去。对不起，赛琳娜，我不是想缠着你，你瞧我，一个地球佬，都这么老了，还这么脆弱……"

"行了，你的头脑可不老，也不再是地球佬了。世界上有比性、比外表更珍贵的东西。我喜欢跟你在一起。"

沉默。狄尼森的笑容渐渐消失不见，然后又慢慢回到脸上，忽然他好像又想到某些不那么浪漫的事："有这样的头脑，我也很庆幸。"

他转过脸去，轻轻地摇了摇头，然后转回身来。她正关切地看着他，略显焦虑。

狄尼森说："赛琳娜，在跨宇宙溢出中，传过来的不只是能量。我猜你已经注意到了吧。"

又是沉默，令人心痛的沉默。最后赛琳娜开口说："噢，那——"

两人默然对视——狄尼森表情尴尬，赛琳娜有点心虚。

18

　　戈特斯坦说:"我的腿脚还没适应月球的环境,不过万一适应了,再回地球不知道该有多难受。狄尼森,你最好别想着回去了。你的身体已经承受不了。"

　　"我一点都不想回去,专员。"狄尼森说。

　　"怎么说呢,其实挺遗憾的。要是你回去了,人们会把你当作皇帝。就像当年对待哈兰姆——"

　　狄尼森热切地说:"我倒是真想看看他的表情,一点小小的愿望,不一定非要实现。"

　　"当然了,拉蒙特就感受到了这份乐趣,他当时在场。"

　　"真不错。这是他应得的……你觉得内维尔会跟我们合作吗?"

　　"肯定。现在他正在来的路上……听着,"戈特斯坦的声音一下子压低了好多,仿佛谈到了什么不为人知的秘密,"在他来之前,想不想尝一块巧克力?"

　　"什么?"

　　"一块巧克力,杏仁的。只有一块。我带来了一点。"

　　狄尼森开始有些迷惑,不过旋即明白过来,脸上浮现出一丝心照不宣的微笑。"真的是巧克力?"

　　"当然。"

"真——"他脸色突然一变，"我不要，专员。"

"不要？"

"不要！要是我现在尝到了巧克力的味道，只要它在嘴里停留几分钟，我一定会思念地球的，然后就会想到地球的种种好处。我可受不了这个，我也不想……别拿出来了。别让我闻到它，看见也不行。"

专员脸上露出失望的表情。"你是对的，"接着他就极力试图转移话题。"你知道地球上有多么轰动吗？当然，我们还费了好大的劲，尽力保全了哈兰姆的面子。他仍然保留了几个比较重要的职位，不过他的话再也不管什么用了。"

"这比他当年的作为仁慈多了。"狄尼森一副轻描淡写的样子。

"那也不是因为他。对于这样一个曾经风光无限的人，你也不能一下子打到谷底，这会影响科学界的声誉。而整个科学界的声誉，怎么说也比哈兰姆个人重要。"

"我不同意这个观点。"狄尼森饶有兴趣地反驳，"科学界本身必须能够承受这样的打击。"

"具体问题还要具体分析——内维尔博士来了。"

戈特斯坦收敛了一下自己的神情。狄尼森把身下的椅子搬了搬，让自己正对着门。

巴伦·内维尔步履严谨地走了进来。跨步抬腿间，没有半分月球式的优雅。他先礼节性地问候了一下在场两位，然后坐下，跷起腿来。很明显，他是在等戈特斯坦先发话。

专员说："很高兴见到你，内维尔博士。狄尼森博士已经跟我讲过，你拒绝在把自己的名字列在报告上。要知道，我敢肯定，那份报告将成为宇宙蛋通道开发的里程碑。"

"不必了，"内维尔说，"不管地球上发生什么，都跟我无关。"

"你不知道宇宙蛋通道实验吗？不知道它意味着什么吗？"

"完全知道。我掌握的情况，不比你们二位少。"

"那我就开门见山了。我刚从地球回来，内维尔博士，今后的开发计划已经完全拟定。在月球表面上的三个不同位置，我们将分别建立大型宇宙蛋通道，这是为了确保，无论何时总有一个通道处于夜晚的阴影当中。而且在一年中一半的时间，会有两个在阴影中。当通道位于阴影中时，它将会不停地产生能量，不过其中绝大多数，都会以辐射形式散发到太空中。我们建造它们主要不是为了获取可用的能量，而是为了抵消电子通道的影响，把我们宇宙的力场拉回正常水平。"

狄尼森插话进来："在开始几年，我们必须加大功率，让宇宙蛋通道的影响力超过电子通道，从而把我们的宇宙逐步拉回正常状态，也就是电子通道建立以前的状态。"

内维尔点点头："月球城可以使用它产出的能量吗？"

"如果需要的话。我们认为目前的太阳能电池已经完全够用了，不过也并没有什么强制性规定，禁止你们使用通道能量。"

"你们还真好心啊，"内维尔毫不掩饰讥讽的语气，"还有，宇宙蛋通道站由谁来建设，谁来负责运行呢？"

"我们希望是月球工人。"戈特斯坦说。

"必须是月球工人，你们明白。"内维尔说，"在这里的环境中，地球工人的工作效率会相当差。"

"我们明白，"戈特斯坦说，"我们信任那些肯合作的月球人。"

"还有，究竟由谁来决定产出多少能量，其中有多少可以分配给当地使用，又有多少辐射出去？谁拿主意呢？"

戈特斯坦说："这事必须交给政府。这是关系到整个世界的大事。"

内维尔说："好了，这下你自己看看，做苦力的是月球人，掌权的是地球人。"

戈特斯坦平静地说："错了。我们各司其职，做自己擅长的工作；所有人都齐心协力，共同分担这个计划。"

"这话我听多了，"内维尔说，"但原则终归只有一条：我们做苦力，你们掌权……我拒绝，专员。我的回答是不。"

"你的意思是，你们拒绝建造宇宙蛋通道？"

"我们会建造的，专员，不过只会为自己建造。由我们来决定，要产出多少能量，做什么用。"

"恐怕很难实现。既然宇宙蛋通道产出的能量，必须要用来平衡电子通道能量，那么你们就必须跟地球政府协商。"

"可能吧，不过我们还想到一点别的事。你们现在也该知道了吧。在跨宇宙溢出中，可以交互传递的不只是无穷的能量。"

狄尼森插话进来："是关于守恒定律的事情吧。我们明白。"

"明白就好，"内维尔说着，朝他看了一眼，明显不怀善意，"那些定律中包括线性动量和角动量。任何物体在它本身所处的引力场作用下，都会做惯性运动，在这种运动中，物质本身不会有任何损失。如果它要做惯性运动以外的运动，那么就必须获得另一个方向上的加速度。为了达到这一目的，这点物质必要分出一部分来，做反方向运动。"

"就像一艘火箭飞船，"狄尼森说，"如果它要向一个方向前进，那么就必须向反方向喷射，抛出物质。"

"我知道你懂，狄尼森博士，"内维尔说，"我在给专员解释。如果抛出部分的速率足够快，这部分的质量就可以非常非常小，因为动量等于质量跟速率的乘积。但是，无论它的速率有多快，质量也不能为零，这部分质量总是要消耗掉的。如果要催动一个极大的物体，那么消耗的部分也会非常惊人。如果要催动月球——"

"月球！"戈特斯坦几乎跳了起来。

"对，是月球，"内维尔平静地说，"如果要把月球推离轨道，送出太阳系的话，为了保持动量守恒，必须要消耗掉庞大的动量，这种消耗我们根本承受不起；而且，也没有可操作性。现在有了宇宙蛋通道，动量可以跨宇宙传递，如此一来，月球就可以获得无限的动力，而不必有任何质量损失。如果要作一个形象的解释，那么就像是撑竹篙，使船逆流而上，这场景还是我从一本地球书籍上看来的。"

"可是为什么呢？我是说，你们为什么要把月球带走呢？"

"原因再简单不过了。为什么我们要待在这儿？地球一直在压榨我们。我们已经有了需要的能源；已经有了足够的生存空间，至少够我们开拓几个世纪了。为什么我们还不能走自己的路呢？不管怎么说，我们已经决定了。我来是为了告诉你，你阻止不了我们，也不要妄图插手。我们会自己传送动量，凭自己的力量离开。我们月球人自己完全知道该怎么建造宇宙蛋通道站。我们会自己决定如何使用产出的能量，不过我们还是会超量产出一些，让你们使用，平衡你们电子通道的运作。"

狄尼森嘲讽道："你还真好心啊，还会把能量赠送给我们。不过，你慷慨的行为也不只是因为好心吧。要是电子通道把太阳系引爆了，你们也不会有什么好结果。即使要走，估计你们那时连内太阳系也来不及出去。到时候大家会一起蒸发掉。"

"或许，"内维尔说，"不过无论如何我们都会超量生产，所以这种情况不会发生。"

"但那没用，"戈特斯坦激动地说，"你们不能离开。要是你们走远了，宇宙蛋通道的作用就会减弱，无法压制电子通道了，是吗，狄尼森？"

狄尼森耸耸肩："我刚才心算了一下，大概等到他们越过土星轨道，或多或少会有些麻烦。不过走那么远需要很多年，在那之前，我们应该早就在月球轨道上建造好空间站了，只要把宇宙蛋通道站建在上面，问题就解决了。实际上，我们根本就不需要月球。让他们走好了——除非他们自己不愿意。"

内维尔淡淡一笑："你以为这么说我们就不走了吗？没人能阻止我们。地球再也不能把自己的意志强加到我们头上来了。"

"你们不该走，因为这毫无意义。为什么要把整个月球都带走呢？考虑到整个月球的质量，要获得足够的加速度，得花上很多年。你们会比爬还慢。不过要是建造宇宙飞船就快得多，你们可以造几英里长的飞船，用宇宙蛋通道能量驱动，内部再配备完整的生态循环系统。只要有宇宙蛋动能发动机，你们可以创造奇迹。就算建造这样的飞船需要二十年，而月球今天就出发，可一旦建成之后，以它的速度，一年之内就会赶上并超过月球。而且飞船的航行可以轻易作出调整，操控月球可没那么简单。"

"那宇宙蛋通道呢？这样的使用的话，不会造成失衡吗？那样对宇宙又会有什么影响呢？"

"一艘飞船，或者一群飞船所需要的能量，跟整个地球需要的相比，数量其实微不足道。而且这些能量还会在很大区域内扩散。对我们的宇宙而言，这种程度的影响，至少要持续几百万年，才会有所显现。而这点后果，相对于飞船机动性上的优势，简直微不足道。比较一下，月球的移动速度简直慢如蜗牛，所以你们要离开的话，最好还是造飞船吧。"

内维尔轻蔑地回答："我们不急，慢点儿也无所谓——只要能摆脱地球就好。"

狄尼森说："其实有个地球这样的邻居很不错。至少每年都有新的移民补充，还有很多文化交流。只要你一抬头，二十亿人口就在视野之内。难道你真的要放弃这一切吗？"

"非常乐意。"

"这是月球公民的主流意见吗？还是你一个人的？你一直都很偏激，内维尔，你从来都不到月面上来。可其他人不像你，虽然他们也说不上特别喜欢月面，可还是会上来。月球的地下城市只是你的子宫、你的巢穴，但不是他们的。这里不是他们的监牢，而是你的。他们不像你，有这种神经质的念头，他们没有你这么脆弱。要是你把月球带走了，那它将变成所有人的监牢。它将变成一个单世界的监牢，没有人——包括你——可以逃脱，甚至当你们抬起头来，天空中将一无所有。或许这就是你想要的，是吗？"

"我想要独立，一个自由的世界，一个不受外界干预的世界。"

"你们可以造飞船，想造多少就造多少。你们能用接近光速的速度飞走，这相当容易，只要你们能跨宇宙置换动量。你们可以在不到一生的时间内，走遍宇宙。你不想乘上这样一艘飞船吗？"

"不，"内维尔回答，"听起来很不舒服。"

"不想吗？无论你去哪里，都要所有人陪着吗？为什么别人必须听从你的安排，满足你的需要？"

"因为事情本该如此。"内维尔回答。

狄尼森的脸已经涨红了，可还是尽量保持平静的语气。"谁给了你权利这么说？很多月球居民的想法跟你并不一样。"

"这不关你的事。"

"这当然关我的事。我是一个移民，很快就可以成为月球公民了。我可不想把自己的将来交给别人决定，尤其是一个连月面都不敢上的胆小鬼，而他居然还要把自己的监牢强加给所有人。我已经永远告别地球了，但也只是来到月球，只是在自己故乡二十五万英里之外而已。我可不想把自己丢到茫茫太空中，一去不回。"

"那你回去好了，回地球去，"内维尔无所谓地说，"反正还不算太晚。"

"但其他的月球公民呢？其他移民呢？"

"别废话了，事情已经定了。"

"还没有吧……赛琳娜！"

赛琳娜走了进来，表情严肃，还带着挑衅般的眼神。内维尔不由得放下二郎腿，两只脚都落在了地上。

内维尔问道："赛琳娜，你在隔壁待多久了？"

"比你来得早一点，巴伦。"她回答。

内维尔看着赛琳娜和狄尼森，眼光扫来扫去。"你们两个——"他指着对面的两人，却说不下去了。

"我不知道你说的'你们两个'是什么意思，"赛琳娜说，"不过本他自己已经发现动量的问题了。"

"那还是因为赛琳娜的大意，"狄尼森说，"我们最后进行实验的那天，专员正躲在隐蔽的地方观察，突然发现有什么东西划过天空。这说明当时赛琳娜正在实验某种东西，而这种东西在我的计划之外。最后我想到了动量转移的事。那以后——"

"行了吧，你也知道，"内维尔说，"这事现在已经没什么关系了。"

"有关系，巴伦，"赛琳娜说，"我跟本谈过了，我觉得没必要什么事情都听你的指挥。或许我永远也不能到地球上去，或许我也根本不想去。可是我希望抬起头来，就能看到它悬在空中。我不想面对空空荡荡的天空。后来我跟我们组织的人谈过了，不是所有人都想离开。绝大多数人都同意建造飞船的计划。谁想离开就离开吧，想留下的人也可以留下。"

内维尔的呼吸变得粗重起来，"你跟他们谈了？谁给的你这个权利——？"

"我本来就有权力，巴伦。再说了，很快就要开始投票，而你一定会输。"

"就是因为这个——"内维尔忽地站起身来，恶狠狠地向狄尼森逼近。

专员开口说："别激动，内维尔博士。虽然月球是你的地盘，不过你不可能打倒我们两个。"

"是三个，"赛琳娜说道，"而且我也是月球人。那事是我干的，巴伦，冲着我来啊。"

这时狄尼森说："你再想想，内维尔——其实在地球方面看来看，他们并不在乎月球是否离开。地球人可以自己建造空间站，完全代替月球城的功能。真正在乎的是月球公民，是我，是赛琳娜，是其他不愿离开的人。没有人拦着你，你尽可以飞向太空，寻找你的自由、你的独立。二十年以后，所有想走的人都可以离去，包括你，只要到时候你愿意从地下的巢穴中出来。而所有想留下的人，都会留下来。"

慢慢地，内维尔颓然坐倒，脸上的表情就像一只斗败的公鸡。

19

赛琳娜的宿舍，所有窗户都换上了地球的场景。她说："投票结果出来了，你知道吗，本？他输得很惨。"

"尽管如此，我还是觉得他不会放弃。在建造通道站的时候，如果又发生摩擦，月球公众的立场可能会回摆。"

"不应该有摩擦。"

"当然，当然不该。人类历史上已经有过太多悲剧，每次都是冲突接着冲突，危机之后还是危机。我想，这次危机我们已经安然度过，可是前面的路还长，崎岖还很多，一想到这个，心里难免有点沉重。等到星际飞船造好以后，冲突应该会减少很多吧。"

"我保证，咱们可以活着看到那一天。"

"你会的，赛琳娜。"

"你也会的，本。不要老是高估自己年龄。你才四十八岁而已。"

"到时候你会登上某艘飞船吗，赛琳娜？"

"不。那时候我已经太老了，而且我已经习惯了看着地球悬在空中。我儿子或许会去……本。"

"怎么，赛琳娜？"

"我已经拿到许可，可以生第二胎了。你想不想做点贡献？"

狄尼森抬起头来，看着她的眼睛。她没有逃避。

他说："人工授精？"

她说："当然……我们俩的基因融合肯定很有意思。"

狄尼森神情一萎："赛琳娜，我非常荣幸。"

赛琳娜有点儿辩护似的说："这是好事，本。为了下一代，选择好的基因很重要。这只是优生优育的范畴，你不要介意。"

"我知道。"

"也不全是这个意思，我不是只因为这个，才和你……我喜欢你。"

狄尼森点点头，还是一言不发。

赛琳娜几乎要生气了："行了吧，爱情不只是做爱。"

狄尼森说："我同意。我喜欢你，也不是为了做爱。"

赛琳娜说："说到这个问题，其实在月球上做爱，更像杂技。"

狄尼森点头："这我也同意。"

赛琳娜接着说："再说了——噢，见鬼，你也可以慢慢学嘛。"

狄尼森温柔地说："只要你愿意教。"

说着，他迟疑地慢慢向她靠近。她没有逃开。

终于，他不再犹豫了。

（全书完）